書下ろし

万死の追跡

傭兵代理店

渡辺裕之

祥伝社文庫

目次

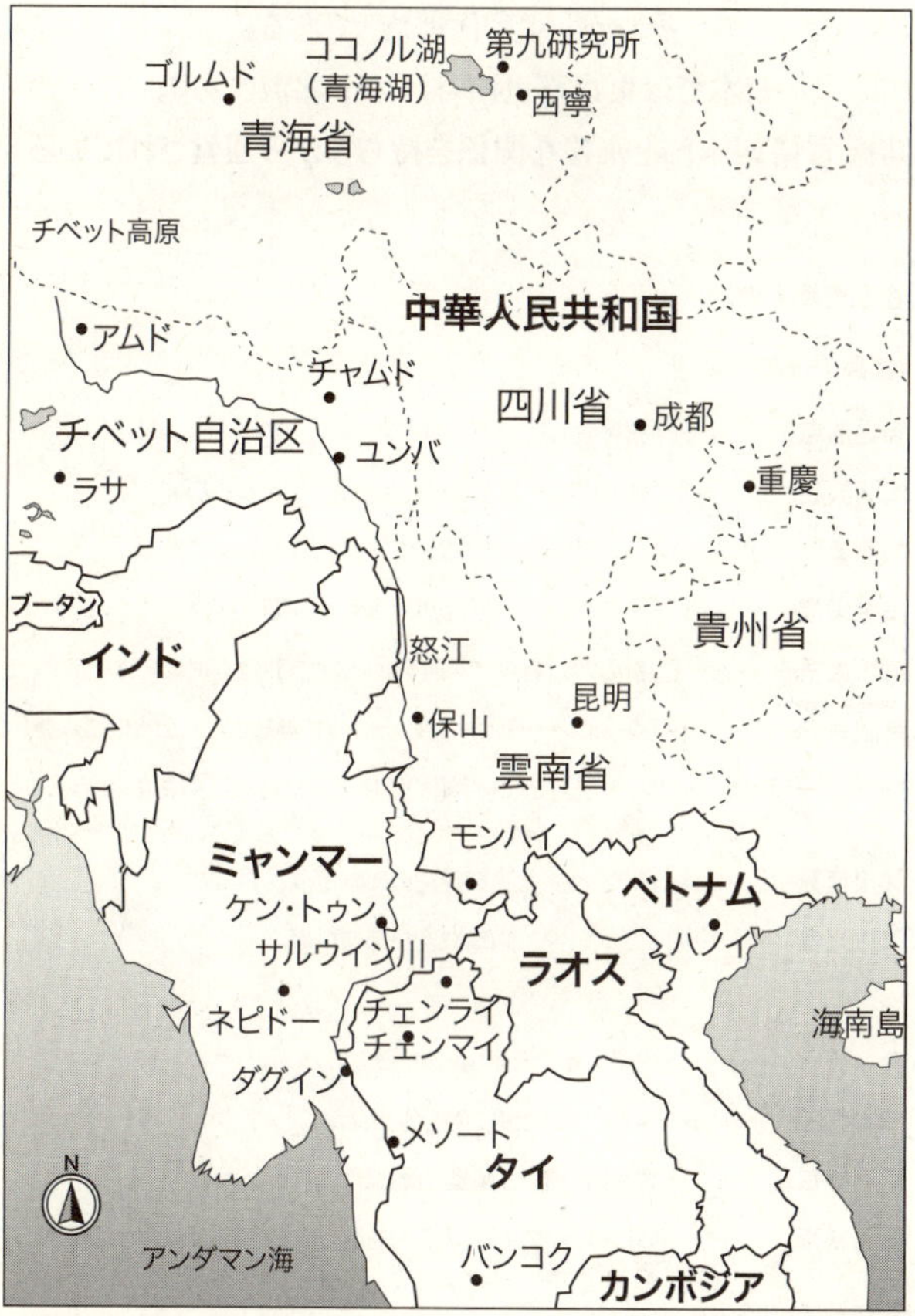
ココノル湖
（青海湖）
第九研究所
ゴルムド
西寧
青海省
チベット高原
中華人民共和国
アムド
チャムド
四川省
成都
チベット自治区
ユンバ
ラサ
重慶
ブータン
インド
怒江
貴州省
昆明
保山
雲南省
モンハイ
ミャンマー
ベトナム
ケン・トゥン
ハノイ
サルウィン川
ラオス
ネピドー
チェンライ
海南島
チェンマイ
ダグイン
メソート
N
タイ
アンダマン海
バンコク
カンボジア

本書関連地図

各国の傭兵たちを陰でサポートする。

それが「傭兵代理店」である。

日本では東京都世田谷区の下北沢にあり、

防衛省情報本部と密接な関係を持ちながら運営されている。

【主な登場人物】

■傭兵チーム

藤堂浩志《とうどうこうじ》……………「復讐者《リベンジャー》」。元刑事の傭兵。

浅岡辰也《あさおかたつや》……………「爆弾グマ」。爆薬を扱わせたら右に出るものはいない。

加藤豪二《かとうごうじ》……………「トレーサーマン」。追跡を得意とする。

田中俊信《たなかとしのぶ》……………「ヘリボーイ」。乗り物ならば何でも乗りこなす。

宮坂大伍《みやさかだいご》……………「針の穴」。針の穴を通すかのような正確な射撃能力を持つ。

寺脇京介《てらわききょうすけ》……………「クレイジーモンキー」。Aランクに昇級した向上心旺盛な傭兵。

ヘンリー・ワット………「ピッカリ」。元米陸軍犯罪捜査司令部(CID)中佐。浩志たちと行動を共にしたことがあり、それが縁で傭兵チームに加入。

瀬川里見《せがわさとみ》……………「コマンド1」。自衛隊空挺部隊所属。

黒川《くろかわ》　**章**《あきら》……………「コマンド2」。自衛隊空挺部隊所属。

森《もり》　**美香**《みか》……………内閣情報調査室情報員。藤堂の恋人。

池谷悟郎《いけたにごろう》……………傭兵代理店社長。防衛省出身。

明石妙仁《あかしみょうじん》……………古武術の達人。藤堂の師となる。

明石柊真《あかししゅうま》……………妙仁の孫。父を失った怒りを浩志に向けていたが、今は師として慕っている。

ジェイムス・本田《ほんだ》……アメリカ特殊部隊大尉。スナイパー。

傭兵たち

一

目黒不動尊《めぐろふどうそん》で知られる瀧泉《りゅうせん》寺にほど近い、住宅の裏庭に古風な離れがある。六坪ほどの風雅《ふうが》な数寄屋《すきや》造りの建物は、古武道研究家で疋田新陰《ひきたしんかげ》流の達人である明石《あかし》妙仁《みょうじん》専用の道場である。この道場で修行を許されるのは、明石由縁《ゆかり》の者と限られているが、ただ一人の例外がいた。

黒い道着に身を包んだ藤堂浩志《とうどうこうじ》は、両目を閉じ正座していた。

道場の中央には、直径十五センチほどの巻き藁《わら》が何の支えもなく立てられている。

浩志は両眼を見開き、右脇に置かれていた日本刀を帯に差し、短く息を吸い込んだ。

「エイッ！」

気合いとともに浩志は左足を踏み込み、刀を下から抜き付けて巻き藁の先端を斬り飛ばし、すばやく立ち上がると、右袈裟《けさ》、左袈裟と続けて二度斬った。そして、ゆっくりと息を吐き刀を鞘に納めた。

「見事!」

道場の高窓の下で浩志の据え斬りを見つめていた明石妙仁は、大きく頷《うなず》いた。

通常、居合で巻き藁を斬る場合、斬台と呼ばれる木の台に巻き藁が動かないように固定する。これに対し据え斬りは支えがないため、剣筋を見極め正確に斬らないと、刀の力で巻き藁を押し倒してしまう。まして座技での斬り付けは高度な技を要する。

浩志は妙仁の弟子になってまだ二年ではあるが、生来の武道的センスにより、居合道と柔拳道は妙仁から三段のお墨付きを得ている。

妙仁と出会ったきっかけは一昨年、長年の傭兵暮らしで酷使した体をオーバーホールすべく訪ねた、快整堂《かいせいどう》という治療院の松尾忠徳《まつおただのり》から紹介を受けたことだ。松尾に治療を受けた後、さらに妙仁から古武道を習うことにより体質改善した結果、戦場で受けた古傷が痛むこともなくなった。彼らとの出会いがなければ、とっくに傭兵は廃業しなければならなかっただろう。

浩志は、昨年の十一月、北朝鮮の特殊部隊であるコードネーム〝死線の魔物〟との死闘を終えても日本を離れることなく、一冬を過ごした。年が明けてこの三ヶ月ほど、たまに警視庁の仕事を手伝うほかは、仕事らしい仕事はしていない。そのかわり、時間を見つけては目黒にある妙仁の道場に通い、古武道の稽古《けいこ》をしている。

「今日の稽古は、これまでとしようか」

妙仁は浩志の前に座ったが、その表情にはどこか陰《かげ》りが感じられる。

「柊真《しゅうま》君が、どうかされましたか？」

浩志は礼をすると、思わず尋ねた。

稽古の間も妙仁の顔色が優《すぐ》れないことが気になっていたのだ。妙仁にとって最愛の孫である柊真は、同時に悩みの種でもあった。彼は兄の柊一《しゅういち》と違い、武道に天賦《てんぷ》の才はあるが、子供の頃から稽古嫌いの問題児であった。また、武道家だった彼の父紀之《のりゆき》が二年前に米国陸軍の脱走兵らに浩志と勘違いされて殺されるという事件も、柊真の心に複雑な影を投げかけていた。

「藤堂君、私の顔から、悩みを読み取ったというのなら、さすがだ。あえて言うなら、私も一人の人間、柊真のことで少々悩んでいるんだよ」

妙仁は乾いた笑いをした。

「受験に失敗したのですか？」

柊真はこの春に高校を卒業し、大学を受験すると以前聞いていた。

「その程度のことなら、誰も悩まんよ。柊真は一年間タイの難民キャンプにボランティアに行きたいと言って、受験すらしなかった」

もっと過激なことかと思っていただけに、肩すかしを食らったようで思わず気のない返事をしてしまった。

一昨年の夏、友人で〝大佐〟ことマジェール・佐藤《さとう》が、マレーシア産業振興財団の運営に絡み、国際犯罪組織〝ブラックナイト〟に拉致《らち》された。浩志の活躍で大佐を救いだしたが、その時、柊真は浩志を追って、マレーシアまで来ていた。今でこそ慕われているが、当時は父親が殺された憎しみの矛先を向けられて付け狙《ねら》われていたのだ。

その後、浩志と仲間の傭兵部隊は、大佐に依頼されて財団の正統な継承者を探すため、ミャンマーに潜入することになった。浩志は、恋人でもあり内閣情報調査室の特別捜査官である森美香《もりみか》に柊真を託した。

美香と柊真はタイ西部の難民キャンプで働きながら、浩志らの帰還を待った。ミャンマー政府から迫害を受けて逃亡して来た難民と暮らすキャンプでの生活は、柊真にとって衝撃だったに違いない。ボランティアで役に立ちたいというのなら悪い話ではない。

「心配無用と言いたいのだろうが、私が悩んでいるのは、柊真の気性なのだ。短期間なら、治安が悪いところに行こうが私も驚かない。だが、あいつのことだから、向こうで生活するうちに一生難民キャンプで働きたいと言い出しかねん。それを心配している」

「なるほど、確かに」

浩志は、妙仁の悩みを理解した。

ミャンマーに潜入する前、柊真に日本に帰るように忠告したが、彼は難民キャンプで働きたいと反発したことがある。美香が助け舟を出して残ることになったが、そうじゃなかったら一人でも残ると言い張っただろう。柊真は、一度決めるとまっしぐらに目的に向かって突き進む。若いだけに純真と言えばそれまでだが、頑《かたくな》で向こう見ずとも言える。

「藤堂君、悪いが一度柊真に会って一年で帰って来るように釘を刺しておいてくれないか」

柊真が他人の言葉に耳を傾けるとは思えない。浩志は、曖昧《あいまい》に頷いてみせた。

二

渋谷《しぶや》東急文化村の北側にあるビルの地下に、森美香が経営するスナック〝ミスティック〟がある。浩志は、地下に通じる階段を通い慣れた足取りで降りた。

厚い木のドアを開けると、

「いらっしゃいませ」

看板娘である沙也加《さやか》の明るい声に出迎えられた。

浩志はカウンターに立つ沙也加に頷いて、いつもの中央の席に座った。この三ヶ月ほど

〝ミスティック〟には、週に二日のペースで来ている。

午後七時、週のはじめで客は少ない。沙也加の前のカウンター席にサラリーマンが二人、奥のテーブル席に美香とTシャツ姿の男が背を向けて座っていた。よく見ると驚いたことに昼間、妙仁から話を聞いたばかりの柊真だった。

美香は浩志に気付き、ちらりと目配せをして微笑《ほほえ》んでみせた。その様子に柊真も振り返り、立ち上がって頭を下げた。

浩志は、二人に軽く頷いて、沙也加にターキーのストレートを頼んだ。

一杯目のグラスが空く頃、美香がカウンターに入って来た。

「いらっしゃい。お腹空いてる？」

美香は、いつもの笑顔で浩志のストレートグラスにターキーを満たした。

「パンチが効いたもので頼む」

明石の道場で稽古をした後昼飯を午後二時に食べ、その後はスポーツジムで汗を流したのでガス欠状態だった。

「パンチの効いたものね」

美香は、にこりと頷き厨房《ちゅうぼう》に消えた。

「藤堂さん、隣に座っていいですか？」

「座れ」

柊真が背後に立っているのは、気が付いていたが声はかけなかった。

「爺さんから、タイの難民キャンプに行くことを聞いていますか？」

柊真は、浩志の右隣の席に着いた。

「別に」

明石妙仁から忠告して欲しいと頼まれていたが、柊真に言うつもりはなかった。子供扱いすれば、反発するだけだと思ったからだ。

「ちゃんと方向性を決めてから言うつもりだったので、今まで言わなかったけど、俺、一年間、タイの難民キャンプでボランティアをすることにしたんだ」

柊真の言葉に迷いはなさそうだ。

「それで？」

浩志はあえてそっけなく尋ねた。柊真は高校を卒業している。それに自分の考えで何かをしようと言うのなら、他人がとやかく言うことではない。

「今のままで大学生になっても将来を決められるとは思わなかったんだ。それより、困っている人を助けて、そこから何かを見つけたいんだ」

「何かを見つける？」

「一昨年、タイのキャンプで働いた時、正直言って何もできなかった。というか無我夢中で何をしてきたのかもよく分からなかった。だから、今度は、腰を落ち着けてじっくりと見極めたいんだ」

「俺に賛同してもらいたいのか、それとも何か助言でも求めているのか？」

「ただ、聞いて欲しかっただけだよ。藤堂さんに反対されても俺は行くからね」

柊真は浩志の言葉に頰《ほお》を膨らませてみせた。

「反対はしない。だが、自分が決めたことなら、誰にも話さずに実行しろ。ただ、妙仁先生に心配はかけるな」

「分かっている」

応援する言葉でもかけて欲しかったのだろう。柊真は頭を下げると店を出て行った。

「ずいぶんと冷たいのね。がんばれの一言でも言ってあげればいいのに」

美香は、厨房から両手に皿を持って現れた。目の前に出されたのは、大盛りのカレーライスにサラダだった。カレーは、浩志の好きな牛筋を煮込んだこってりとしたカレーだ。

「男は、決断したことは誰にも話さずに実行するものだ。人に話している間は、気持ちが揺らいでいる証拠だ。他人の助言や励ましで心を決すれば、後悔するに決まっている」

浩志は、さっそくスプーンにカレーをすくって口に運んだ。牛筋は口の中で溶け、肉のうまみが口中に広がった。

「柊真君は、日本のボランティア団体への申請のことで私のところに来ていたの。自分で行ったら、締切が過ぎているから断られたと言っていたわ。資格が何もないから体《てい》よく断られたんだと思うけど、私から知り合いのＮＰＯ団体に連絡して、許可は得たわ。もう半年以上前の話だけど」

「半年前？」

浩志は、三口目のスプーンを口もとで止めた。

「七月頃かな、大学受験を前に、どうしてもボランティアのことが諦《あきら》めきれなかったのね。それで私のところに相談に来たんだけど。でも彼、偉いのよ。半年の間に、車の免許と応急救護手当のインストラクターの資格まで取得したと言っていたわ。今日は、その報告と、改めて現地での注意事項を聞きに来ただけ。どうしたらいいかなんて、初歩的な相談じゃないわよ」

「応急救護手当の資格を取ったのか。あいつらしいな」

この半年、妙仁のところに行っても柊真に会うことはなかった。受験勉強で忙しいと思っていたが、資格を取るためにがんばっていたようだ。資格のことは、妙仁も知らないはずだ。おそらく免許と資格にかかる高額な受講費や教材費を稼《かせ》ぐためにバイトをしていたに違いない。

「難民キャンプで役に立つかどうかは分からないけど、何も知らずに行くのとは、雲泥《うんでい》の差はあるはずよ」

「確かにな」

柊真は彼なりに熟慮して行動をしているようだ。妙仁の心配も分かるが、柊真は信念を持って行動している。好きにやらせる方がいいだろう。

浩志は、カレーとサラダを瞬《またた》く間に平らげ、ショットグラスのターキーを煽《あお》った。

三

下北沢《しもきたざわ》、この街は昔から若者の街だった。とはいえ原宿《はらじゅく》や新宿《しんじゅく》とはまた違う趣《おもむき》がある。狭い通りに店が密集しているところは原宿に似ているが、ファッション関係だけでなく雑貨、古本、レストラン、飲み屋など種類も多い。もっとも、人ごみが多い通りを避けて歩く浩志にとっては、店がどうであろうと関係のないことだった。

茶沢《ちゃざわ》通りにほど近い閑静《かんせい》な住宅街に、大きな金看板を出している質屋の丸池屋《まるいけや》はある。その裏稼業が、海外に傭兵を派遣する傭兵代理店ということは一般人の知るところではない。

古風な透《す》かし硝子《がらす》の引き戸を開けて浩志は中に入った。

「いらっしゃいませ。お待ちしておりました」

鉄格子と分厚いガラスで仕切られたカウンターの向こうから、痩《や》せた馬面の丸池屋の主人池谷悟郎《いけたにごろう》がにこりと笑った。

浩志は、苦笑を漏らした。この男の笑顔がただですんだことがないからだ。

池谷は灰色の事務服を着て、しがない質屋の主人を装《よそお》っているが、防衛省情報本部隷《れい》下《か》の特務機関の機関長である。また、先祖伝来の土地を下北沢周辺に数多く持つ大金持ちでもあり、質屋も裏稼業の特務機関長も趣味と言われる風変わりな人物だ。

「もうすぐ四月というのにまだ冷えますね。古傷は痛みませんか」

腰を少しかがめるように歩く池谷に案内され、いつもの応接室に入った。

「おっ！」

浩志は、部屋に入るなり思わず声を上げた。昨年の十一月に北朝鮮の特殊部隊〝死線の魔物〟と闘って以来、丸池屋に来ることはなかった。当然、応接室に入るのも四ヶ月ぶりということになる。

以前は、ただソファーを置いただけの何の変哲もない部屋だったが、奥の壁に六十五型の大画面液晶テレビが掛けられ、そのすぐ近くには、パソコンやオーディオセットが置かれている。部屋の中央には細長いテーブルが置かれ、その周りに椅子が十二脚も並べてあった。しかも部屋の広さも十八畳近くある。奥の廊下を潰《つぶ》して拡張したようだ。

「去年の十二月に改装しました。前回の作戦では、傭兵のみなさんがいらっしゃる度《たび》に窮屈《きゅうくつ》な思いをしましたので」

〝死線の魔物〟の捜査をするにあたって、毎日ブリーフィングを行なった。そのため、十四畳ほどの広さの部屋に十人前後の男たちがひしめき息苦しさを覚えたものだ。

池谷は、液晶テレビの下にあるオーディオ機器のボタンを押した。

「この部屋は、今までと違い、作戦室にも使えるブリーフィングルームとして活用するつもりです」

液晶画面にジェット戦闘機の映像が映し出された。六十五インチあるだけに迫力は絶大だ。

「しばらく映像をご堪能《たんのう》ください」

戦闘機は、猛禽《もうきん》類という意味の〝ラプター〟を愛称に持つ、米軍のF二十二だ。同伴する航空機から様々な角度で撮影された米軍のデモンストレーションビデオだろう。

「ご存知のように、〝ラプター〟は、米空軍のロッキード・マーチン社製、最新鋭戦闘機です。高いステルス性に優れた運動能力、超音速巡航飛行に加え、最新のセンサーから得られる情報をネットワークで活用した電子制御システムなど、これまでの戦闘機を寄せ付けない圧倒的な作戦能力を持ち、第五世代作戦戦闘機という位置づけがなされています」

池谷は、画面の横に立ち、まるで作戦司令官のように説明をはじめた。

画面の〝ラプター〟の胴体部分から、空対空ミサイルが発射された。

「〝ラプター〟の形状は、F十五イーグルと同じ、デルタ形と呼ばれる三角の主翼を持ちますが、ステルス機能を高めるためにアンテナや兵器など、外部に張り出しているものは一切ありません。また、尾翼下にミサイルを搭載するこれまでの戦闘機と違い、〝ラプター〟は、空気取り入れ口脇の兵器倉にサイドワインダー空対空ミサイルを一発ずつと、搭載する兵器にもよりますが中央胴体下部には二つの兵器倉がありますので、そこに空対空ミサイルを三発ずつ、計八発のミサイルを搭載できます。発射する際は、兵器倉の蓋《ふた》が開き、発射装置が機外に飛び出してミサイルに点火されます」

浩志の職業は傭兵であるが、基本は歩兵であるため、戦闘機の知識は必要としない。だが、映像に引き込まれるように池谷の話にいつの間にか聞き入っていた。

「二〇〇六年、就任したばかりの〝ラプター〟で米空軍はテストを兼《か》ねた演習を行ないました。その結果、従来の戦闘機との模擬空中戦では、二百四十二対二という驚異的な撃墜率を記録しました」

「二百四十二対二！」

漠然と聞き流していたが、思わず声を上げてしまった。これまでの常識では、撃墜率は五対一ですら圧勝と言われていることは、浩志でも知っていたからだ。

「そうです。〝ラプター〟は機体に不具合さえなければ、既存の戦闘機には絶対負けません。いかんせん、ステルスは完璧に近く、どんなレーダーにも捕捉されることはありません。敵に気付かれることなく攻撃ができるので、負けるはずがないのです」

絶え間ない近代化により米軍の武器の性能は、上がることはあっても下がることはない。

「問題は、その機体価格が高額なことです。二〇〇一年は、一機一億八千万ドル、前任のF十五の二倍以上ありました。それでも二〇〇四年には、一億三千万ドルまで価格は下がりましたが、それが下げ止まりでしょう。そのため、当初七百五十機調達する予定が年々削減され、オバマ政権では百八十三機で打ち切られてしまいました」

「安くなって一億三千万ドル、……日本円で百四十三億円か、馬鹿馬鹿しい」

浩志は肩を竦《すく》めた。数機分の予算を米国の最下層と言われている人々の保険手当や教育費にあてれば、どれだけ平和な国になるか分からない。

「そのため後任は、同じく第五世代作戦戦闘機であるロッキード・マーチン社製のF三十五に選定されています。米国の空軍、海軍あわせて二千四百機調達する予定があり、量産されれば、コストは三分の一まで下がると見られています。ただ、双発ジェットエンジンの〝ラプター〟と違い、F三十五は単発です。機動力、運動性は劣《おと》るでしょう」

池谷は、リモコンのコントローラーで映像を切り替え、画面にF三十五戦闘機の静止画を映し出した。

「本題はなんだ。まさか、改装した部屋の自慢をするために〝ラプター〟の映像を見せたわけではないだろう。わざわざ俺を呼んだ理由はなんだ」

「半分は自慢ですが」

池谷は白い歯を見せて笑いながら答えた。

「先週から米国と台湾、それにベトナムとフィリピンを加えた合同演習があったことはご存知ですよね」

「軍備を拡大する中国を牽制《けんせい》するために行なう恒例行事みたいなものだ。だが、これまで台湾国内の演習地で行なわれることが多かったが、今回は、ベトナムの沿岸で行なわれた。場所は、中国が領有を主張する西沙《せいさ》諸島にも近い。明らかに頻繁《ひんぱん》に艦隊を南下させる中国を想定したものだろう」

西沙諸島は、現在ベトナムと台湾、中華人民共和国の三国が領有権を主張しているが、一九七四年に南ベトナム軍を破った中国が実効支配し、軍事基地を建設している。また、中国海軍は艦隊を南下させる訓練を頻繁に行ない、中国と離島の帰属問題を抱える周辺国のみならず米国も神経を尖《とが》らせている。これは、中国が主権の擁護を〝核心的利益〟とする自国の利益に対して他国に絶対妥協しないという領土拡張政策に基づいている。

「演習は、中国が建造中の中型空母をも牽制する目的がありました。そのため、規模も大きく、米軍は〝ラプター〟に最新の武器を搭載して訓練すると中国側にわざと情報を流していたようです」

「演習に使う武器の情報をリークして、敵国に脅威《きょうい》を与えるのは米国がよくやる手だ。だが、今の中国は経済発展をばねに世界の主権を米国から奪おうと画策している。南シナ海は自国の海域だと主張する傲慢《ごうまん》な国だ。演習はやつらを刺激し、さらなる軍備拡張につながるだけだ。それとさっき見せられた映像と何が関係するんだ」

「これは極秘ですが、昨日演習中に〝ラプター〟が一機、行方《ゆくえ》不明になったという未確認情報が入りました」

池谷は、咳《せき》払いを一つして囁《ささや》き声で話しかけて来た。トップシークレットだと言いたいのだろう。

「未確認？」

「事故で墜落したのか、制御不能でどこかに不時着したのか、あるいは最悪、パイロットが機体ごと亡命したのか不明です。米軍は、事実をもみ消そうと躍起《やっき》になっています。それに、彼らも機体の行方をまだ把握《はあく》していないようです」

「レーダーに捕捉できなくても、米軍では行方が分かるような仕組みがあるはずだ」

「〝ラプター〟には、味方の軍だけに分かる発信装置があるそうですが、なぜかパイロットがそれを切ったらしいのです」

「よくそんな情報が手に入ったな」

質屋の事務服を着た冴《さ》えない初老の男が、米軍の最高機密を口にするギャップを浩志は鼻で笑った。

「米国は、一応友好国ですから」

池谷は、にやりと笑った。米軍内部に日本のスパイがいるということなのだろう。

「F二十二〝ラプター〟は、生産は打ち切られますが、日本をはじめとした同盟国にさえ輸出されることはありませんでした。現状は、世界で最高の軍事機密が行方不明ということになります」

「行方不明の〝ラプター〟の捜索に、極秘で各国が動き出すというわけか」

「そのとおりです。防衛省では、独自に捜索隊を派遣する計画が上がっています。ただ、秘密裏に捜索するとなると、米国を出し抜くことになります。正規の自衛隊を派遣することはもちろんできませんので、こちらにお呼びがかかる可能性もあります」

「仕事の依頼がありそうだということか」

「まずは、事前にお知らせしようと思いまして」

「くだらん。俺以外の人間にあたることだな」

「依頼があっても断られるのですか？」

「防衛省が米国を敵に回しても最新鋭の武器の捜索をするはずがないだろう。もし、そんな根性があったとしても人殺しの兵器を探しまわるのはごめんだ」

「しかし……」

　浩志は、引き止める池谷を無視して応接室を出た。この何年かは、政府の仕事をすることが多かった。基本的に政府系の仕事は政治絡みでくだらない。命をかけるほどのものではないのだ。

四

芝浦埠頭《しばうらふとう》の片隅にある敷地面積八十坪ほどのこぢんまりとした倉庫の地下に、傭兵代理店の武器庫がある。

いくつものセキュリティーが掛けられている地下には、入口から向かって右側に防音壁で囲まれた幅三メートル奥行き十三・八メートルの射撃スペースが設置され、中央には武器を入れた木箱が大量に積まれている。そして、左側は、シャワールームとトイレとキッチン、それに鉄のパイプベッドが置かれた浩志の住居スペースになっている。今の浩志にとって、最高の安らぎの場所がここにあった。

射撃スペースには、二つの自動標的が設置されている。浩志は防音ヘッドをかけ、左側の射撃ブースに立って銃を構えた。銃は浩志が率《ひき》いる傭兵部隊〝リベンジャーズ〟が標準装備しているカスタム銃で、四十五口径、装弾数十七発のハイキャパシティ（複列弾倉）ガバメントである。

標的までの距離は十メートル、人型のものを使用している。四発続けて撃った。四発とも心臓のエリア内に当たった。次にハイキャパを腰のホルスターに仕舞って、一呼吸してから、すばやく抜いて二発撃った。二発とも頭に当たった。この三日間、毎日銃の訓練をしている。一昨日丸池屋で演習中の米軍戦闘機、Ｆ二十二〝ラプター〟が行方不明になったと聞かされてから、何か胸騒ぎがするからだ。

倉庫の要所に付けられている、侵入者を警告する赤いシグナルが点灯した。

浩志はヘッドホンを外し、銃を持ったまま出入口に向かった。ドアの近くの壁に十インチのモニターが八台並んだパネルがあり、地上の倉庫や周囲の様子を映し出している。モニターに赤いアルファロメオ・スパイダーと美香が映っていた。時刻は、午前一時、店を終えてそのままやって来たのだろう。浩志は、また射撃ブースに戻り、射撃訓練を続けた。

全弾撃ち終え、ヘッドホンを外して振り返ると、美香が手を叩いて笑ってみせた。彼女は、地下倉庫に入るまでの二枚のＩＣカードキーを持っているので、いつでも自由に出入りできる。

「相変わらず上手ね。私も隣で練習させてくれない？」

浩志がハイキャパの銃身を持って差し出すと、美香は首を振った。

「私には、四十五口径はちょっと重いわ」

そう言うと美香は、自分のバッグからグロック二六を出してみせた。グロックシリーズ最小の軽量小型ポリマーフレーム製の全長は、わずか一八二ミリだが、九ミリ銃としてのパワーは充分にある。

浩志は、射撃ブースの後ろにある銃弾のストックロッカーから、九ミリパラベラム弾のケースを出して美香に渡した。

「ありがとう。でも、そんなに撃つつもりはないわ」

美香は、隣のブースの壁に掛けてある防音ヘッドホンをかけるとグロック二六を両手で構えた。続けて六発撃つと、今度は右手だけで構え、残りの五発を撃った。

浩志は、ブースの壁にあるボタンを押して、美香の標的紙を引き寄せた。人型の標的紙の心臓に五発、頭に四発、残りの二発は腹に当たっている。腹の二発は、ほぼ同じ位置に当たっているため、外したのではなくわざと当てたのだろう。

「いい腕だ」

「動かない標的なら、誰でも当たるわ。普段あまり練習できないから、また使わせて」

グロックをハンカチで包み、美香はバッグに仕舞った。

「いつでも使ってくれ」

「シャワー借りるわね」

美香は、倉庫の反対側のシャワールームに消えた。

浩志は標的紙とマガジンを替え、マガジンを二本撃ち尽くしたところで射撃ブースのライトを消して住居スペースに向かった。

「何か飲む?」

パジャマ代わりの浩志のTシャツを着た美香が聞いて来た。

「ビール、それに腹が減った」

浩志は、シャワーを浴びるために服を脱ぎながら答えた。

「お店でチャーハンを作ってきたけど……」

深夜に食べてはいけないと言いたいのだろう。

「少しでいいんだ」

控えめに言うと、美香は目を細めて笑った。

「F二十二の話、もう知っているわよね」

皿に盛られたチャーハンを食べ終わる頃、美香は唐突に尋ねて来た。

「聞いた。まだ見つからないのか」

「ステルス機だけに難しいのね。ただ行方不明になった原因は、分かったようよ」

「どうせ、パイロットの障害なんだろう。今の時代、亡命するなんてことは考えられない」

「あら、よく分かったわね。飛行訓練を積むうちに脳に異常を来《きた》すパイロットがいるらしいの。問題のパイロットは、コースを外れる直前は錯乱《さくらん》状態だったようね。急降下して次に急上昇した直後に意味不明の言葉を発して、そのまま行方不明になったらしいわ。パイロットの状態はモニターされていたけど、位置発信装置や通信システムもコースを外れる直前に切断されたようね」

Ｆ二十二は、これまでのワイヤーで直接舵《かじ》を動かす操縦桿《かん》ではなくコンピューターを介し、大気の状況も計算に入れた上で舵を動かすフライ・バイ・ワイヤというシステムになっている。失速などの危険性を回避する一方でパイロットの自由度は高まり、高い運動性を実現している。

「脳は、筋肉じゃないんだ。物理的に鍛えることはできない。極度のＧを経験する戦闘機のパイロットは、ボクサーのパンチドランカーと同じ高次脳機能障害を起こすのだろう」

「そうみたいね。それと国は、独自に捜索するのを諦めたらしいわ」

丸池屋の池谷の予想は外れたようだ。

「ところで、柊真君、元気にしているみたいよ」

柊真は、浩志とミスティックで会った三日後に日本を出発している。今は、ミャンマーとの国境の街メソート郊外の難民キャンプで、日本のＮＧＯ団体の一員として働いており、すでに十日経《た》っていた。

「直接連絡をしてきたのか？」

美香の店で会ったのが最後でその後何の連絡もない。柊真は、浩志から男は黙って実行しろと言われただけに、一人でがんばっているものと理解していた。

「まさか。現地の日本人スタッフが時々柊真君の様子を教えてくれるの。医療スタッフのアシスタントをして、キャンプだけじゃなく、難民の村にも行っているらしいわよ」

「そうか」

劣悪な環境でも挫《くじ》けずにがんばっている柊真の姿が思い浮かび、浩志は思わず頬を緩めた。なんだかんだ言っても面倒をかけてきた青年だけに気にかかる。

五

新橋《しんばし》駅の東側は、国鉄の貨物駅だった跡地が再開発され、〝汐留《しおどめ》サイト〟として高層ビルが建ち並ぶ近代的オフィス街として生まれ変わった。

一方、西側の烏森《からすもり》口は、昭和四十六年に戦後の闇市からひしめきあっていた飲食店街が開発されて建てられたニュー新橋ビルが今も存在感を示す。古くなったビルの内部には、昭和の面影を残す商店も多い。最近ではオヤジのビルとして、観光客も来るそうだ。

また駅前広場に国鉄当時のSL機関車が置かれ、SL広場として親しまれている。

SLが設置してあるレンガの花壇は、多くの人々が絶好の待ち合わせ場所として利用するのだが、その一角を怪しげなプロレスラーのような屈強な男たちがたむろしているため、一般人は遠巻きにしていた。

浩志は、左腕のミリタリーウォッチ、〝トレーサーP六六〇〇〟を見た。午後六時四十分を指している。前の時計が壊れたために最近買い替えた。米軍制式名称をＴＹＰＥ３、と呼ばれる〝トレーサーＰ六六〇〇〟は、二百メートル防水、夜間でも自己発光する文字盤を持つ優れものだ。

「十分もオーバーしている。やっぱりここが分からないのでしょうか？」

傍《かたわ》らに立つ頬に大きな傷痕《きずあと》がある浅岡辰也《あさおかたつや》が話しかけてきた。その隣に仲間で一番凶悪な顔をしている寺脇京介《てらわききょうすけ》も立っている。他にも、宮坂大伍《みやさかだいご》、田中俊信《たなかとしのぶ》、加藤豪二《かとうごうじ》、それに傭兵代理店の瀬川里見《せがわさとみ》もいるが、基本的に辰也と京介の二人がいるだけで、一般人は関わりを持ちたくないだろう。

「来ましたよ」

視力が飛び抜けていい加藤が、駅前の雑踏《ざっとう》を指差した。

駅の地下出口から、スキンヘッドの男が雑踏をかき分けるように歩いて来る。身長は一七六センチと浩志と変わらないが、胸板は牛のように厚い。ダンガリーシャツにジーパンにブーツと米国の田舎《いなか》からやってきたような格好をしている。

「遅いぞ、ワット」

「すまん、地下道を歩いていたら間違えて銀座《ぎんざ》に行ってしまったんだ」

ヘンリー・ワットは、仲間から肩を叩かれながら太い笑い声を上げた。米国陸軍特殊部隊デルタフォースの中佐だったワットは、昨年浩志らとともにロシアの特殊部隊〝スペツナズ〟と闘った。多くの部下を失った彼は、軍を退役して傭兵に転身し、浩志のチームに入ることを希望していた。帰国していたワットが半年ぶりに来日したために、今日は歓迎会をすることになったのだ。

「浩志、俺のためにみんなに集まってもらって感謝するよ」

ワットは、グローブのような手を差し出してきた。

「チームに入ることはかまわんが、食い扶持《ぶち》は決まったのか」

浩志は、ワットの手を握り締めた。節くれ立った男の手は、温かかった。

浩志の率いる傭兵チーム、〝リベンジャーズ〟は、今や日本政府からも切り札として期待されている特殊作戦チームになったが、彼らのスタンスは飽くまでも傭兵であり、作戦がある時だけ雇われて報酬が支払われる。だが、いつでも彼らが出動するような緊急事態はあるわけではない。また、仲間は国際犯罪組織〝ブラックナイト〟に一人で闘いを挑もうとした浩志に賛同し、自主的に彼の下に集まったことになっている。従って個人の食い扶持は自分で探すことになる。

例えば、辰也と宮坂と加藤は、共同で自動車の修理工場と中古車の販売をしている。田中は、輸送ヘリコプターのパイロット、京介は、飲食店でコックという具合に何かしらの仕事を持っている。

「話は、飯を食いながらしよう。おいしい肉を食わせてくれるんだろ」

ワットの希望で、焼肉屋に行くことになっている。

辰也を先頭にSL広場の前の道を渡り、細い路地の右手にある焼肉屋に入った。総勢八名だが、がたいが大きい連中だけに店の奥に予約してあった席だけでは入りきらずに二つも余分にテーブル席を占領した。

午後七時、平日だが人気店らしく予約客だけで店は満席になった。

浩志の前にワットが座った。本来なら、ベンチシートが二つで四人席なのだが、ワットは横幅があるため、一人で座っている。

コースで頼んだので様々な肉が次々と出され、ジョッキを片手に肉を焼くのに忙しい。

「こんなうまい肉は食べたことがないぜ。米国はきどったレストランは増えたが、味は大したことはない。そこいくと日本はどこに行ってもうまい物が食える」

ワットは、器用に箸《はし》を使って舌鼓《したつづみ》を打っている。

「去年の十月には退役して日本に来るつもりだったが、軍が承知してくれなかったんだ。結局、正式に除隊するのに半年近くかかってしまった。俺としては、負傷したことを理由にすぐに辞められると思っていたが、そうもいかなかった」

コースの三分の二ほどが出された頃、ワットはようやく切り出した。

「だろうな」

ワットは、浩志らとロシアの偽装ミサイル艦に乗り込み、右胸を銃で撃たれて重傷を負った。しかも長時間海で漂流していたために生死も危ぶまれる状態だった。普通の軍人なら、それで名誉除隊することもできただろう。だが、ワットは、来日した米国大統領の命を救ったという実績がある。軍が簡単に辞めさせるはずがないと、浩志も思っていた。

「新しい仕事のことだが、やっと決まった。というより、仕方なくと言った方がいい」

「仕方なく？　軍関係の仕事か？」

「勘がいいな。横田《よこた》基地で働くことになった。あの基地にも特殊部隊が常駐するんだ。部隊の詳細は教えられないが、彼らの教官をすることになった。軍では、エキスパートなら民間人でも教官として迎えられる。南部訛《なまり》では英語の教師もできないと思っていたから都合がいいんだが、軍と縁が切れないことがいいのか悪いのか分からない」

ワットは、カメが甲羅《こうら》に首を引っ込めるように肩を竦めてみせた。

「軍との契約じゃ、こっちの仕事があるからって、勝手に休みは取れないだろう」

「それは、心配ない。上層部には、正直に浩志と一緒に働くと言っておいた。俺の元の上官は、浩志のことを知っていて、俺と同じく大統領の命を救った男として高く評価しているんだぜ。冗談半分で、米国を敵に回すような仕事は引き受けるなと釘は刺されたがな。教官の仕事は、アルバイトのようなものだ。いつでも休むことはできる」

ワットは、米国陸軍最強といわれる特殊部隊デルタフォースの中でもさらに選別されタスクフォース、四チームの指揮《しき》官だった。おそらくＣＩＡとも繋がりがあり、かなり特殊な任務をこなしていたに違いない。退役するにあたって、条件も出されたのだろう。

「住む場所は、決まったのか」

「当分は、横田基地の独身将校用の宿舎にやっかいになるが、基地に毎日顔を出すこともないから、できれば都心にマンションを借りたいと思っている。池谷に相談するつもりだ」

ワットは、浩志のチームに入るにあたり、米国の傭兵代理店でなく、あえて池谷に直談判して傭兵の登録をしていた。

「それがいい」

浩志は、ワットの粗暴な外見と違い、高潔な人柄と兵士としてのポテンシャルを高く評価していた。チームにとって、これほど頼もしい人物もないのだが、それだけに彼の才能を生かしきれるかどうかというと疑問も残るところだ。もっとも、チームにいる仲間は全員スペシャリストの凄腕揃いだ。よくも揃ったものだと感心するよりほかない。

「最後にもう一度、ワットの仲間入りに乾杯しましょうか」

肉を食べ尽くしたところで、幹事の辰也が声をかけてきた。

「藤堂さん、ワットに、何かひと言」

辰也に促され、浩志は立ち上がった。

「クレイジーが一人増えた。一本締めといこうか」

他の客の手前、三本締めではなく一本締めにした。ワットは何がはじまるのかときょろきょろしながら、他の仲間の真似して両手を上げている。

「イヨー！」

パンッ！

景気のいい掛け声と手拍子が店内に鳴り響いた。

難民キャンプ

一

　タイは、熱帯モンスーン気候に属し、年間の温度差は少ない。三月から五月は暑季と呼ばれ、湿度は七十パーセント、気温は三十五度を越える時もある。六月から十月は雨期となり、乾期は十一月から二月で雨は降らず　過ごしやすい季節となる。

タイの中西部にあるメソートは、街の西方を流れるサルウィン川の対岸がミャンマーのカレン州という国境の街であり、タイの他の地方都市とは風景を異《こと》にしている。

　街のいたるところに、民族衣装を着たビルマ人の姿を見かけることができる。ミャンマーから毎日千人前後の人々が職を求めて越境してくるそうだ。市内の工場で働くビルマ人だけでも数万人はいるという。低賃金で働く彼らの多くは不法滞在で、毎日のように百人近くタイの警察に捕まり、ミャンマーに送還される。また、ミャンマー政府に迫害を受けて逃れてくるカレン人などの難民は、メソート周辺だけでも二十万人近くいるとされる。

柊真が日本のNGO団体の一員として、メソートから六十キロ北の山岳地帯にある難民キャンプで働きはじめて二週間経《た》った。柊真は応急救護手当の資格を持っていることをかわれ、NGOから派遣されている松井《まつい》重孝《しげたか》という五十二歳になる医師のアシスタントとして初日から働いている。もっとも人手不足なので資格は単なる役割を振り分ける判断基準に過ぎず、雑用係のような存在だが若いだけに現地の子供の受けがよく、松井も重宝しているようだ。

「柊真君、今日はここから四十キロ西北にあるカレン族の難民の村に行くことになった。遠いから泊まりになる。トラックに救援物資を積んでくれ」

朝食後、柊真は松井に声をかけられた。

「分かりました」

柊真は、松井から荷物のリストを渡され、急いで倉庫に向かった。

三十分後、出発の準備を終えた柊真は、松井の運転する四輪トラックで難民キャンプを後にした。荷台には、食料と衣類に毛布、それに医薬品を詰め込んだ段ボール箱が積まれていた。また、二人のカレン族の現地スタッフが段ボール箱を背に座っている。

国道とはいえ、舗装もしていない山岳道路をトラックは進む。

「君は、メソートにあるカレン族の学校に行ったことはあるかね」

松井は巧《たく》みなハンドルさばきで道の窪《くぼ》みを避けながら話しかけて来た。

「一年半ほど前に一度、知り合いの女性に連れられて行ったことがあります」

美香は、学生時代にタイでボランティア活動をした経験があり、彼女のアシスタントをする形で柊真は難民キャンプやメソート市内の難民の施設を訪れていた。

「難民キャンプと比べて、どうだった」

「正直言って、難民キャンプの方が、生活は充実しているようでした」

「そのとおりだ。メソートは、地方都市として栄えているが、その陰には貧困で苦しむ人たちが大勢いる。中でも市内に住むカレン人のほとんどは不法就労者だから、工場の片隅か、粗末な小屋に住むかという極貧生活を送っている。衛生状態も極めて悪い。だが、それでも彼らは、じっと我慢して住んでいる」

「それほどミャンマーでの生活は酷《ひど》いのですか？」

「そういうことだな。サルウィン川のダム建設予定地に住んでいたカレン人は、ミャンマー軍に家を焼き払われ、見つけられると、大抵はその場で殺されるか、強制労働所行きだ。またそれ以外の地域でも、税金とは別に法外な賄賂《わいろ》を要求されるという。カレン人にとって故郷のミャンマーは生き地獄と同じなんだ」

松井は、淡々と話した。

「ミャンマー軍って、まるで盗賊と同じですね」

柊真は、眉間《みけん》に皺《しわ》を寄せて言った。

「軍事国家ではありがちだが、ミャンマーの行政は、奴隷《どれい》制が残る初期の封建時代と同じだ。もっともあの国に限らないがね。ある意味、民主国家の方が世界では少数派かもしれない」

「まさか！　先生それはないでしょう」

「君は、一度日本を離れて正解だったかもしれない。日本のマスコミは、真実を決して語らない。日本政府もそうだ。その証拠に、欧米諸国が軍事政権に制裁を加えている中で、日本は未《いま》だに援助を続けている。もっとも最近はさすがに減ったらしいがね」

「日本政府は、軍政を認めているのと同じですね」

「海外で耳を澄《す》ませば、知らないことがもっと分かって来る。それより、これから行く難民の村は、メソート市内のカレン族よりも生活レベルは低い。というより、劣悪な環境にいる。だが、決して哀れむような目つきをしてはいかんよ。彼らは、りっぱに生きている。我々がしていることは、援助であって施《ほどこ》しではない。それをはき違えれば、彼らを難民でなく浮浪者として扱ってしまうことになる」

柊真は、大きく頷いた。

アシスタントになり、毎日松井から色々な話を聞かされている。彼の言葉には含蓄《がんちく》があった。その言動を通じて医師として人間として、柊真は松井を尊敬していた。

一時間後、彼らは国道から外れ、獣道のようなジャングルの道を西に進み、カレン族の難民村に辿《たど》り着いた。

松井の言うように彼らの暮らしは最悪だった。湿気のあるジャングルに直《じか》に建てられた粗末な小屋に村人たちは住んでいる。せめて難民キャンプのように高床式の小屋なら、清潔で病虫害を防げるはずだが、これではいつ病気になってもおかしくない。

トラックが到着しても村人は誰も出てこなかった。だが、松井が運転席から顔を出すと、小屋ではなくジャングルに隠れていた村人たちがトラックの周りに集まりはじめた。片足を失い木の枝で作った松葉杖を突く男、目の不自由な年寄り、痩《や》せた妊婦、腹が突き出た栄養失調の子供たち、誰一人として健康そうな者はいない。それでも彼らは、屈託《くったく》のない笑顔で近寄ってくる。

荷台から現地スタッフが飛び降り、荷物を降ろしはじめても、柊真は硬直したように村人らから目が離せなかった。

「柊真君、ぼうっとしてちゃいかんよ」

「はっ、はい」

松井に言われて柊真は慌ててスタッフを手伝った。

まもなく村の真ん中にテントを張った簡易診療所が設営された。松井が折りたたみ椅子に座ると、村人が長蛇の列をなした。多くは、マラリアや肺炎、下痢などの感染症の患者だ。この辺《あた》りはタイでも有数のマラリア蔓延《まんえん》地域で劣悪な住環境が病魔を進行させる。

「先生、患者は五十人ほどですが、村人はここにどれくらい住んでいるんですか」

松井の側で準備をする柊真は、村人の列を数えながら尋ねた。

村は、粗末な小屋がジャングルの中に埋もれるように建てられているため、全容を把握《はあく》することができなかった。

「一ヶ月ほど前に来た時は八十人ほどいたが、歩いて来られない者も何人かいるんじゃないかな」

松井は、言葉を濁した。おそらくこの一ヶ月の間に亡くなっている村人もかなりいるのだろう。

「後で僕が、小屋を一軒一軒確かめて……」

柊真は、言葉を切って耳を澄ませた。

「どうしたんだね」

「ジャングルに大勢の人の気配を感じます」

「それは村人とは」

ダッ、ダッダッダッ！

松井の言葉を銃声が断ち切った。

ジャングルの奥から、迷彩服の男たちが銃を乱射しながら現れた。彼らは、軍服の上着を裏返しに着ている。所属を隠すためだろう。

「DKBA!」

人々は、叫《さけ》びながら逃げはじめた。

DKBAとは、民主カレン仏教徒軍のことで、カレン人でありながら政府軍に加担する民兵組織だ。ミャンマー政府は、仲間同士の争いと見せかけるように武器や資金援助をし、手厚く保護している。彼らは、軍政の手先として正規軍よりも手荒なことで知られ、越境してはタイの国境付近にある難民キャンプや村の襲撃を繰り返している。

「いかん! DKBAだ。逃げろ!」

柊真と松井は、近くにいる村人たちの手を取り、一目散にトラックに向かった。だが、村の入口に停めておいたトラックは、銃撃を受けて破壊されていた。

「だめだ! ジャングルに隠れるんだ」

ダッダッダッ!

背後から、銃弾が嵐のように襲って来た。

柊真のすぐ横を走っていた松井と村人が同時に撃たれて転倒した。

「逃げろ! 柊真!」

松井は、口から血を流しながら叫んだ。

「できません!」

柊真は松井の近くに跪《ひざまず》き叫んだ。

ダッ、ダッ！

松井の頭を銃弾が貫《つらぬ》いた。

「ムーブ、ムーブ！」

呆然とする柊真を、現地スタッフが引きずるように立ち上がらせた。

二

練馬《ねりま》の環八《かんぱち》通り沿いに〝モアマン〟という自動車修理工場がある。英語で〝send～more man.〟、援軍を送るという意味の熟語から名付けられた。経営者は、浅岡辰也、宮坂大伍、加藤豪二の三人だ。通りに面している事務所も兼ねた店は十坪ほどと狭いが、店の裏の敷地に建てられた三十坪のプレハブの倉庫を修理工場として使っている。

浩志は、工場の前に置かれたメルセデスベンツG三二〇ショートの運転席に座った。

「走行距離は六万キロ、直列六気筒DOHCエンジンの調子は抜群ですよ。やっぱりG三二〇はエンジンもいいし、最近発売されているV型八気筒の重い車よりバランスがいいですね。それに、タイヤもBSデザートデューラの二六五／七五R／一六を装備しました。

足回りも保証しますよ」

運転席の横に立っている辰也は、まるで子供のように嬉しそうな顔をして解説する。

日本に腰を落ち着けようと思い、二月末に辰也にメルセデスベンツのGクラスか、クライスラーのジープのどちらかという条件で手配させていた。新車か中古車かのこだわりはなかったのだが、買うのなら仲間のところからと思っていたのだ。

辰也は、およそ三週間かけて状態のいい一九九七年モデルを見つけ出し、二週間ほど修理や調整をしてお披露目《ひろめ》ということになった。

キーを回し、エンジンをかけた。腹に響くエンジン音が心地いい。内装も新車並みに磨かれている。

「どうですか、いい音出しているでしょう」

「気に入った。手間をかけたな」

浩志の言葉に、辰也と傍《かたわ》らに立っていた宮坂や加藤の顔もほころんだ。彼らも作業に加わり、三人でがんばってくれたようだ。

ポケットの携帯が振動した。美香からのコールと表示されている。

「浩志、大変なことになってしまったの。私、どうしよう」

美香の声が裏返っていた。時限爆弾を見ても眉一つ動かさない女が、めずらしく動揺している。

「どうした?」

「さっき、タイのNGO事務局から国際電話で、柊真君が行方不明になったって連絡が入ったの」

「何！　どういうことだ」

浩志は、エンジンを切って聞き返した。

「難民キャンプから四十キロほど離れたカレン族の村に行ったところで、武装民兵に襲撃されて日本人医師を含む村人が多数殺害されたらしいの。生き残ったスタッフによると柊真君とジャングルではぐれて、今も消息不明の状態らしくて……」

美香は、堰《せき》を切ったように一気に話しかけて来た。

「何てことだ。今日のことか」

「今から五時間ほど前のことらしいわ。車が破壊されて連絡が遅れたらしいの」

左腕の〝トレーサーP六六〇〇〟は、午後五時二十分を指している。襲撃されたのが五時間前なら、午後零時、タイの現地時間なら午前十時ということになる。

「柊真君をNGOに紹介したのは私だから、ご家族になんて言ったらいいのか」

美香の声が震えていた。

「やつが自分で決めたことだ。誰の責任でもない」

「でも……」

「あいつは、簡単なことじゃ死なない。心配するな。新しい情報が入ったら、連絡をしてくれ。家族には俺の方から連絡をしておく」

浩志は携帯を切り、大きな溜息《ためいき》をついた。

辰也らが心配そうな顔で運転席を覗《のぞ》き込んでいる。

「どうしたんですか！」

浩志が黙っていると、辰也がたまりかねた様子で聞いて来た。

「柊真が、タイで行方不明になった」

「タイで？」

「カレン族の村が襲撃された時、たまたま居合わせたらしい。おそらくＤＫＢＡだろう」

「ＤＫＢＡ！　くそっ、あの山賊どもが。その場にいたらぶっ殺してやったのに」

辰也は声を張り上げて、近くに置いてあった道具箱を蹴った。

柊真は、一昨年浩志が率いるチームがミャンマーに潜入する前まで、傭兵の仲間たちと一緒に行動していた。辰也らにとっても他人ではない。

「藤堂さん、どうされるんですか？」

「まずは、大佐を通じてタイの国軍に問い合わせるつもりだ。あいつのことだ。日が暮れる前に自力で難民キャンプまで帰ってくるかもしれない。闇雲に行ったところで、武器も調達できない。タイに傭兵代理店はないからな」

「確かに」

辰也は、大きな溜息をついた。

「宮坂、池谷に情報を収集するように連絡をしてくれ」

浩志は、比較的落ち着いて見える宮坂に指示をした後、携帯をかけた。

「大佐か。俺だ」

「どうした、浩志。今年の冬はとうとうこっちに来なかったな。はやく遊びに来い」

毎年冬になると大佐が住むマレーシアの常夏《とこなつ》の島、ランカウイに長期滞在していたが、今年は日本で冬を越した。

「すまない、そのうち顔を出す。それより、一昨年大佐が〝ブラックナイト〟に拉致《らち》された時、俺を追って日本から来た若い男を覚えているか」

「明石柊真という名前だったな。彼のおかげで命拾いしている。忘れるはずがないだろう」

ランカウイの大佐の水上ハウスが襲撃された際、柊真は敵を倒して大佐を救ったことがあった。

「柊真が、タイの難民の村で民兵に襲撃されて行方不明になった。同行の医師や村民が多数殺されたらしい」

「何だって！」

大佐の声が携帯を震わせた。

「大佐、現地の情報が欲しい」

「分かった。すぐに国軍に連絡をして、現地に兵士を派遣してもらおう」

「頼んだぞ」

アジア各国の軍隊の幹部と太いコネクションを持つ大佐は、こんな時頼りになる。

携帯を一旦切った浩志は、大きく息を吐くと今度は明石妙仁に連絡をした。

衝撃的な情報にもかかわらず、妙仁は取り乱すこともなく浩志に労《ねぎら》いの言葉をかけるほど余裕の態度を示した。それだけに連絡を終えた後、現地にいないもどかしさを痛感した。

「俺は、一旦帰るぞ」

浩志は、G三二〇のエンジンをかけた。

三

G三二〇は、ダイムラーベンツがNATO軍から依頼を受けて開発した軍用多目的車を民間用にアレンジしたモデルだ。そのため、ボディーの鉄板は、民間車とは思えないほど厚く、横からの衝撃にも強い強固なフレームが使用されている。また、いかなる条件でも耐える機動性を発揮するV型六気筒SOHC三・二リットルエンジンを持ち、フルタイム四WDの足回りは抜群だ。

浩志は、辰也ら仲間には帰るとだけ言って別れたが、G三二〇をとばして下北沢の傭兵代理店に寄った。柊真がタイで行方不明と聞き、少しでも新しい情報を得たい一心だった。

傭兵代理店、丸池屋の近場に駐車場はない。浩志は、淡島《あわしま》通り沿いの駐車場に車を停め、店まで走った。

「うん？」

丸池屋の金看板が見えるワンブロック手前で止まり、角の塀に身を隠した。店先に黒いベンツが停まっていたからだ。

待つこともなく店の引き戸が開き、がたいのいいスーツ姿の男二人と白髪頭の初老の男が現れた。顔に見覚えはないが、政府要人なのだろう。赤いネクタイにダークスーツというわけではないが、護衛らしき二人の男はSPに違いない。表看板は、質屋でも裏稼業は傭兵代理店であり、その実は防衛省情報本部隷下の特務機関だ。防衛省や政府要人が密かに訪ねて来たとしてもおかしくはない。

浩志は、ベンツが通りから見えなくなるのを確認して店に入った。

「藤堂さん！　いらっしゃいませ」

店の帳場に座っていた池谷は、浩志を見て目を丸くし、次いで長い顔に皺を寄せてぎこちなく笑ってみせた。その驚きは、浩志が連絡も入れずに突然店に現れたせいだけではなさそうだ。おおかた政府から闇の仕事でも引き受けたに違いない。

「ちょうどいいところにお見えになりました。奥にお入りください」

もみ手をしながら前を行く池谷に従い、浩志は応接室からブリーフィングルームに改装された部屋に入った。

「突然おこしになるとは、宮坂さんからご連絡をいただいた明石柊真さんのことでいらっしゃったのですか。防衛省を通じてすぐさまタイの大使館に連絡を入れてみましたが、現地の警察でも確認中というだけで、まだ把握していませんでした」

大使館には、防衛省から軍事情報の収集を担当する武官が派遣されている。おそらく駐在武官に問い合わせたのだろう。

「ジャングルで行方不明になられたそうですが、あと二時間もすれば日が暮れてしまいます。そうなれば翌日まで情報は得られないでしょう」

「明日まで待つつもりはない。七時まで情報が入らなければ関空から深夜に出発するタイ航空でバンコクに行くつもりだ。大佐からタイの国軍に連絡をとってもらっている。現地に行けばもっと情報が得られるはずだ」

「なるほど。私どもで何かお役に立てることがありますか」

「バンコクには午前六時頃着く。現地のメソートに着けるのは、トランジットを考えれば午後零時前後だろう。そこから情報を収集して場合によっては、現地で人を雇って捜索活動をするつもりだ。とにかく人手が要《い》る。チームを呼ぶつもりだ。明日の朝一番の出発便に乗れるように手配してくれ」

「当社を通じて、お仲間とうちのコマンドスタッフも雇われるということですな」

「俺がクライアントになる」

「義理堅いことをおっしゃいますね。辰也さんをはじめお仲間なら、藤堂さんの一言で地球の果てまで付いて行かれると思いますが」

池谷は、馬のような健康そうな歯を見せてにやりと笑ってみせた。

「別にあんたに義理立てしているつもりはない。俺たちは、プロの傭兵で仲良しクラブじゃない。それに仲間どうしで金のやりとりはしたくないからな」

「了解しました。ミャンマーの隣のタイに行かれるのですね」

池谷は妙な言い方をして愛想笑いをした。

「それでは、お仲間六人と当社の瀬川と黒川《くろかわ》にも準備するように連絡をとりましょう」

「ワットもいれて七人だぞ」

「ワットさんは、今日本にいらっしゃるので？」

池谷は甲高《かんだか》い声を出した。

「一昨日、米国から帰って来た」

「どうしてもワットさんにも声をかけなければなりませんか」

「チームの一員だからな。米国人にばれてまずいことでもあるのか」

浩志は、池谷が何を隠しているのか見当をつけていた。

「ここだけの話として、胸に収めていただけますか？」

「とりあえず聞こう」

「先日行方不明になったF二十二ですが、ミャンマーからラオスの奥地に墜落した可能性が出てきました。行方不明のパイロットの遺体が、昨日、サルウィン川の下流で発見されました。タイのメソートから十キロ下流です。現場に米国の大使館員が急行して、観光客として処理しましたが、ある筋からの情報でパイロットだったと報告を受けました。墜落機から脱出したものの川で溺《おぼ》れたようです」

予想したとおりの答えが返って来た。

「日本独自で捜索するつもりなのか。たとえ発見しても回収なんてとてもできないぞ」

「別にまるまる持ち帰る必要はありません。操作ユニットを取り外して持ち帰るだけでも、充分次期戦闘機の開発に役に立ちます。また、墜落位置の情報を米国に流すだけでも彼らに恩を売ることができます」

池谷は、もみ手をしながら一人で頷いてみせた。

「まさか政府は、直接俺たちを指名してきたんじゃないだろうな」

「大当たりです。正規に捜索隊を派遣することはできません。それに藤堂さんは、総理の命を救ったという実績がありますから、絶大な信頼を得ています」

昨年、北朝鮮の特殊工作部隊〝死線の魔物〟に総理官邸は占拠され、その指揮官であるソン・ジェデクの自爆テロに総理と韓国の大統領が巻き込まれるところを浩志は救った。もっともソンの行動には裏があったのだが、その秘密を知るのは浩志だけである。

「暇な時ならまだしも、今は柊真捜索で忙しい。他をあたるんだな」

「もちろん。政府としても、藤堂さんがお手隙《てすき》ならという条件ですし、現時点では情報不足ですので正式に要請するかも決まっていません」

「俺たちが、とりあえず現地に近いところにいればオッケーというわけか。調子がよすぎるぞ」

浩志は鼻で笑った。

「ものは考えようですよ、藤堂さん。引き受けてしまえば、現地での経費はすべて政府持ちになります。結果なんて出さなくていいのです。柊真さんの捜索に何日かかるか分かりませんが、相当な出費になることは間違いありません。個人で負担するのは大変ですよ」

池谷は、まるで耳打ちするように小声で話しかけて来た。

「人を見てものを言え。俺はたとえ自己破産しようが、人の金でついでに柊真を捜索しようとは思わない」

「しかし……」

池谷は、骨のあるところを見せる時もあるが、政府や人を打算的に使う時がある。利用されることが嫌いな浩志にとって腹の据えかねる行為だ。

「言われたとおりに仲間に連絡をつけるんだ。それから、ワットをはずしたら承知しないぞ。分かったか」

浩志は目の前のテーブルを叩き、何かを言いたげに口を動かしている池谷を黙らせた。

四

浩志は、下北沢の丸池屋で打合せを済ませた後、芝浦の自宅に戻った。パスポートと、いつでも行動できるように一式揃えてあるショルダーバッグを担《かつ》ぐとG三二〇で羽田《はねだ》に乗り付け、午後九時に出発する関西国際空港行きの国内線に飛び乗った。

午前一時二十五分発のバンコク行きの便なら、朝一にタイに着くことができる。浩志は関空に到着すると、さっそくタイ国際航空のチェックインカウンターで手続きをした。

「桐生《きりゅう》さまですね。お荷物は?」

パスポートとチケットを確認したカウンターの女性係員が、旅行バッグを持っていない浩志を見て首を傾げた。

　浩志は昨年ミャンマーの国軍に指名手配されたため、交戦中に死んだことにして国外に脱出した。そのため、藤堂浩志という戸籍も抹消《まっしょう》することになった。現在使用しているパスポートは、前回の作戦で内調が用意してくれた桐生浩志の名のものだ。内調が調達してくれただけに正式なものとして通用する。

「これだけだ」

浩志は、ショルダーバッグを係員に見せた。ショルダーバッグには、最低限の下着類や着替えしか入れてない。海外に行く時はいつもそうだ。必要なものがあれば現地で買えばいいと思っている。

「桐生さん」

背中越しに声を掛けられて振り返ると、傭兵代理店のコマンドスタッフである瀬川里見が立っていた。カウンターの近くなので瀬川は気を遣って偽名を呼んだのだろう。

「おまえも最終便に乗るのか?」

「私だけではありません。チーム全員が来ています。とりあえず私が航空券をまとめて購入したので先に来ました。まもなく全員集まります」

「馬鹿な。行っても無駄足になるかもしれないんだぞ」

「もちろん、覚悟の上ですよ」

「池谷は政府の要請を見越して、チームを現地入りさせたいんだな」

あの計算高い馬面の男ならやりかねない。

「池谷社長は、絡んでいませんよ」

「どういうことだ？」

「柊真君は、一昨年のマレーシアとタイでの作戦で我々と行動を共にしていました。それだけにみんなも心配なんです。それに桐生さんが行くのなら、みんな行くと言うに決まっているじゃないですか」

瀬川があたりまえとばかりに話すのを見て、浩志は苦笑した。

「分かった。経費に関しては、瀬川、おまえがまとめて後で請求してくれ。世話をかける」

「何を言っているんですか。私が航空券をまとめて買ったのは、これからタイに団体旅行に行くためですよ。仲間はみんな個人で行くんです。そんなことに桐生さんがお金を払うのは、おかしいでしょう」

「しかし……」

瀬川は大げさに肩を竦めて笑った。

「大丈夫ですよ。タイを往復したからって、大した金額ではありません。それに一番やる気を出しているのは、京介さんですから、他のみんなも刺激されたのでしょう」

「京介が？」

傭兵代理店の仲間の格付けランクは、Ｂの京介を除いて全員Ａだ。そのため京介は、年中金欠だった。浩志のチームに参加するようになってからは多少余裕が出たと聞いているが、自腹で参加できるほどとは思えない。

「ここだけの話にしてください。京介さんは、小学生の時に両親を泥棒《どろぼう》に殺害されて孤児になっているんです。だから、父親を殺された柊真君に思い入れがあるんでしょう」

傭兵は、自分の過去を話したがらないものだ。京介の子供の頃のことなど、傭兵代理店のスタッフである瀬川だから知っている情報で、仲間は誰も知らないはずだ。

「そうだったのか、知らなかった」

京介が、クレイジーと呼ばれるような行動をしていたのは、少年時代の体験によるものかもしれない。

「ところで、おまえは、仕事はどうした」

「黒川と一緒に有給休暇もらいました。池谷社長は渋い顔をしていましたが、文句は言わせませんよ」

瀬川が強気の発言をした。まるで池谷の弱みでも握っているような口ぶりだ。おそらくそうなのだろう。

「ほら、みんな来ましたよ」

深夜ということもあり、ロビーには人の姿もまばらで弛緩《しかん》した空気が流れていた。そんな緩やかな空気を壊すように八人の体格のいい男たちがロビーを歩いて来る。警備員も彼らに厳しい視線を送っていた。

仲間の一番後ろにスキンヘッドが見えた。

「ワットも来てくれたのか」

個人で来るのなら、ワットは来ないと思っていた。一昨年のマレーシアとタイの作戦には彼は参加していない。そのため、柊真と面識がないからだ。身銭を切ってまで治安の悪いタイ中西部に行く必要はない。

「ワットは、柊真君に責任を感じているんですよ」

「責任？　何についての責任だ。面識もないのに」

「彼は、柊真君の父親を殺した犯人を追っていた特殊部隊の指揮官だったでしょう。しかも犯人は、彼と同じ米兵だった。道義的責任を感じているんだと思います。もっともそんなことは口にしませんが」

一年半前、来日を予定する米国大統領の暗殺を企み、米国陸軍の隊員が脱走した。しかも彼らは、米軍最強と言われる陸軍特殊部隊デルタフォースの一員だった。また、ワットも陸軍犯罪捜査司令部の大尉と名乗っていたが、実は脱走兵を抹殺するために派遣されたデルタフォースの指揮官だった。

「道義的責任か……」

柊真のことになると過敏に浩志が反応するのは、まさにそのためだった。浩志が明石妙仁に古武道の教えを請《こ》うため、当時毎日彼の道場を訪れていた。浩志の存在が邪魔になった脱走兵たちは、道場で一人稽古《げいこ》をしていた柊真の父親紀之を誤って殺害した。米国人である彼らにとって年格好が似ている日本人の区別がつかなかったのだろう。

「兄弟、抜け駆けは困るぜ。ピクニックは、大勢で行くものだ。その方が楽しいに決まっている」

ワットは、南部訛の英語で陽気に話しかけてきた。

「そうですよ、藤堂さん。車の修理ばかりじゃ、体がなまっちまいますからね」

辰也が小銃を構える真似をしてみせた。

「おまえたちは、タイに団体旅行に行くんだろ」

「タイの中西部にあるジャングルの奥地に、柊真という名の珍しい小猿が生息しているそうです。俺たちはそれを探すツアーに参加したんですよ。おい、添乗員、チケットをくれ」

「ツアー参加のみなさん、こちらにお並びください。チケットをお配りします。パスポートは持って来ましたよね。各自でお持ちください」

辰也が冗談ぽく瀬川に声をかけると、瀬川もそれに調子を合わせた。

「添乗員を美人の女に替えろ!」

「そうだ、そうだ。男は引っ込んでいろ」

「ファーストクラスじゃないのか。サービス、悪いぞ」

仲間は、旅行気分を満喫しているかのようにはやし立てた。浩志に気を遣わせないための彼らなりの配慮なのだろう。

「困った連中だ」

浩志は、鼻で笑いながら首を横に振った。

五

二〇〇六年九月に開業したタイのスワンナプーム国際空港は、新バンコク国際空港として機能している。それまで使用されていたドンムアン空港は、一部の国内線に限り運航は継続されているが、ほとんどは軍部が使用している。

浩志らを乗せたタイ国際航空のボーイング七七七は、予定より二十二分遅れの午前五時四十二分に新バンコク国際空港に到着した。到着ロビーであるターミナルビルのレベル二の入国審査でパスポートを見せると、職員は浩志の顔とパスポートを何度も交互に見た。

「ミスター桐生、少々お尋ねしたいことがありますので、ついて来てもらえますか」

職員は、近くに立っていた警備員を呼びつけた。

浩志は、すぐ後ろに並んでいる仲間にさりげなく目配せをして、どこかで待つように指示を出した。

「何が問題なんだ」

仲間に対処させるべく、あえて職員に聞いた。

「すみません、ミスター・桐生。何も問題ありませんが、あなたを別室にお連れするように上からの命令がありまして」

職員は、まじめな顔をして両手を拡げてみせた。本当に何も知らないようだ。

仕方なく浩志は、警備員に従って入国審査の近くにある事務室に入った。事務室の片隅にカーキ色の軍服を着た男が、浩志の姿を見てすばやく立ち上がり、敬礼をしてみせた。身長は一七三、四センチ、筋肉質で髪を短く切りそろえている。タイ王国軍の軍人のようだが、顔に見覚えはない。

男は警備員を下がらせ、浩志の顔を見ると口元を弛ませた。

「ミスター・藤堂ですね。お会いできて光栄です。私は、陸軍第三特殊部隊に所属するアヌワット・パヤクルゥン大尉です。亡くなったトポイ少佐の部下でした」

トポイとは、三年前と一昨年の計二回、ミャンマーに潜入する作戦を共にした。だが、二回目の作戦中にブラックナイトの戦闘ヘリの攻撃でトポイは死亡している。

「スウブシン大佐から、ミスター・藤堂の便宜《べんぎ》を図るように命令を受けております。大佐は、基地から離れられませんので、お会いできないことを残念がっていました。もし、お帰りにでもチェンマイの基地にお寄りくだされば幸いです」

スウブシンは、第三特殊部隊の隊長で、ランカウイに住む大佐ことマジェール・佐藤の古くからの友人だ。彼から連絡を受けたスウブシンが気を遣ってくれたのだろう。

「仲間も八人いるんだが、大丈夫か」

「お任せください。人数はあらかじめ、お伺いしています」

瀬川が、大佐に連絡を入れておいたのだろう。

事務所から出て、アヌワットに従って税関を素通りすると、税関の近くのコンコースで仲間は待っていた。

「彼らが、お仲間ですね。噂通り逞《たくま》しい方ばかりですね」

「噂?」

「二万のミャンマー軍に包囲されながらも、闘って脱出したと我々の間では語りぐさになっています。それに、ミスター・藤堂は、トポイ少佐の仇《かたき》を討っていただいた英雄です」

「英雄は止めてくれ」

トポイの死に際の約束を守って、ミャンマー軍北部第三旅団の指揮官タン・ウイン准将の暗殺を実行したに過ぎない。英雄扱いは大げさだ。

浩志は、辰也らに手招きをして付いて来るように指示をした。

「少し歩きますが、すみません」

アヌワットは、苦笑してみせた。

地下二階、地上七階建ての新バンコク国際空港のターミナルビルは、延床面積五十六万三千平米と成田空港の三倍という単一建物として世界最大規模の面積を誇る。それだけにどこに行くにもかなり歩くことになる。

アヌワットは、ターミナルビル前の駐車場に向かった。二千五百台収容できる駐車場が二つ並んでいる。向かって右側の駐車場の一階の奥に陸軍のハンヴィー（高機動多用途装輪車両）が四台停めてあった。ハンヴィーの運転席からアヌワットの姿を認めた兵士が一斉に降りて、彼に最敬礼をした。

「浩志、あれは国軍のハンヴィーだぞ。俺たちは、逮捕されたのか」

事情を知らないワットが、慌てて浩志のすぐ横に並んで尋ねて来た。

「心配するな。タイの陸軍にちょっとした知り合いがいるだけだ。俺たちを現地まで送ってくれるそうだ」

ワットは、口笛を吹いてみせた。

「知り合い？　驚かせるぜ、まったく。タイの陸軍のハンヴィーをタクシー代わりに使うというのか。浩志、おまえは底知れないやつだな。ここからメソートまでハンヴィーで行くのは時間がかかるが、足があるのは助かる」

メソート郊外の柊真が襲撃された村までは、直線距離でも六百キロ以上ある。ハンヴィーをとばしたとしても、八時間はかかるだろう。

「ミスター・藤堂、私の車にお乗りください」

アヌワットが助手席に収まった車の後部座席に浩志が座ると、慌ててワットも乗り込んできた。

ハンヴィーの車列は、空港の敷地内から導入路に従って高速に入って東に向かったがジャンクションで環状高速のアウター・リング・ロードに乗ったと思ったら、すぐに一般道路に降りた。アヌワットは、無線で何か連絡をしている。タイ語なのでさすがに理解できない。間もなく車列は、旧国際空港であるドンムアン空港に入った。空港は、一部の国内線も運用されているが、基本的には貨物と軍用に使用されているようだ。

「おい、まさか。〝プロバイダー〟か」

隣に座るワットがハンヴィーの進行方向を見て驚きの声を上げた。彼が何も言わなかったら、浩志が声を上げていたことだろう。

空港の格納庫の前には、米国フェアチャイルド社製C―一二三〝プロバイダー〟が停められていた。ベトナム戦争で活躍した双発の古い輸送機は、米空軍では全機退役したが、タイ王国軍ではエンジンに改良が加えられて現役で使われている。タイ王国軍が浩志らをこの戦略中型輸送機に乗せて、メソートまで送るというのなら、驚き以外のなにものでもない。浩志のチームを最高の客として、もてなしていると見るべきだろう。

「私もメソートまでお供しますので、お乗りください」

アヌワットは、ハンヴィーを降りると〝プロバイダー〟の搭乗口に立った。

浩志ら傭兵チームは、タイ王国軍の計らいに敬意を表してアヌワットに敬礼し〝プロバイダー〟に乗り込んだ。

六

午前三時を過ぎようとしている。太陽光が、ジャングルの鬱蒼《うっそう》とした密なる空間を闇から解放するのにはまだ時間がかかる。

柊真は、慰問先である難民の村をＤＫＢＡ（民主カレン仏教徒軍）に襲撃され、ＮＧＯの現地スタッフとジャングルに逃れた。途中まで二人で行動していたが、民兵の執拗《しつよう》な攻撃にいつの間にかはぐれてしまった。

目の前で無抵抗の村人が何人も殺され、中には生きたまま体に火をつけられて殺される者もいた。三十分ほどで村を壊滅させ、わざと生かしておいた村の女を陵辱《りょうじょく》した上で殺害するとＤＫＢＡの小隊は支援物資を担いで国境に向かった。気が付いたら、帰還する彼

ら の後を柊真は尾《つ》けていた。

窃盗《せっとう》、殺人、レイプが基本戦略と言われているDKBAもカレン族である。ミャンマーから独立を目指して抵抗運動を展開していたのが、キリスト教徒中心のカレン族であった。そのため仏教徒である彼らはいつも疎外感《そがい》があった。そこを政府につけこまれ、キリスト教徒は仏教徒を皆殺しにすると吹聴《ふいちょう》されて民主仏教徒軍として独立し、政府側に寝返ったのだ。

柊真は、サルウィン川をボートで渡るDKBAを追うのに躊躇《ちゅうちょ》なく川に身を沈めた。渡河する地点の川幅が比較的狭く、水流も暑季初旬のため穏《おだ》やかで、しかも日が暮れて目立つこともなかった。だが、柊真には彼らを追跡しているという意識はなく、彼らが国境に近い場所でテントを設営するのを見てはじめて自分の行動に気が付いたほどだ。難民の村で虐殺《ぎゃくさつ》を目撃した衝撃でおかしくなっていたのだろう。

難民キャンプで働くようになって柊真は、いつもサバイバルナイフと救急の薬品とM&M'sチョコレートを入れたウエストポーチを身につけていた。救急薬品は、医療スタッフとして働いているための必需品である。また、M&M'sチョコレートは、診察を拒絶する難民の子供をなだめるためにいつも使っていた。ナイフは、支援物資の梱包《こんぽう》を解いたり、料理をする時にも使うのでいつも携帯している。

柊真はジャングルに身を隠し、二十メートルほど離れたDKBAのキャンプを何時間も見つめていた。虐殺された村の光景が頭から離れずに、眠ることができなかったのだ。夜明け近くになってさすがに疲れを感じ、見張り場から離れて拾ってきた木の枝を、サバイバルナイフで丹念に削った。精神を統一し、一心不乱に削る。そうすることでおぞましい記憶を少しの間だけでも忘れたかった。

一時間ほどで長さ一メートル弱の反《そ》りのある木刀ができた。試しに片手で振ってみると重さもちょうどいい。弾力のある木の枝を使ったので、簡単に折れることもなさそうだ。

「これなら、いけるぞ」

柊真は、何度も頷いた。

短い間であったが、NGOの松井重孝医師と一緒に働き、将来は医者になるのもいいかもしれないと思っていた。これまでの人生で最も尊敬に値《あたい》する人間は浩志だったが、彼と同じぐらい尊敬できる人物にはじめて会った。それだけに目の前で松井が殺された衝撃は大きかった。

迷彩服を着た男の一人が、死んでいる松井の頭を笑いながら踏みつけるのを見て、柊真の心は激しい憎悪と復讐心で溢《あふ》れかえった。テントの中で眠っている迷彩服の殺人者たちを叩きのめす。柊真にとって、それが今の使命であり最大の望みになっていた。

男たちは十二名、テントは三つあり、一つは二人で使用され、あとの二つは五人ずつで使用されている。二人だけで使っているうちの一人は、偉そうにしていたので隊長のようだ。まずは、この男を叩きのめす。次に松井の頭を踏みつけた男だ。隊長のテントの右隣に寝ている。残念なことに松井を銃撃した男は、特定できなかった。だが全員叩き伏せればそれで済むことだと、柊真は簡単に考えていた。

ＤＫＢＡがテントを張っている場所は、ジャングルが開けた場所だけに夜明け前の薄明かりに照らしだされていた。もはや闇と言える状態ではない。急いで制裁を済ませなければならないのだ。

柊真は、白いＴシャツにジーパンという格好だ。ジーパンはともかくＴシャツはわずかな光でも反射して目立つので、柊真はＴシャツを脱《ぬ》いでジャングルの土で洗うように揉《も》んで汚した。Ｔシャツを着ると今度は、自分の顔にも泥を塗った。

足音を立てないように隊長が眠るテントに近づき、入口の隙間から中を覗いた。さすがに真っ暗でよく見えないが二人分の寝息が聞こえる。蚊帳《かや》になっている二重の入口をゆっくりと開け、二人の男の頭が奥にあるのを確認し、中に体を滑り込ませた。そして、二人の間に膝立ちして木刀を振りかぶった。だが、金縛りにあったかのように振り下ろすことはできなかった。

（くそっ！）

これまで、無抵抗の者を相手にすることなどなかった。まして、男たちは寝ている。叩きのめすのは簡単だが、それではあまりにも卑怯《ひきょう》であり、村人を襲ったこの男たちと同じ非道な人間になってしまう。柊真はこの期《ご》に及んで躊躇した。憎むべき敵は、目の前にいるのに手が出せないのだ。

（臆病者！　こいつらは殺人鬼だぞ）

己を叱咤《しった》したが、それでも決断できなかった。

不意に隊長らしき男が寝返りをうった。

反射的に木刀を振り下ろし、男の左の首筋を強打して昏倒《こんとう》させていた。

物音に気が付いた隣の男が半身を起こし、いきなり木刀を摑《つか》んでくる。

「ちくしょう！」

柊真は木刀を離し、男に馬乗りになって顔面を殴りつけた。古武道を幼い頃から教わり、体に武術が染《し》み込んでいるにもかかわらず、柊真はまるで子供の喧嘩《けんか》のように男を拳でめちゃくちゃに殴りつけていた。憎悪ではなく、恐怖心で頭の中は真っ白になっていたのだ。

男は柊真の顔や首に手を伸ばして抵抗していたが、そのうち動きを止めた。気が付くと男の鼻は折れ、血だらけになって気絶していた。

（いけない！）

テントの外から声が聞こえて来た。

柊真は、全神経を集中させた。テントの入口付近に二人の男がいる。他には気配は感じられない。大きく深呼吸をして、傍らに落ちている木刀を握り締めて、テントから飛び出した。

男たちは銃を構えていたが、柊真の動きはそれを上回った。瞬《また》く間に二人の男を木刀で打ち据えた。

ダッダッダッ！

左前方からいきなり銃撃され、咄嗟《とっさ》にテントの陰に隠れた。

ミャンマー語だろうか、男たちが口々に何か叫びながらテントから出てくる。敵襲とでも言っているのだろう。

柊真は、這《は》うようにテントの陰に隠れながら移動した。端のテントから顔を出した敵兵と鉢合わせになった。兵士は、七・六二ミリNATO弾を使用するアサルトライフルであるG三を持っていた。

「くそっ！」

木刀の柄の部分で男のこめかみを殴りつけて気絶させると、柊真は、猛然と走り出した。

背後から、激しく銃撃された。右腕に衝撃を受け、突き飛ばされるように前に転んだが、すばやく起き上がると物陰に隠れた。

数名のミャンマー兵がG三を構えて追って来る。

柊真は右腕の焼けるような鋭い痛みに顔を歪《ゆが》ませながらも、ジャングルの闇に向かって走り出した。

越境捜査

一

浩志らは、タイ陸軍第三特殊部隊の協力を得られ、中型輸送機C―一二三〝プロバイダー〟でメソートの空港に午前七時四十分に到着した。ローカルなメソートには国内線の本数も少ないため、トランジットで時間がかかり、早くても昼ごろに着ければいいと思っていただけに数時間は得したことになる。

メソートの空港ビルで朝食を食べ、その後、ビルの一室で事件があった難民の村の捜査を担当している国軍の指揮官チャンプア・カウイチット中尉のブリーフィングを受けた。チャンプアは、浩志らが日本政府が極秘に派遣した調査団と上官から聞かされているようで、礼儀正しく対応してくれる。

「犯行は実に残虐で、村人が四十六名、難民キャンプのスタッフである日本人医師と現地スタッフをいれた二名が、殺されました。生存者は、ジャングルに逃れて助かった難民が七名、難民キャンプのスタッフが一名です。彼らは、いずれも襲撃犯はＤＫＢＡと証言しています。また現場に落ちていた薬莢《やっきょう》は、七・六二ミリＮＡＴＯ弾だったので、状況から考えても犯人は隣国から侵入したＤＫＢＡと断定していいでしょう」

タイ王国軍の制式銃はＭ一六で五・五六ミリＮＡＴＯ弾を使用している。またミャンマー国軍はガリルを制式銃としているが、ドイツＨ＆Ｋ社からライセンス生産されたＧ三も制式銃としており、使用弾丸は七・六二ミリＮＡＴＯ弾だ。ＤＫＢＡ（民主カレン仏教徒軍）は、ミャンマー軍より武器弾薬を供給されているため、彼らもＧ三を使用している。

「ＮＧＯの支援物資が紛失していることから、犯人たちが強奪したものと考えております」

「盗んで皆殺しか。なんてやつらだ」

浩志の隣に座るワットは、吐き捨てるように言った。

「犯人の足跡を辿りましたが、三キロ西のサルウィン川まで続いていました。ミャンマーに逃げたものと思われます。そのため、犯人を逮捕することは現段階では困難と判断しておりますが、我が国政府は本日中にミャンマー政府に対して正式に抗議をする予定です」

「タイ王国軍は、捜査を続けられるのですか？」

瀬川が手を上げて質問をした。

「犯人の捜査は終了しますが、国軍の兵士が二百人体制で行方不明のミスター明石の捜索を引き続き行ないます。捜索範囲も難民キャンプ周辺まで拡げて行なう予定です。また、あなたがたの調査には、輸送手段も含めてご提供する用意があります」

ブリーフィングは、それで終わった。犯人の捜査が終了することは予想されたことだ。DKBAは、頻繁《ひんぱん》に越境して難民キャンプを襲撃する。タイとしては、自国民が傷つくわけでもないし、国益を損《そこ》なうわけでもない。ミャンマー政府に抗議はするが、形だけのものだ。今回のように外国人が被害に遭《あ》って過敏になっているに過ぎない。浩志たちへのサービスも、日本政府を意識したものが背景にあるのだろう。

浩志は、さっそく二台のハンヴィーと通訳を要求した。すると、すぐさま運転する兵士付きで用意され、通訳はこれまで付き添ってくれたアヌワット・パヤクルゥン大尉が買って出てくれた。

「浩志、もし、柊真が何らかの理由でミャンマーにいるとしたら、どうするつもりだ」

目的地に向かうハンヴィーの後部座席で、ワットは浩志に囁くように尋ねて来た。

「むろんミャンマーまで行く。だが、ガイドもなしに行ったところでどうしようもない。KNLAに協力を求めるつもりだ」

浩志も助手席のアヌワットに聞かれないように小声で返事をした。

「KNLA？　カレン民族解放軍のことか。まさか、知り合いがいるなんて言うなよ」

「一人だけ、幹部を知っている。メソートにカレン民族同盟の連絡事務所がある。そこで聞いてみるつもりだ」

ワットは、首を振って笑ってみせた。どこに行っても浩志に知り合いがいることに感心を通り越して呆れているようだ。

途中、柊真が働いていた難民キャンプを通り抜けた。キャンプは、メソートから六十キロ北の山岳地帯の国道沿いにあり、粗末な小屋が丘の上にびっしりと立ち並び一つの村を形成していた。

メソートから出発して二時間半後、百キロ近く移動して現場の村に到着した。

村人が住んでいた小屋は残らず破壊され、いたるところに赤黒く固まった血だまりの跡に蠅《はえ》がたかっている。死体こそないが、虐殺が行なわれたことは明白だ。死体の処理は警察ではなく軍が行なったのか、事件現場は踏み荒らされ、手掛かりを摑むことは不可能だった。

「くそったれ！　民兵のやつら、ぶっ殺してやる！」

京介が落ちていた薬莢を拾い、それを地面に叩き付けて叫んだ。柊真のことを心配するあまり興奮しているのだろう。

「落ち着け！　京介。腹を立てているのは、おまえだけじゃないぞ」

辰也が、怒鳴《どな》りつけた。

浩志は、傍らにいた加藤に人差し指を前に出して、民兵の足跡を追うように指示した。追跡と潜入のスペシャリストである加藤は、〝トレーサーマン〟と呼ばれている。米国の傭兵学校でネイティブインディアンからトレーサー（追跡者）としての教育を徹底的に叩き込まれ、特殊な能力を身につけている。

加藤は村の中を歩き回り、すぐにジャングルを西に向かいはじめた。

浩志は、チームにハンドシグナルで加藤の後に続くように指示を出した。アヌワットとハンヴィーの運転をしていた警護の兵士が、M一六を構えて戸惑《とまど》い気味に付いてくる。

「ミスター・藤堂、本当に襲撃者たちを追跡しているのですか。軍では、襲撃者たちの足取りを摑むまでにかなりの時間を要しました」

「あいつなら、三十分とかからないだろう。それに俺の勘がただしければ、柊真の行動もすぐ分かるはずだ」

「まさか……」

アヌワットは絶句した。

それを証明するように、加藤はジャングルの中を一度も迷うことなく三キロほど西に進み、サルウィン川の岸辺に着いた。民兵の足跡が川岸の泥にいくつも残っている。ここからボートに乗って渡河したのだろう。

「民兵の数は、おそらく、十一、二名でしょう」

加藤は、足跡を追いながら靴底の違いと数を数えていたようだ。こんな芸当ができる兵士は、おそらく世界でもそうはいないだろう。

「チーム分けをする。今いる地点から、北はイーグル、南はパンサーだ。民兵の軍用ブーツ以外の足跡を見つけてくれ」

いつものように浩志がリーダーとなるイーグルチームは、どんな乗り物も運転、操縦できるというオペレーションのスペシャリスト〝ヘリボーイ〟こと田中俊信と、〝トレーサーマン〟こと加藤豪二、それに傭兵代理店のコマンドスタッフである瀬川里見と、新たに参加した〝ピッカリ〟ことヘンリー・ワットが加わり五名になった。

もう一つのパンサーチームは、爆弾のプロ〝爆弾グマ〟こと浅岡辰也と、スナイパーの名手〝針の穴〟と呼ばれる宮坂大伍、スナイパーカバーとして〝クレイジーモンキー〟こと寺脇京介、それに代理店のコマンドスタッフである黒川章《あきら》を加えた四名だ。

浩志は、タイの兵士に歩き回らないように注意し、仲間に岸辺を中心に広範囲に探させた。

「ありました」

十分後、声をあげたのは瀬川だった。

浩志は、急いで瀬川の下に駆け寄った。周辺を捜索していた仲間やアヌワットも遅れて集まって来た。

民兵の靴跡があった場所から、二十メートルほど上流の岸辺にある泥の中に靴跡はあった。サイズは、二十六、七センチ、泥が固いためはっきりしている。大小様々な楕円形と四角いストッパーが刻まれており、軍靴や難民が履《は》くようなサンダルの跡でもない。

「加藤、靴跡を確認してくれ」

追跡のプロと言われるだけに、加藤は常に、最新の靴底のパターンの情報をインプットしているらしい。

「二〇一〇年型メレル社のトレッキングシューズ、サイズは、二十七センチ。カメレオンラップで、ゴアテックスのミッドカットタイプです。いい靴履いていますね。柊真君の靴としては、贅沢《ぜいたく》かもしれませんが、周辺住民、まして民兵が履く靴では絶対ありません」

加藤は、こともなげに即答した。靴底に特徴があったようだ。値段は、一足二万円以上するらしい。確かにアルバイトで旅費を貯めた柊真が履く靴としては高価だ。靴の側面に楕円形の通気メッシュが並んだ特徴があるデザインらしい。一緒に働いている者に聞けば覚えているかもしれない。

浩志は、現地のNGOスタッフに確認させるためにすぐさま日本にいる美香に電話をかけた。タイに限らず東南アジアは、有線の電話の普及よりも設置にコストがかからない携帯電話の基地局がどこにでもあり、思いの外《ほか》携帯は通じる。

「メレルのトレッキングシューズですって！」

美香は、浩志から靴の名前を聞くなり悲鳴をあげた。

「どうした？」

「それは私が、餞別《せんべつ》代わりに柊真君にプレゼントしたものなの。柊真君は無事なの？」

「襲撃してきた民兵を追って、ミャンマーに潜入したらしい」

「なんですって！」

美香は驚いているようだが、柊真の気性から民兵を追っているに違いないと浩志は予測していた。

「追いかけたことはいいが、帰れなくなっている可能性がある」

「浩志、お願い。必ず柊真君を無事に連れ戻して」

美香は悲痛な声を上げた。

「そのつもりだ」

浩志は、溜息混じりに携帯を切った。

「藤堂さん、行きますか」

辰也が軽い調子で声をかけてきた。他の仲間も頷いてみせた。一昨年あれほど脱出に苦労したミャンマーに再び潜入するのに、仲間は余裕すら見せている。

二

浩志らが襲撃現場の調査を終えてメソートに戻って来たのは、街並が夕暮れに染まり、メインストリートにごった返していた人ごみが一段落する午後六時を過ぎていた。

柊真の手掛かりは、意外にも早く見つかった。襲撃された村から三キロ西のサルウィン川の岸辺に足跡が残されていたのだ。足跡が物陰に隠れるような位置にあったことから、柊真が身を隠しながら民兵を追っていたことは明白だ。彼を保護するには、ミャンマーに潜入するほかなくなった。

軍政下の危険地帯に潜入するには、武器がなくてははじまらない。また、加藤が柊真の足跡を追えるのなら可能性はあるが、広大なジャングルを闇雲に探したところで見つかるものではない。できれば現地に詳しいガイドも欲しい。

残念ながらタイには、傭兵代理店はない。武器を手に入れるには地元の武器商人か、マフィアをあてにするしかないが、バンコクのような大都市ならともかくローカルなメソートではそれも望めない。一昨年ミャンマーに潜入した時も、タイの国軍から条件付きで武器や装備を借りた。今回も条件付きは覚悟の上で、装備を借りなければならないだろう。

浩志は、すでに大佐ことマジェール・佐藤を通じて、国軍に武器調達を頼んでおいた。

浩志は、とりあえず瀬川を連れてＫＮＵ（カレン民族同盟）の連絡事務所を訪ねることにした。事務所は、大使館のような役割をする。そこからミャンマーのＫＮＬＡ（カレン民族解放軍）に連絡を取ってもらうことは可能なはずだ。

仲間は、一足先に今夜宿泊する市内のホテルにチェックインしている。時間が時間だけに連絡事務所に行っても挨拶《あいさつ》程度で終わる可能性はあるが、浩志は少しでも時間を無駄にしたくなかった。

メソートの目抜き通り沿いの一軒家にＫＮＵ連絡事務所の看板は掲《かか》げられている。ドアを開けると部屋の中央にソファーとテーブルが置かれ、奥に二つの事務机とコピー機が配置されていた。

手前の事務机に向かっていた四十代の男が首を傾《かし》げて浩志と瀬川を見ている。アポなしの訪問のためということもあるが、ジーパンにＴシャツと浩志と瀬川はラフな格好をしているが、それでも短く刈り上げた髪に逞《たくま》しい体は一般人には見えない。

「ＫＮＬＡの友人と連絡が取りたい。こちらで取り次いでくれるか？」

男に近づき、英語で尋ねた。

「あなた方は、日本人ですね」

浩志が頷くと、男は首を振って苦笑してみせた。

「突然来られても困りますね。ＫＮＬＡに参加したいと言って来られる義勇兵志願の日本人が時々いるんですよ。軍隊経験があるのなら分かりますが、中には銃を握ったこともない人もいます。もっとも自衛隊出身の方が、以前入隊されたことはありますが」

すぐに日本に帰って来る者もいるが、近年KNLAに参加して戦死した日本人の若者も数人いる。戦死した日本人を祀《まつ》る〝自由戦士の碑〟がメソートにはある。

「そんなつもりはない。俺は、浩志、藤堂という。ソムチャイと連絡をとりたいだけだ」

ソムチャイは、KNLAの第八旅団司令官を務めていた。だが第八旅団はミャンマー国軍に壊滅させられ、ソムチャイも捕らえられたのを浩志のチームが救出したことがある。

「コウジ、トウドウ？　からかっているのか、冗談は止めてくれ。彼は、去年ミャンマーで交戦中に死亡したはずだ」

男は険しい顔をして立ち上がった。

「俺の名前を知っているのか。殺されたことにしただけだ。冗談を言ったところで仕方がないだろう」

「もし、本物のミスター・藤堂なら、ソムチャイ司令官を救いだした英雄だ。大歓迎をする。だが、司令官の居場所を突き止めるために、日本人に扮したミャンマーの秘密警察の罠かもしれない。本物というのなら証拠を見せることだな。帰ってくれ」

男は、帰れと両手を大きく振った。

「待て、ワンロップ。その人は、本物のミスター・藤堂だ」

事務所の奥のドアが開き、松葉杖をついた片足の男が現れた。

「ソーミンか」

「私はあなたが生きていると信じていました。またお会いできて夢のようです」

浩志が笑顔で声をかけると、ソーミンは白い歯を見せて答えた。彼は一昨年ミャンマーに潜入する際にガイドを務めてくれたＫＮＬＡの兵士で、タイに脱出する際に、攻撃ヘリの三十ミリ機関砲で左足を撃ち抜かれて足を切断した。タイの病院で手術をして一命を取り留めたことまでは知っていたが、その後の消息は知らなかった。

「元気にしていたか」

「戦線を離脱しましたので、今はこの事務所で働いています」

ソーミンは、はにかんだ笑顔を見せた。第八旅団の有能な兵士だっただけに、大使館で言えば武官として、連絡事務所で働いているのだろう。

「ソムチャイ司令官は、第八旅団を立て直して、現在は北部の第五旅団と行動をともにしています。連絡を取るには少し時間がかかります」

「人を捜している。若い男でミャンマーに単独で潜入したらしいが、消息が分からない」

浩志は、難民の村が攻撃されたことと柊真の足跡をサルウィン川で見つけたことを説明した。

「その人は、あの事件に関わっていたのですか。それにしてもＤＫＢＡを追ってミャンマーに潜入するとは、なんて無茶なことを。いったい何を考えているんですか。犯人を見つけてタイに戻って通報したところで、軍や警察が動くわけでもないのに」

ソーミンは、眉をひそめた。

「柊真は、戦争を知らない若者だ。しかも武道の達人で自分の力を過信している。殺害された仲間のために復讐《ふくしゅう》するつもりなのかもしれない」

危険に進んで飛び込もうとする柊真に、浩志はわざと敵の頭を撃ち抜くという修羅場《しゅらば》を見せて忠告したことがある。以来、馬鹿げた行為はしないものと思っていた。だが、それを犯してまで行動するからにはよほどの理由があったのだろう。

「事情はどうあれ、彼を無事保護したい。協力してくれ」

浩志は、ソーミンに頭を下げた。

「止めてください。あなたに頭を下げられては、私の立場がなくなる。いくらでも協力しますが、この数日、サルウィン川周辺が騒がしいのです。軍がサルウィン川周辺の立ち入りを禁止したのです。DKBAが越境してきたのは、流域で活動できないためでしょう」

「軍が立ち入りを禁止した？　理由はなんだ」

「軍政が押し進めるダム建設を妨害《ぼうがい》されないためと我々は理解していますが、DKBAの行動も抑制《よくせい》している理由までは分かりません。また、これまでダム建設のために軍が駐《ちゅう》屯《とん》していた場所よりも、下流にまで立ち入り禁止区域は拡がりました」

サルウィン川に、ミャンマーの軍政とタイの発電公社（ＥＧＡＴ）が共同して五カ所に大型水力発電ダムを建設する計画がある。電力の大部分はタイに輸出され、軍政の新たな資金になるということもあるが、開発による環境破壊と周辺住民の虐殺、強制労働、略奪などミャンマー軍による暴挙が問題視されている。それに対して、ＫＮＬＡは妨害工作を続けていた。建設予定地は五カ所あるが、一番下流のハッジーダムの工事が進められているだけで、後の四カ所の工事は停滞している。

「警戒にあたって、ミャンマー軍は大部隊を投入しているのか」

「そういうわけでもありません。単純に上流に駐屯する軍が警戒区域を拡げただけのようです。警戒区域が拡がった分、要所の兵士が少なくなって潜入は逆に楽かもしれませんね。現在この地域に詳しい第八旅団の一個小隊が、原因を調査するために派遣されているはずです。いずれ理由は分かるでしょう」

ミャンマー軍の手下ともいうべきＤＫＢＡの立ち入りを禁止したことが気になる。数日前に傭兵代理店の池谷から聞かされた米軍戦闘機、Ｆ二十二の消息不明事件が浩志の脳裏《のうり》を横切った。

「場所を教えてくれ」

「こちらへどうぞ」

ソーミンは、奥のドアを開けて浩志と瀬川を招き入れた。

西日が射す小さな高窓が一つだけある十畳ほどの部屋で、書類が納められた棚が並んでいた。奥の壁にミャンマーとタイの大きな地図が張り出されてある。窓は開けてあるが蒸し暑さに額から汗が流れた。

「襲撃された難民の村は、ソンヤング村から八キロ下流のこの地点です」

ソーミンは、メソートから百キロほど北の地点を指差した。

「上流のダム建設が行なわれている場所は、このダグウィンです」

地図には、赤い点が標《しる》されており、難民の村から四十キロ北北西のサルウィン川の川岸にあった。

「新たに立ち入り禁止になった地区は、ダグウィンから下流の四十キロまでです。襲撃された村は、立ち入り禁止地区の対岸の南の端にあたります」

ソーミンは、再び難民の村を指差した。

「潜入している小隊の人数は？」

「隊長を含めて六人です」

ミャンマー軍の警戒区域に潜入するには妥当《だとう》な人数と言えるが、広大なジャングルで人を捜すにはあまりにも少ない。

浩志は、溜息を殺して頷いた。

三

小さな高窓からの残照も消え、蒸し暑さだけが部屋に残った。

浩志は、左腕の〝トレーサーP六六〇〇〟を見た。放射性物質を使わないトリチウムガスが充塡《じゅうてん》された文字盤は、薄暗い部屋でもはっきりと午後七時半を指していた。

「七時半か。腹減ったな」

ソーミンからKNLAの状況やソム・チャイの近況を聞いていたら、時間が経つのを忘れてしまった。しかも襲撃された難民の村の調査で時間がかかり、昼飯も食べていない。

「ソーミン、一緒に飯を食わないか。仲間も一緒に来ている」

仲間とホテルの近くの中華レストランで待ち合わせをしていた。

「喜んでお供します。書類を片付けるのを待っていただけますか」

浩志は、片足のソーミンが松葉杖を突きながら机の上を片付けている、戦場では明日は我が身という光景を見て、苦い物を飲み込んだような気分になった。

事務所を出た三人は、近道をするためにメインストリートから、一本裏通りに入った。

「しまった」

浩志は、舌打ちをした。宝石商が軒を並べるメインストリートは、ミャンマーから押し寄せる宝石売りや仲買人が日暮れ前には帰ってしまうため人のはけるのも早いが、それでも日没後の涼を求めて人通りはあった。だが、一歩裏通りに入ると深夜のように人気はない。しかもざらついた胸騒ぎを感じる。

「ソーミン、俺の後ろを歩け。瀬川、油断するな」

瀬川も何か感じていたのだろう。頷くとソーミンを挟むように一番後ろに付いた。

ワンブロック先の角から、作業服のようなグレーのジャケットを着た男が三人現れた。いずれも身長一七〇センチ半《なか》ばで体格もいい。一般人でないことはすぐ分かる。

「藤堂さん、彼らはミャンマーの秘密警察です。相手をしてはいけません」

ソーミンが、肩越しに小声で教えてくれた。

「藤堂さん、後ろにも三名現れました」

瀬川が落ち着いた声で報告してきた。

前方の三人の男たちは並んで立ち止まり、狭い通りを塞いだ。

「どけ、じゃまだ」

浩志は、目の前の男に言った。

男は、一七五センチほどで浩志と大して変わらない。浩志の乱暴な言葉にたじろぐ様子はない。

「私の質問に答えたら、道を開けよう。見たところ、中国人か、日本人に見える。英語の発音も悪くない。名前を聞かせて欲しい」

浅黒い顔をした男は、言葉は丁寧《ていねい》だが挑発するように顔を近づけて来た。

「ただの旅行者だ。だが、見知らぬ人間に名乗るほどお人好しじゃない」

浩志は、男の視線を封じ込めるように睨《にら》みつけた。

「似ている。あなたは一昨年、軍から回って来たコウジ、トウドウの手配書にそっくりだ」

男は、浩志から視線を外したもののヤニ臭い息を吹きかけてきた。

「誰だ、それは？」

浩志は、肩を竦めて首を振った。

「もっともコウジ、トウドウは、昨年の春に死んだことになっている。だが、もし本物なら、ミャンマーでは死刑になる」

男は、本気で浩志を疑っているわけではないのだろう。本人とも知らずに手配書に似ている浩志の顔を見て、因縁《いんねん》をつける気になったのだろう。観光客の日本人と思ってカモになると思ったに違いない。

体制のゆがみが役人を犯罪者にするのか、犯罪者が役人になっているのかは分からないが、ミャンマーの警察や軍隊には、人の弱みに付け込んでゆすりやたかりをする類《たぐ》いは多いらしい。

「以前、日本でも同じことを言われた。よほどその男と似ているらしい。だが、俺の名は、キム・ソンミン、韓国人だ」

浩志はもう一度肩を竦めて笑ってみせた。

「キム・ソンミン？　おかしい。私の勘違いなのか。ここから、二ブロック先のホテル〝メゾートイン〟の宿泊客名簿には、コウジ、キリュウの名前があった。国籍は、日本だった。韓国ではない。もっとも私の勘違いということにしてもかまわないがね」

明らかに金が目的なのだろう。男の粘《ねば》りのある視線と回りくどい口ぶりが鼻についてきた。我慢も臨界点に達するのは時間の問題だ。

「コウジ、キリュウは、俺だ。友人のキムにこれ以上つきまとうな」

瀬川が、機転を利《き》かして浩志と男の間に割り込んできた。瀬川は一八六センチに八十キロ近い体重がある。しかも鍛え抜いた体はTシャツでは隠す術もなく、盛り上がった筋肉は充分過ぎるほど威圧感を与える。

「でかいからって大きな顔をするな。我々が六人いることが分からないらしいな」

男は、一瞬たじろいだが、数に頼んで引こうとはしなかった。

「いい加減にしろよ、この野郎！」

瀬川は、男の胸を両手で突いた。虚をつかれた男は、勢いよく背中から倒れた。

「何をするんだ！」

「俺は、日本のヤクザだ。おまえら田舎のチンピラが怖いとでも思っているのか」

瀬川は英語で啖呵《たんか》を切ってみせた。

「ヤクザだと、思い知らせてやれ！」

倒された男が大声で怒鳴った。

左に立っている男の拳《こぶし》が上がった。だがその瞬間、瀬川は右パンチを男の顔面に炸裂《さくれつ》させ、二メートル後方の壁まで飛ばした。慌てて殴り掛かって来た右端の男に膝蹴りを喰らわせて失神させたついでに腰車で四メートルほど投げ飛ばした。大男で馬鹿力があるだけに迫力がある闘いぶりだ。

「いけません！」

ソーミンは、後ろで悲鳴をあげた。

「おもしろいから、後ろに下がっていろ、ソーミン」

浩志は、ソーミンを道路脇まで下がらせ、腕を組んで高みの見物と決めた。

背後で控えていた男たちが駆け寄り、三人が一度に瀬川に抱きついた。

「ウオー！」

瀬川は、奇声を上げて三人を抱えたまま民家の壁に自ら激突して、男たちを振りほどくと、倒れた男たちを次々と掴み上げては殴りつける。男たちは、悲鳴を上げながら逃げ惑うが、瀬川は容赦《ようしゃ》なく追いかけて蹴り上げ、隙を見て立ち上がろうとする者には、パンチを喰らわす。一対六ではあるが、子供相手に大の大人が本気で喧嘩を売っているようなものだ。相手がかわいそうになってきた。

「ミスター・桐生、その辺にしといてやれ。殺しちまうぞ」

浩志が制すると、瀬川はウインクをしてみせた。

「おまえら、日本のヤクザを舐《な》めるなよ」

浩志に絡んできた男の胸ぐらを瀬川は両手で吊るし上げてすごんだ。

男は、か細い声でイエスと何度も返事をした。

「今度見たら、ぶっ殺すぞ」

瀬川は、男を地面に転がすとその尻を蹴った。

演技とはいえ、なかなかの悪役ぶりだ。世界ブランドになったヤクザを名乗るのも、機転が利いている。これで秘密警察もホテルに近寄ることもなくなるだろう。短気な辰也なら分かるが、これまで知っていた冷静な瀬川とはまるで別人だ。だがそれは計算された行動だった。傭兵としての経験値が、陸自空挺部隊の堅物《かたぶつ》を進化させたに違いない。

四

三月も末、ミャンマー東部のジャングルは、日中の気温は三十八度近くまで上がった。

日が暮れて気温は下がったが、それでも三十度は切っていない。

柊真は、喉の焼けるような痛みで目を覚ました。

「どこだ、ここは？」

ＤＫＢＡ（民主カレン仏教徒軍）のキャンプを明け方襲ったものの、気付かれて逆に激しい逆襲に遭った。銃弾の嵐に追われ、無我夢中でジャングルの奥へと逃げ込み、休憩するつもりで腰を降ろした木の根元でそのまま寝てしまったようだ。

「そっか」

昨日からの出来事を頭の中で整理し、柊真は頭を軽く振った。

左腕のトレッキングウォッチを見た。午後一時半、腕時計のコンパス機能を使って方位計測し、太陽の位置を確かめるべく南の空を見上げた。

「痛ててっ！」

右腕に激痛が走った。薄汚れたＴシャツに一センチほどの穴が開いており、そこから血が滲《にじ》んでいた。逃げる途中、民兵に銃で撃たれたことを思い出した。慌ててＴシャツを脱ぎ、傷口を見た。右の上腕の後ろから前にかけて弾は抜けているようだ。弾が抜けているのなら、ただの怪我と変わらないはずだ。

柊真は、ウエストポーチに入れてある救急医療セットの中からアルコールを出して傷口に垂らした。

「くっ！」

焼けるような痛みに耐えて傷口を消毒し、止血ガーゼで覆《おお》いテープで固定した。そして、左手で傷口の上を軽く押さえて右肩をゆっくりと回してみた。痛みは走るが、骨や筋には異常はなさそうだ。これなら、細菌に感染しないかぎり治りは早いだろう。

Ｔシャツを着て深呼吸をしてみると、祖父の妙仁の顔が浮かんだ。

（爺さんに怒られるな）

今頃日本では、大騒ぎになっているはずだ。気難しい妙仁のもとにマスコミが押しかけているのかと思うと、憂鬱《ゆううつ》な気分になった。だが、民兵を尾行し、彼らを襲撃したことは後悔していない。復讐する権利が自分にはあると今でも思っている。越境して来た彼らはタイで捕まらない限り、誰も処罰することはできない。何もしなければ殺された松井と村人たちは犬死にしたことになってしまう。それだけは許せなかった。

腹の虫が鳴った。ウエストポーチからＭ＆Ｍ'sチョコレートの袋を出して中を覗いた。あと八粒しか残っていない。昨夜、晩飯代わりに五粒食べたのを思い出した。とりあえず一粒味わうように噛み締めながら食べた。チョコレートは口の中で溶けるのだが、唾液が出てこない。しかも乾いた喉にチョコレートが引っ掛かり、なかなか飲み込めずに咳き込んだ。今必要なのは、食べ物じゃなくて水だということが分かった。

「くそっ！」

チョコレートの袋をウエストポーチに仕舞った。なんでもいいから喉を潤《うるお》したかった。東に行けばサルウィン川に出るはずだ。柊真は時計で方位を確認しながら東に向かった。川に出たら、水を飲みたい。そして、一刻も早くタイに戻りたかった。

だが、次第に体は重くなり、気怠《けだる》さで足を動かすのも面倒臭くなってきた。傷が原因かもしれないが、脱水症状が思っているより深刻かもしれない。このままでは確実に歩けなくなり死んでしまう。しかもジャングルをやたら走り、西の方角に逃げたのだろう、確実に東に向かって進んでいるのだが、なかなかサルウィン川に出られなかった。

目眩《めまい》を感じる度《たび》に、柊真は時計で方位を確認しながら東を目指した。鬱蒼としたジャングルを進むのは容易なことではない。腰まで伸びた雑草を踏み越え、木から垂れ下がった蔦《つた》が行く手を阻《はば》む。ナイフを使えばいいのだが振り回す気力もない。足下はぬかるんで滑りやすいが、美香から貰ったメレル社のトレッキングシューズがグリップを利かせているのがせめてもの救いだ。

動物たちの鳴き声がうるさい。特にサルの鳴き声は凄まじい。彼らは鳴き声で互いのコミュニケーションを取り、また縄張りに侵入した動物を威嚇《いかく》するという。

見上げると高い木の枝の上にいる手の長いサルと目が合った。サルは柊真をあざ笑うかのように鳴き声を上げ、ゆっくりと木の枝を登り視界から消えた。すると今度は耳を覆いたくなるほどサルたちのけたたましい鳴き声が襲って来た。柊真は彼らの縄張りから一刻も早く出ようと先を急いだ。

(待てよ)

タイやミャンマーに生息するのは白テナガザルで、主に果物が主食だとＮＧＯのスタッフから聞いたことがある。柊真は、振り返って暮れ色に染まるジャングルの中を見渡した。すると小振りではあるが野生のイチジクが鈴なりに成っているのを見つけた。

柊真は小躍りしながらイチジクの実をもぎ取り、皮も剝《む》かずにかぶりついた。口の中にイチジクの芳醇《ほうじゅん》な香りとともに果肉の甘い水分が溢れた。夢中になって二つ食べ、三個目はナイフで皮を剝いて食べた。

「うめぇ!」

十個ほど一気に食べるとようやく一息ついてイチジクの木の根元に腰を降ろした。イチジクは糖分が高い。気怠さが取れ、体中に力が湧いて来るのが分かった。

「ん……?」

南の方角から、動物たちの鳴き声に混じり微《かす》かに人の声が聞こえた。

柊真は、近くの藪《やぶ》の中に身を潜《ひそ》めた。声のする方角には、獣道のような細い道があった。

しばらくして小銃を構え、大きな荷物を抱えた男たちが道を通り過ぎた。顔中に包帯《ほうたい》を巻いた男がいる。柊真が鼻の骨を折ってやった民兵だろう。荷物は、難民の村から奪った支援物資に違いない。

彼らは、いずれも軍服の上着をちゃんと着ていた。左胸と肩にＤＫＢＡの徽章《きしょう》のワッペンが貼られている。おそらくそれを見られるのがいやで裏返しに着ていたのだろう。

足に白い布を巻き付けた男が仲間の肩を借りて足を引きずりながら歩いている。柊真は、最初に襲ったテントの二人とその近くで二人、さらに逃走する途中で一人、合計五名の男を倒しているが、最初の一人を除いていずれも頭を叩き気絶させただけだ。足を負傷した男は、おそらく柊真を追いかける際に仲間の流れ弾に当たったに違いない。

（くそっ！　あいつだ）

一番後ろに忘れもしない顔をした男が、ふてくされたような態度で通り過ぎた。尊敬していた松井医師の頭を踏みつけて笑っていた民兵だ。空腹と疲れのために忘れていた怒りが腹の底から爆発するように蘇った。

柊真は、最後尾の男から距離をとって彼らを追った。

五

ソーミンとの再会を祝して飲み明かした翌日の朝、浩志は新たな情報を得るために再びＫＮＵ（カレン民族同盟）の連絡事務所を訪ねた。

「ミスター・藤堂、おはようございます。今朝、ミャンマー軍が設定した立ち入り禁止区域に潜入している第八旅団の小隊と携帯で連絡が取れました。彼らは、現在タイのメーサムレップの対岸から二十キロ南のジャングルを移動中だそうです」

ソーミンは、いささか興奮気味に報告してくれたが、浩志は彼の横に見知らぬ若者が緊張した様子で立っているのが気になった。身長は、百七十センチ足らずで痩《や》せている。だが引き締まった筋肉は鍛えたというよりも日々の生活で自然に身に付けたものらしく、均整がとれた体型をしていた。

「すみません。先に報告した方がいいと思って、紹介が遅れました。彼は、いとこのヤンオングです。先月第八旅団の軍事訓練を終えて、仲間と一緒に医薬品の補給に来たところです。もしミャンマーに潜入することがあれば、彼をガイドとしてつけますので安心してください。彼も英語は堪能です」

ソーミンは浩志の視線に気付き、傍らに立つヤンオングを紹介した。いとこと言っても今年三十一歳になるソーミンよりかなり年下だろう。目が大きく、あどけなさがまだ顔に残っている。

「ミスター・藤堂は、司令官の命の恩人だと聞いていました。お会いできて光栄です」

浩志が右手を出すと、ヤンオングは溢れんばかりの笑顔で手を握り締めてきた。屈託が感じられない素朴な好青年だ。

「ソーミン、潜入している小隊の現在位置を知りたい。地図で説明してくれ」

「分かりました」

昨日、地図があった奥の倉庫に浩志は案内された。

「第八旅団の小隊は第五小隊で、隊長のジンウエイは、今年三十八歳になるベテランです。彼はサルウィン川でダム開発が進められているダグウィンに住んでいましたので、この地域の地理には明るいのです。ただ、今朝の連絡ではミャンマー軍が、なぜダム開発が停止しているダグウィンの警戒区域を拡げたのか、まだ原因は分かっていないようです」

ダムの流域に住んでいた住民は、移転の補償どころか代替地《だいたいち》も与えられずに退去させられた上、建設の重労働を強要させられ、その上食料の拠出まで強《し》いられているそうだ。そのため、ダム開発流域から大量の難民が出ている。ジンウエイも難民だったのだろう。

「今から、三十分前に連絡が取れた地点は、柊真さんが襲われた難民の村から北西三十八キロのミャンマーのジャングルの中です。ジンウエイ隊長に柊真君のことを話したら、敵の動向を見極めながら、難民の村の対岸まで南下してくれるそうです」

ソーミンは、奥の壁に貼り出されている地図を指差した。ジャングルは広い。その上、見通しが利かない。小隊はたったの六名と聞かされている。彼らが直接柊真を捜し出すのは、砂浜に落ちた針を探すようなものだ。

柊真が発見される可能性として考えられるのは、敵兵に捕まりミャンマーの首都ネピドーに移送されてマスコミに登場するか、あるいは、彼自身が潜入した経路を逆に辿り、その過程で浩志らと遭遇するかのどちらかだろう。もちろん生きていればの話だが。

「我々は間もなく武器を入手し、装備を整えて襲撃された難民の村の近くから夜を待って出撃する。第五小隊からの連絡の有無に関係なく、ミャンマーに潜入し、柊真の足取りを追うつもりだ」

浩志は、そう言い残すと連絡事務所を出た。事務所の前にタクシーが停まっている。後部座席から、瀬川が顔を覗かせた。

「待たせたな」

浩志はタクシーに乗り込み、街のはずれにある空港に向かった。

大佐からタイ王国軍、陸軍第三特殊部隊隊長のスウブシン大佐に武器の調達を頼んでおいた。だが、今回はまったく私的なことであり、前回のようにタイの秘密作戦と絡ませたものとも違う。タイ最強といわれる特殊部隊の隊長でも九人分の軍備を貸し出すのは容易でなかったらしく、大佐はさらに軍の上層部と掛け合って了解を得たらしい。

メソートの中心街から三キロ西南に千五百メートルの滑走路を持つ空港がある。空港ビルの前の駐車場でタクシーを降りて、浩志と瀬川は敷地内の西の外れにある格納庫に向かった。格納庫の前には、軍から借りた運転手付きのハンヴィーが二台停められている。ホテルでは待ちきれなくて仲間は先にやって来ているようだ。

シャッターが開け放たれた格納庫の陰に仲間たちは銘々座り込んでいる。浩志が軽く手を挙げると仲間は気怠そうに手を挙げて答えてきた。

浩志と瀬川は、午前十時というのに焼けるような日差しから逃れるために格納庫の影に入った。体感温度は下がるが、それでも三十五度近い温度はあるだろう。

「大将、ちょっといいか。二人で話をしたい」

ワットが、浩志の顔を見るなり声をかけてきた。浩志が頷くと仲間から離れて格納庫の窓際に向かいながらワットは話しはじめた。

「ホテルのレストランで飯を食っていたら、昔の仲間が声をかけてきた」

「米軍の仲間か?」

「いや、CIAだ。南米のある作戦で一緒に働いたことがある気のいい奴だ。そいつから、今回は陸から作戦に出るのかと聞かれた。とりあえず作戦の内容は話せないと答えておいたが、俺が退役したことを知らなかったようだ。ミャンマーに入国すると言っていた。観光客のような格好をしていたが、もちろん任務だろう。俺たちは、柊真を探しに来たんだよな。それとも他にも作戦があるのか?」

ワットは、もちろん米軍の戦闘機F二十二〝ラプター〟が行方不明になったことは知らないはずだ。CIAの捜査官は、観光客を装ってメソートからミャンマーに潜入して、ミャンマー軍の動向を調べるのだろう。彼らがいるということは、行方不明の〝ラプター〟

の場所を、ある程度特定しているのかもしれない。もっとも話す必要がないと思ったか

「これは、極秘事項だ。まだ仲間にも話していない。だが、先日、パイロットの死体がサルウィ

らだ。〝ラプター〟が一機行方不明になった。俺の知っていることはそれだけだ」

ン川下流で見つかった。傭兵代理店の池谷からは口止めされていたが、仲間に隠すほどのことではない。

「〝ラプター〟？　まさか、ベトナム沖の演習に参加していたF二十二のことか」

ワットが舌打ちをした。

「そうだ。パイロットが突然錯乱して演習のコースを外れたらしい。ジャングルに墜落していたら派手に痕跡《こんせき》を残すから、軍事衛星で見つけることは可能だろう。だが、未だに墜落場所が特定されていないところを見ると、おそらくサルウィン川を滑走路として不時着した可能性がある。場所は、おそらく住民のいない渓谷《けいこく》だろうな」

これまでの事実を積み重ねれば、そう考えるのが妥当だろう。演習地から、サルウィン川までの距離は、およそ千四百キロ、〝ラプター〟の最大飛行距離に相当する。おそらく燃料が尽きて着陸場所を見つけたところが川だったに違いない。パイロットが死んでしまったので推測の域を出ないが、燃料がなくなった〝ラプター〟は超高速飛行から亜音速飛行になった。そこでようやくパイロットは正気を取り戻したのかもしれない。

「川底に沈んだのか。なるほどな。そうなると、米軍は機体を見つけ次第、特殊部隊を投

入して破壊工作をするだろう。ＣＩＡは、サルウィン川流域をタイとミャンマーの両国から同時に調べているに違いない」

「今回は、ミャンマーに潜入するのはさほど難しくはないらしい。だが、俺たちが向こうで米軍の特殊部隊と鉢合わせをする可能性もなくはないな」

「まったくだ。特殊部隊に遭遇して、敵と間違えて交戦するのは避けたいな」

ワットは、肩を竦めて太い首を引っ込めた。

予定では、タイ王国軍の輸送ヘリが到着するのは昼近くと大佐からは聞かされていた。だが午後十二時を過ぎても来る気配はない。エアコンもない格納庫で待機するのもいい加減うんざりした頃、ヘリの微かな爆音が聞こえて来た。

「来ましたよ！」

視力のいい加藤が、はるか北の空を見上げて声を上げた。

午後一時二十分、予定より一時間近く遅れて武器を積んだ待望の輸送ヘリがやってきたようだ。

六

銃を肩からかけ、迷彩服を着た民兵たちは隊列を整えることもなく、サルウィン川から一キロほど西にある渓谷沿いの荒れた道をだらしなく歩いている。

カレン族の難民キャンプを襲撃したDKBA（民主カレン仏教徒軍）の小隊は、柊真に鼻の骨を折られた男とは別に、味方の流れ弾に当たって足を負傷した男がいた。負傷者は一人では歩くことはできず、仲間の肩を借りている。

彼らは、ミャンマー軍が設定した立ち入り禁止区域にある小部隊の駐屯地を目指していた。小部隊はダグウィンのダム建設の守備隊に属する。五十人程度の小さな駐屯地だが、サルウィン川から五十メートルほど西のジャングルを切り開き、野営テントと簡易的に作られた小屋があり、それとは別に十五メートル四方の格納庫のような小屋もある。しかも、充分な補給物資があった。民兵たちはそこで負傷した仲間の治療をするつもりなのだ。

先頭を歩く民兵が突然立ち止まり、後ろに続く男たちに何か指示をしている。

（何をしているんだ？）

柊真は、道からはずれたヤシの木の後ろから様子を窺《うかが》った。

民兵たちは、担いでいた荷物を近くにある一番大きなヤシの木の後ろに隠しはじめた。国軍の手下である民兵たちも、軍からは搾取《さくしゅ》される側になる。駐屯地で搾取されないようにしているのだろう。事情を知らない柊真には理解しがたい行為であった。

支援物資を隠し終えた民兵たちは、また歩き出した。

（しめた！）

柊真は民兵の姿が見えなくなると、彼らの残していった荷物の中から毛布と食料と水を取り出した。そして、毛布を半分に切り裂き、食料と水を包んで肩に斜めにかけて胸元で結んだ。数分で作業を終えた柊真は再び民兵を追って走った。

やがて民兵たちは、ちいさなテント村のような国軍小部隊の駐屯地に辿り着いた。入口付近に立っていた兵士が民兵に駆け寄り、なにごとかわめきはじめた。兵士は、民兵すら進入禁止とされている区域の駐屯地に来たことを咎《とが》めているのだろう。そのうち奥の小屋から指揮官らしき者が出てくると、民兵の一人が背《はい》のうからちいさな包みを出して渡した。支援物資から抜き取ったものだろう。すると指揮官は上機嫌になり、民兵に手招きをして駐屯地に招き入れた。民兵は、賄賂を渡したのだ。柊真はそこではじめて彼らが支援物資を隠した不可解な行為を理解した。

柊真は、腕時計を見た。午後六時四十分。

背中に斜めがけにした荷物を降ろし、二日分の食料と水があることを柊真は確認してにやりと笑った。今朝は飢《う》え死にするかという危機感もあったが、今は充分な準備がある。足りなければ、隠した場所に戻ればいい。それに負傷した傷も悪化する様子はない。

（とりあえず、連中が外に出て来るまで待つとするか）

民兵を襲うにしても、駐屯地から彼らが出て来てからまた考えればいい。柊真は、危機的状況を脱したこともあり、楽観的に考えていた。

腹の虫が鳴った。柊真は、朝からイチジクしか食べていないことに気が付き、夕食をとることにした。支援物資はメソートの街で買い付け、難民キャンプで備蓄されているものだ。調理のいらない水と缶詰とビスケットだけ持ち出して来た。

ビスケットは、タイのホーミー社の海苔《のり》味だった。パッケージにタイ語と英語、それになぜかひらがなで〝のりのふうみ〟と書かれてある。味は微妙な塩味で海苔の風味がする。缶詰は、シーレクという名で、マグロを辛子調味料で味付けしたものでタイ人には人気がある。柊真は、ナイフをスプーン代わりにしてマグロのフレークを食べながら、ビスケットを頰張った。腹が減っているのでおいしく食べられるのだが、どちらも味が濃いので日本食が恋しくなる。

缶詰を一缶とビスケットは袋の半分を食べたところで、柊真は極度の睡魔に襲われた。寝ていないということもあるが、撃たれた傷のせいで疲れ易《やす》くなっているのだろう。柊真は少し横になるつもりで毛布を枕にしたところ、気を失うように寝てしまった。場所は、駐屯地から三十メートルほど離れたジャングルの中だったが、兵士が駐屯地の周囲四十メートル以内を定期的に巡回することなど彼が知るはずもなかった。

午後十一時三十分、柊真は軽い寝息を立てて熟睡していた。

真夜中のジャングルは、夜行性の動物たちの遠慮がちな鳴き声が微かに聞こえる程度で、恐ろしく静まりかえっていた。

巡回中の二人の兵士が、足音を忍ばせ柊真に近づいてくる。彼らは夜目が利くということもあるが、自然界にはない匂いに敏感に反応したのだ。

兵士は魚の缶詰の空き缶の近くに眠る柊真を発見し、躊躇なく腹を蹴った。

「うっ！」

突然の衝撃に柊真は慌てて起き上がろうとすると、顔面に蹴りを入れられて跪《ひざまず》いたところを、今度は背中を蹴られて柊真はそのまま前のめりに崩れた。

「くそっ！」

もっと離れた場所にいるべきだったと、今さらながら後悔した。まして、長年武道で鍛えたにもかかわらず、熟睡していた己の不甲斐《ふがい》なさが情けなかった。

痛みを堪《こら》えてなんとか四つん這いになった。まわりでビルマ語が錯綜《さくそう》している。胸ぐらを摑まれ、無理矢理立たされた。何か質問されたが、ビルマ語はまったく理解できない。

基地の内側から、強力なサーチライトが柊真に浴びせられた。

「アイム、ジャパニーズ、ツーリスト。アイキャント、スピーク、ブルマ」

今さら旅行者の振りをしたところで無駄とは知りつつ、へたな英語を言ってみた。案の定兵士の怒りを買い、腹と後頭部を銃底で殴られた。

薄れ行く意識の中で柊真は死を覚悟した。

奪回

一

暑季のサルウィン川は、水量も少なく流れも穏やかだ。

柊真がミャンマーの国軍小部隊の駐屯地で発見される四時間前に時間は遡《さかのぼ》る。

午後七時二十分、夜空に雲はなく丸い月が我が物顔で輝いていた。

上流から流れて来た二艘の小型運搬船が、ゆっくりとミャンマー側の岸辺に流れ着こうとしている。まるで自然に漂着しているかのように見えるが、それぞれの船には、顔面を真っ黒に偽装した男たちがオールを使って巧みに岸に漕ぎ寄せていた。

船が岸辺に乗り上げると次々と男たちが降り、最後に降りた一人が船を川に押し戻した。船尾には、顔面を黒く塗り上げたタイの国軍の兵士が二人ずつ乗り込んで、岸辺からジャングルに移動して行く男たちをじっと見つめている。やがて二艘の運搬船は、闇に包まれたサルウィン川を下流へと流されて行った。

浩志率いる傭兵小隊〝リベンジャーズ〟が上陸したポイントは、難民の村を襲撃したDKBA（民主カレン仏教徒軍）の足跡が残されていた岸辺の対岸である。潜入するには、時間的には早いが、周辺に敵兵がいないことが対岸からでも確認できたため、陽が沈むのを待って思い切って行動に出た。

いつものように二つに分けられたチームは、上陸地点のすぐ近くのジャングルで身を潜めて微動だにしない。浩志がリーダーとなるイーグルチームは、オペレーションのスペシャリスト〝ヘリボーイ〟こと田中俊信と、〝トレーサーマン〟こと加藤豪二、それに傭兵代理店のコマンドスタッフである瀬川里見と、新たに参加した〝ピッカリ〟ことヘンリー・ワットの五名。また、ガイド役としてKNLA（カレン民族解放軍）の兵士であるヤンオングも加えている。

パンサーチームは、爆弾のプロ〝爆弾グマ〟こと浅岡辰也と、スナイパーの名手〝針の穴〟と呼ばれる宮坂大伍、スナイパーカバーとして〝クレイジーモンキー〟こと寺脇京介、それに代理店のコマンドスタッフである黒川章を加えた四名だ。

戦闘服は、KNLAから譲りうけた迷彩服を全員着用している。アサルトライフルは、タイの国軍から支給されたもので、五・五六ミリNATO弾を使用するガリルを携帯していた。これは、かつて越境攻撃をしてきたミャンマー軍から没収されたもので、ミャンマーでは、MA―一と呼ばれている。タイの国軍がこの銃を支給してきたのは、敵地での弾薬の補給を容易にするためというより、タイにとってなんのメリットもない作戦で自軍の痕跡を残したくないためだろう。

ガリルは、過酷《かこく》な条件下でも使用できるロシア製のカラシニコフをベースにイスラエルで開発されたもので、イスラエル軍の制式銃となっている。ただし、ミャンマーの国軍が使用しているのは、ライセンス生産されたコピー品だ。そのため、同じく同国でライセンス生産され、置き換えが進められているH&KのG三同様粗悪品が多いと言われているが、支給された銃はいずれも手入れが行き届いていた。

手榴弾は、米国製M六七、通称〝アップル〟を二発。それにヘッドギアに小型マイクとイヤホンが付いた無線機。ハンドガンまでは調達できなかったが、ガリルの三十五発入りマガジンを各自十個支給されているので、問題はない。それにこの地域では指揮官クラスならともかく、ミャンマー兵もKNLAの兵士もハンドガンは持っていない。それほどの接近戦はまずありえないし、ハンドガンを持つこと自体贅沢と言えた。

「柊真君の靴跡を発見しました」

上陸しておよそ二十分後に戻って来た加藤が報告してきた。夜間、ライトも点《つ》けずに多人数で捜索するのは危険と判断し、トレーサーとしての加藤を単独で行かせていたのだ。

加藤の後について行くと、岸辺から二百メートル西の藪《やぶ》に囲まれた場所にナイフで切り出された木屑《きくず》が散らばっていた。

「柊真は、ここでランボーみたいに弓と矢でも作っていたのか」

ワットは、木屑を拾い上げて首を捻《ひね》った。

「おそらく木刀を削り出したのだろう。敵に覚《さと》られずに襲撃するには木刀はいい武器になる。木屑の大きさは様々あるから、かなり繊細《せんさい》に仕上げたに違いない」

柊真は、一、二時間かけて丹念に削り上げたのだろう。木刀を削るというのは、武器を作るというだけではない。精神の安定を図る上でも役に立つ。彼にとって、無抵抗な村人や同僚の日本人医師が虐殺された光景は衝撃だったに違いない。木刀を作ることにより、恐ろしい体験を少しでも忘れたかったのだろう。浩志は木屑を握り締めた。柊真の悔しさや慟哭《どうこく》が痛いほど伝わって来る。

「藤堂さん」

辰也が、右手を突き出してみせた。拡げた掌《てのひら》には、薬莢が三個載せられていた。暗闇ですぐに見つかるようなら、かなり激しく銃撃されたのだろう。

「薬莢を辿ると、三十メートル西南にキャンプの跡がありました」

柊真は、襲撃に失敗して反撃されたようだ。

「加藤、先を急いでくれ」

浩志は加藤をせき立てた。だが柊真はジャングルの奥に向かったらしく、足跡で追うことが次第に困難になってきた。それでも加藤は、折れた枝や、地表に飛び出した木の根の削れ具合などの痕跡を見つけ、確実に前進して行く。後ろからついて行く者は、暗闇のジャングルを踏破するだけで精一杯だが、加藤は、後ろを振り返って後続の仲間を気にしながら進む余裕を見せている。

上陸した地点から西北に四キロ近く進んだ地点で、加藤はしゃがみ込んで動かなくなった。浩志は、左腕の〝トレーサーP六六〇〇〟を見た。午後九時二十分、上陸してからすでに二時間以上経過している。

「どうした？」

加藤の肩越しに尋ねると、何かを拾い上げてさし出してきた。

浩志は、ハンドライトを掌《てのひら》で覆って加藤の手元を照らし、舌打ちをした。止血ガーゼが入っていた袋と血を拭《ぬぐ》ったガーゼだった。

「柊真は、撃たれたのか」

近くの地面を照らしたが、血の痕《あと》はない。腹や胸を撃たれたわけではなさそうだが、最悪のシナリオも想定しなければならなくなった。

問題は、水を持っているかということだ。湿気が多いジャングルといえども、熱中症や脱水症状を起こす。ましてや負傷しているのなら水分の補給が必要になってくる。むしろ怖いのはそちらの方だ。

加藤は、すぐさま進路を東に向けて歩き出した。どうやら、柊真は怪我《けが》をしたことでサルウィン川を渡って帰ろうとしたに違いない。ジャングルをかなり苦労しながら進んだのだろう。木の枝が折れ、草が踏みつけられた形跡がある。前を行く加藤でなくとも痕跡は見て取れた。

しばらく歩くと、加藤はまたしゃがみ込んだ。ガーゼが見つかった地点から、真東に二キロほど進んでいた。

「見てください」

木の根元に果実の食べカスが散らかっている。野生の猿のものかと思ったが、いくつかはナイフで皮を剝いた痕跡があった。

「柊真君は、ラッキーでしたね。これは、野生のイチジクですよ」

ガイド役のヤンオングが暗闇に手を伸ばして小さな実をもぎ取ってみせた。柊真はなかなかサバイバルに長《た》けているようだ。少なくとも脱水症状にはならないだけの量は食べている。

「食べカスは腐りかけていますが、数時間も経っていないでしょう。ひょっとすると柊真君は、我々と入れ違いにタイに戻ったのかもしれませんね」

イチジクの実の食べカスの匂いを嗅《か》いでいた加藤は言った。

「だといいがな。行くぞ」

浩志は、チームを前進させた。

加藤の予想はたった数分後に外れた。東に向かっていた柊真の足跡と東南の方角から来た民兵の足跡が交《まじ》わり、どちらも北西に向かっていた。争った様子はない。おそらく柊真は、偶然民兵たちと遭遇し、再び追跡をはじめたのだろう。

彼は、忘れようとしていた憎しみを再燃させたに違いない。

二

月明かりに照らされた道を、トレーサーの加藤はまるで猟犬のように柊真の痕跡を追って北に進んでいる。その後を浩志は隊列を崩さずついてくる仲間と半ば走っていた。ここが敵地ということを忘れたかのような大胆な行動だが、それだけに神経を研《と》ぎすまし、どんな事態にも即応できるだけの能力を全員持っている。各自二十キロ以上ある装備を身につけているが、鍛え抜かれた男たちは息を乱すこともない。

加藤は次第に速度を緩め、大きなヤシの木のある場所で立ち止まり、藪の中に入った。

「ここで、柊真君の足跡は、なぜかまた道から外れました」

加藤は報告しながら、藪の中を探っている。彼の視力は、五・〇近くあるそうだ。浩志も夜目は利く方だが、加藤には敵わない。月明かりに照らされた夜道なら問題ないが、さすがに藪の中ともなると、ハンドライトを点けざるを得ない。だが、敵地では控えるべきだ。加藤が探索している間、浩志は仲間に小休止を取らせた。

「藤堂さん、これを見てください」

加藤が手招きをしてきた。

ヤシの葉で覆われた箱らしき物のシルエットが見える。

浩志は、ハンドライトの光が漏れないように箱の中を照らして覗いた。中は缶詰などの食料が入っていた。

「これは、おそらくＤＫＢＡのやつらが、難民キャンプから盗んだものでしょう」

ＫＮＬＡ（カレン民族解放軍）の兵士であるヤンオングは、箱の中身を覗き、眉間に皺《しわ》を寄せながら言った。

柊真の足跡も支援物資の周辺にあるようだ。おそらく民兵が隠した箱の中から、必要なだけ水と食料を抜き出したのだろう。

浩志は、柊真の行動に無駄がないことに感心し、思わず口元を緩めた。

「それにしても、こんなところに隠すとは、近くに民兵の村か基地でもあるのか」

「一週間ほど前に、ダグウィンのダム建設の立ち入り禁止地区が突然下流に向かって四十キロも拡げられ、その南の端にこの地域に展開する小隊の連絡基地が作られました。駐屯するのは、五十人程度の部隊ですが、ＤＫＢＡの連中はそこに向かったのだと思います。もし支援物資を持って行こうものなら、軍に没収されてしまいます。だからここに隠したのでしょう」

浩志の質問にヤンオングは即座に答えた。

「基地に向かったのか。まさか五十人体制の基地を襲うほど、あいつも馬鹿じゃないだろう」

「柊真君は、基地の近くで民兵を監視しながら野宿している可能性がありますね」

柊真のことをよく知る瀬川は、浩志の言葉に相槌《あいづち》を打った。

「ジンウエイ隊長の第五小隊は、今夜は連絡基地を監視しているはずです。ひょっとすると我々よりも先に柊真さんを見つけてくれるかもしれませんよ」

ダム建設の立ち入り禁止地区の調査と偵察を兼ねて、ＫＮＬＡの小隊が南下していることは浩志も聞いていた。期待すらしていなかったが、可能性としては考えられる。だが、軍人に期待は禁物だ。ただ、柊真が冷たい骸《むくろ》でないことを祈るだけだ。

「連絡基地は、どこにある？」

「この道をまっすぐ北に行ったところにあります。二キロほどの距離です」

浩志は、左腕の時計を見た。午後十時五十六分、連絡基地といえど軍事基地には違いない。だが、紛争地の基地ではないので、終夜の監視もないだろう。定時に兵士が周囲を見回ることはあっても、ほとんどの兵士はすべて兵舎かテントで眠っている時間だ。瀬川の言うように基地の近くにいるようならいいが、もし敵に拘束されているなら、夜明け前までに救出するほかない。

「藤堂さん、柊真君の足跡を発見しました」

加藤は、藪の中から出て道にしゃがみ込んで調べていた。やはり支援物資を抜き取った柊真は再びＤＫＢＡの民兵の後を追ったようだ。

「前進！」

浩志は加藤を先頭に夜道を急いだ。

二キロ近く進んだところで浩志は道から外れてジャングルの中を進むように指示をした。そして、連絡基地の五十メートル手前でチームを止め、基地内が見渡せる少し高台になっている場所に移動した。

基地は有刺鉄線の柵《さく》で囲まれ、予想通り寝静まっていた。だが、前線基地のように夜中にもかかわらず二名の兵士が基地の外を巡回している。しかも、入口の近くには五メートルほどの高さがある見張り台があり、そこにも兵士が立ち、大型のサーチライトまで設置されていた。柵の周りは下草が刈られている。前線の基地なら、柵の周りに対人地雷を敷設するものだが、巡回の兵士が歩いているところをみると地雷は仕掛けてないらしい。

敷地はおよそ百五十メートル四方あり、入口は東側に一つだけある。中央の格納庫を挟んで北側には、無数のテントが張られ、西側には小さな小屋があった。また、格納庫の手前には、軍用トラックが一台停まっている。浩志らがいる高台は基地の南側にあり、テント村のような兵士の宿舎の反対側になる。

腕時計は午後十一時二十八分を指す。首都ネピドーから二百八十キロ離れた国境で彼らはなぜか緊張状態にあるようだ。

「ヤンオング、この地域でＫＮＬＡとミャンマー軍との間で戦闘状態になっているのか？」

浩志は、ガイド役のヤンオングを近くに呼び寄せて尋ねてみた。

「いえ、我々は敗退を続け、いまや北部山岳地帯に押し込められたような状態です。それでも、ダムの工事現場をゲリラ的に攻撃して、工事の妨害はしていますが、ここには何もありません。彼らがなぜこんなところに連絡基地を置くのかすら分かりません」

ヤンオングは首を傾げてみせた。もっともそれを調べるためにＫＮＬＡは小隊を送り込んでいるらしいが。

「コウジ、ひょっとして例の」

ワットが浩志の耳元に囁くように話しかけて来たが、前方からミャンマー兵の怒鳴り声が聞こえて来たために全員その場に身を伏せた。

基地の入口付近にある櫓《やぐら》のような見張り台に設置してある大型のサーチライトが点灯して、二十メートルほど北東の地点を照らし出した。

「くそっ！」

浩志は拳を握り締めた。

ミャンマー兵に胸ぐらを摑まれた柊真の姿が、サーチライトに照らしだされていた。

三

事態は急変した。行方を追っていた柊真にあと一歩まで迫っていたのだが、目の前で彼はミャンマー兵に拘束されてしまった。

柊真は殴られて気絶させられたらしく、二人の兵士に担がれて基地の奥にあるみすぼらしい小屋に連れて行かれた。中央の格納庫のような建物から数メートル左奥に位置する。

「おかしいぞ」

浩志は首を捻った。

周囲を警戒する兵士といい、見張り台の大型のサーチライトといい、ただの小さな連絡基地にしては警戒が厳重すぎる。浩志は、加藤とガイド役のヤンオングを見張りとして残し、作戦を立てるためにチームを一旦基地から百メートル離れた地点まで下げた。

「あの基地は、見た目はみすぼらしいが、大型サーチライトを置くなど不審な点が多い。潜入する前に充分に調査した方がよさそうだ」

「確かにあんなしょぼい基地にサーチライトは大げさです。それに不釣り合いな大きな格納庫も気になります。何に対して警戒しているのでしょうかね、藤堂さん」

辰也は、意味ありげな顔で浩志とワットを交互に見て尋ねて来た。二人が出発前に話し合っていたところを見られていたようだ。

ワットが首を竦めるのを見て、浩志は苦笑を漏らした。

「今回の作戦に関係ないと思って話していなかったが、五日前にベトナム沿岸で行なわれていた米軍の合同演習中にF二十二〝ラプター〟が遭難した。そして一昨日、行方不明のパイロットの死体がサルウィン川下流で発見された。場所はメソートに近い。これらのことから〝ラプター〟はサルウィン川に不時着したものと俺は考えている」

浩志は、極秘事項だと前置きした上で〝ラプター〟が行方不明になっていることを仲間に教えた。米軍の最新鋭戦闘機〝ラプター〟と聞いて全員の顔に緊張が走った。

「ひょっとして、あの連絡基地は、〝ラプター〟を回収するために設営されたんじゃないですか。あの格納庫に機体の破片とかを収納しているとは考えられませんか」

辰也は、浩志の説明に納得したようだ。

「確かに辰也の言う通りだ。そう考えれば彼らの過敏ぶりも納得が行く」

「しかし、最新鋭の戦闘機をたとえ無傷で回収できたとしても、ミャンマーの科学力じゃ、それを解析することも、ましてやコピーして生産することもできないはずだ」

それまで沈黙していたワットが、自問するかのように尋ねて来た。

「もし、ミャンマーが機体を手に入れたのなら、おそらく高値で友好国に転売するつもりなのだろう。現在、この国と友好関係にあるのは、中国、ロシア、インド、北朝鮮、それに日本だ。あるいは、米国に対して返還を条件に多額な金と政治的な要求をするのかもしれない」

「確かに、北朝鮮はともかく、どの国も米国を出し抜いてでも回収された〝ラプター〟を高値でミャンマーから買いそうだな」

ワットは、浩志の説明に大きく頷いた。

「問題は、柊真が今後どういう扱いを受けるかだ。彼は、パスポートも持っていない。普通の国なら、強制送還されるだろうが、この国ではよくて禁固、最悪は銃殺だ。首都ネピドーに護送されたら、もはや我々では救出することはできなくなる。それにあの基地が予想通り、〝ラプター〟を回収するためのものなら、やつらは秘密を守るために柊真を殺害するだろう。救出は迅速に行なう必要がある」

「浩志、俺から提案させてもらっていいか」

ワットが神妙な顔つきで言った。

「俺は、中身は米国人だからって言うんじゃないが、もし〝ラプター〟の機密が、中国やロシアに渡れば、米国だけでなく同盟国の日本の防衛にも支障が出ることは明白だ。できれば、柊真を救出する際、〝ラプター〟を破壊したい。俺にやらせてくれないか」

ワットの提案は、もっともな話だった。

「ちょっと待て、ワット。今回の作戦は、柊真君を救出することだぞ。余計なことをして彼を死なせるようなことがあったら、どうするんだ」

めずらしく京介が嚙み付いて来た。

「分かっている。だから、頼んでいるんだ。それに、爆破は、俺がやる。みんなに迷惑はかけない」

「だめだ。俺たちが持っているのは、〝アップル〟だけなんだぞ。五秒で爆発してしまう。遠くには逃げられない。追っ手がかかれば、それだけ柊真君の命を危険にさらすことになるんだぞ」

京介にしては、もっともなことを言っている。

「だから、言っているだろ。俺一人でやると。俺はここに残って全員が安全圏に脱出してから、行動を起こす」

二人は、互いに胸を突き出して顔をぶつける勢いで言い争った。それでも理性を働かせて小声で言っているが、そのうち二人とも声を張り上げそうだ。基地から一旦下がったのは正解だった。

「二人とも落ち着け！」

二人の意見はもっともだが、興奮していてはどんな作戦も失敗する。

「辰也、鋼線は持って来たか」

京介とワットを引き離し、浩志は爆弾のプロの辰也に尋ねた。

「爆薬の支給は受けませんでしたが、ちゃんと二十メートルの鋼線は持ってきました。対象物にアップルを仕掛け、鋼線をドアノブにでも付ければ、時限爆弾の代わりにはなります。一つの手榴弾の爆発力は知れていますが、十個まとめて機密性が高いところに仕掛ければ、かなり大きな爆発を起こせます。一人で残る必要はないでしょう」

戦場でもっとも簡単に作られるブービートラップだ。M六七手榴弾は、リング状の安全ピンを抜いても、安全レバーが外れなければ爆発はしない。安全ピンを抜いて安全レバーを輪ゴムか何かで巻き付けて外れないようにしておく。その輪ゴムに鋼線を結びつければ、あとは敵兵が鋼線を引っ張る仕組みを作ればいい。辰也は、爆破のプロだけにメソートでトラップ用の材料を買い求めていたのだろう。

浩志は、大きく頷いた。

「チームを三つに分ける。俺と加藤は、柊真を救出する。辰也とワットは、〝ラプター〟の爆破。残りの者は、基地の外で退路を確保する。ワット、格納庫に何もなかったら、すぐに脱出するんだ。俺たちの装備では五十人を相手に闘えない。他の小屋は、一切調べないことだ」

浩志は、地面に基地の略図を描いて侵入経路と残りのメンバーの配置を仲間に説明した。

潜入はあえて少人数にし、浩志はチームの大半を援護と退路の確保に回した。基地内でもし発見されても外に攻撃チームを確保しておけば、取り囲まれることもなく脱出するチャンスが生まれる。

「藤堂さん、俺を救出チームに入れてください」

京介が名乗りを上げた。やはり、両親を子供の頃に殺されたという自らの経験を柊真と重ねているのだろう。今回の作戦は、京介にとって特別な思い入れがあるようだ。

「だめだ。潜入は、少人数の方が成功率が高い。柊真を助けたかったら、潜入チームをサポートすることだ」

京介の境遇を知っていても、情に流されて人選をするようなことはしない。

「しかし……」

「おい！　京介、いい加減にしろ。命令に従え」

パンサーのチームリーダーでもある辰也が、京介の奥襟を引っ張った。

「京介さん。柊真君を思う気持ちは、みんな同じです。外でサポートしましょう」

瀬川が、割って入って興奮する二人をやんわりと制した。京介は、溜息混じりに頷いた。

「行くぞ」

浩志は、前進と右腕を振った。

四

柊真を救出する作戦は決まった。

浩志と加藤が救出に向かい、米国の戦闘機F二十二〝ラプター〟を捜し出して爆破するのはワットと辰也が担当する。残りのメンバーは、基地の外に待機して浩志らの援護と退路の確保にあたることになった。

浩志は全員を率《ひき》いて、基地のすぐ手前で見張りをしている加藤の下へと向かった。

「こちらトレーサーマン。リベンジャー応答願います」

五十メートルほど進んだところで、加藤から通信が入った。

「どうした、トレーサーマン」

「外部から何者かが潜入し、見張り台の兵士を倒しました」

「侵入者は何名だ？」

「四、いや、六名です」

「了解、そのまま待機」

浩志らは、加藤のいる場所まで急行した。

「侵入者は、前方の有刺鉄線を破り、格納庫に入って行きました。彼らは全員サイレンサーを装着した〝M四A一〟を携帯していました」

夜目が利く加藤は、侵入者の銃を特定していた。

「〝M四A一〟!」

ワットが鋭く舌打ちをした。

〝M四A一〟は、コルト社が開発製造しているM一六Aアサルトライフルの全長を短縮軽量化したアサルトカービン銃で、主に米軍で使用されている。だが、サイレンサー付きとなると特殊部隊しか使わない。しかも、夜間他国の基地に潜入するとなると、極秘の任務をこなすデルタフォースだろう。つまりワットの古巣ということになる。

「連中が退却するまで待機だ」

「藤堂さん、やつらは見張りを殺しているんですよ。それに、格納庫に爆弾を仕掛けられたら、柊真君まで危険にさらすことになる。あいつらの後に潜入するのは、リスクが高くなりませんか」

辰也は不満を漏らした。

「今乗り込めば、俺たちをミャンマー兵と勘違《かせ》いして銃撃してくるだろう。やつらの銃撃の腕は確かだ。それにやつらも退却の時間を稼ぐために、すぐに爆発はさせないだろう」

辰也の心配も分かるが、潜入者がもしデルタフォースの小隊だとしたら、三百人のミャンマー兵を相手にする方がはるかに楽と言うものだ。

「出て来ました」

顔面を迷彩ペイントした六名の男たちが、待つこともなく格納庫から出て来た。〝M四A一〟を構え、四方に気を配る彼らの行動に一寸の隙もない。間違いなくデルタフォースだろう。彼らは有刺鉄線の裂《さ》け目から次々と飛び出して来た。

「浩志、俺をやつらのところに行かせてくれ。状況が知りたい」

ワットが半ば腰を浮かせて言って来た。

「行け、ワット。俺たちは、柊真を救助に向かう」

浩志も、特殊部隊の任務の内容が気になった。時限爆弾も設置されているに違いない。救出は時間との勝負になるだろう。ワットの情報がものを言うかもしれない。

「イエッサー」

まるで新兵のように返事をして、ワットは疾風のように駆けて行った。

「京介、俺たちをバックアップしろ、付いて来い！」

爆破チームは必要がなくなったため、浩志は京介を救出のサポートに回し、辰也を後方支援に回した。

「ありがとうございます！」

京介は、嬉々として浩志の後に従った。

デルタフォースが有刺鉄線の柵に穴を空けてくれたおかげで、潜入は楽になった。三人は敷地内にすばやく入り、左奥の小屋に向かった。格納庫の脇を通り過ぎる際に二人のミャンマー兵の死体が転がっていた。おそらくナイフで殺したのだろう。先に潜入した連中は、容赦《ようしゃ》なく潜入経路を切り開いたようだ。

小屋の扉は、外から鉄の棒が差し込まれて開かないようにしてあるだけだった。鉄の棒を引き抜き、扉をゆっくりと開けた。鼻先も見えない暗闇に浩志は身を滑らせ、ハンドライトの先を掌で覆って、指の間を抜けるわずかな光で小屋の中を照らした。小屋は物資をストックする倉庫らしく、ビルマ語で書かれた段ボール箱が棚に積み上げてある。棚の下に手足をロープで縛られた柊真がぐったりとして横たわっていた。後から入って来た加藤と京介が、すぐさまナイフでロープを切断しはじめた。

柊真の顔面は腫《は》れ上がり、こめかみと口から流した血は固まっていた。だが、呼吸はしっかりとしている。浩志は、思わず安堵《あんど》の溜息を漏らした。

「柊真、しっかりしろ」

浩志は、柊真の肩を揺さぶった。

柊真は目を覚ましたが、浩志の顔を見ても首を傾げている。夢でも見ていると思っているのだろう。

「藤堂さん？」

「水を飲め」

ようやく口を開いた柊真に、浩志は腰のベルトから水筒を取り外して飲ませた。

柊真は水筒を両手で摑んで、喉を鳴らしながら飲んだ。

「藤堂さん、俺……」

「帰るぞ」

浩志は柊真の言葉をさえぎり、脇の下に腕を入れて立たせてやった。

「まずいです。見張り台に兵士が登って行きます」

扉の隙間から外の様子を窺っていた加藤が小声で報告をした。

「気付かれる前に脱出するぞ」

浩志は、周囲を警戒しながら小屋の外に出た。

「京介、柊真を頼む」

「了解！」

京介は柊真の脇を支えながら続き、加藤がしんがりになった。小屋から、格納庫の陰に沿って進んだ。

見張り台に登った兵士が、叫び声を上げた。

「走るぞ！」

浩志を先頭に、四人は走った。格納庫の陰から兵士が飛び出して来た。浩志は、駆け寄ってガリルの銃底で男を叩きのめした。位置を知られるので銃は使いたくない。

侵入者を発見すべく、見張り台のサーチライトが敷地内を目まぐるしく照らし出している。四人は、格納庫から軍用トラックの陰に飛び込んだ。だが、サーチライトにその動きをとらえられてしまった。見張り台の兵士がトラックを照らし出した。

「〝針の穴〟、見張りを撃て」

浩志の命令のわずか一秒後に見張りの兵士は撃たれた。すでに宮坂は狙いを定めていたようだ。

「行け！」

浩志は、柊真と京介を柵の裂け目に追いやり、格納庫の陰から出て来た兵士を撃った。

「行け！　加藤」

浩志は、加藤が抜け出している間、膝撃ちで新手の敵を撃った。

「藤堂さん！」

加藤が、外で援護をしながら叫んだ。浩志は、有刺鉄線の隙間から外に這い出した。

左側面から、銃撃された。いつの間にか外で警戒していた兵士が回り込んで来たのだ。

二人の兵士が銃撃しながら近づいてくる。

「京介さん！」

柊真が叫び声を上げた。京介が草むらに倒れている。

バックアップの辰也らが銃撃し、新手の敵を倒した。

浩志は京介の下に駆け寄った。

「しっかりしろ！」

「だっ、だっ、大丈……」

京介は返事をしようとしたが、力尽きたようにがっくりと首を垂れた。頭と左肩を撃たれていた。

「加藤、柊真！　京介を連れて行け！」

浩志は、撃ち尽くしたマガジンを捨て、新たにマガジンを装填すると銃を構えた。

五

浩志らよりも先に潜入した特殊部隊のせいで、事態は最悪に向かいつつあった。もっとも彼らもまさか同時期に他のチームが行動しているとは夢にも思っていなかっただろう。

寝静まっていた基地は、見張りの兵士の叫び声によって目覚《めざ》めた。テントから銃を構えた兵士が次々と飛び出してくる。

負傷した京介を加藤と柊真に担がせて仲間の下に向かわせ、浩志はしんがりとなって敵の動きを封じた。

「藤堂さん」

辰也が、宮坂とともに駆け寄って来た。

「瀬川に指揮をとらせて、全員を脱出ポイントに向けて退却させました」

辰也は、機転を利かせてチームを先に行かせたようだ。

「京介は？」

浩志は、銃を撃ちながら聞いた。

「銃弾は、一発は左肩を貫通し、頭に当たったもう一発は、側頭部に射入口はありますが、射出口はありませんでした。はやく手術しないとやばいですよ。この近くでサルウィン川を渡りますか」

辰也も銃を撃ちながら答えた。

「渡河できたとしても、タイ側の受け入れ態勢がないジャングルの中じゃ、どうしようもないだろう」

タイ王国軍のアヌワット大尉らの操《あやつ》る運搬船でミャンマーに潜入した。脱出ポイントは、上陸した地点になっている。接岸した対岸で大尉らは浩志らを回収するために今も待機しているはずだ。彼らが川を上って来れば一番いいが、そこまでは無線は届かない。まして携帯も、さすがにジャングルが多いこの辺りでは通じない。負傷者を連れて十数キロ南に移動することになる。だが、傷の具合からみておそらく数時間ともたないだろう。

「とにかく、京介を連れて脱出ポイントに向かうぞ」

浩志らは、敵を基地から出さないように銃撃しながら退却をはじめた。だが、敵の数が圧倒的に多い。彼らは、基地側面からの攻撃だけでなく、一部の小隊を入口から外に出して浩志らの側面に回り込もうとしている。

「辰也、右側面に敵！」

浩志は、辰也を右に移動させた。三人で、五十人近い敵に対処するには、退却は諦《あきら》めなければならない。

突然、基地の入口付近で爆発が起こった。

誰かが、基地の反対側からRPG七を撃ち込んだのだ。続けて、今度は基地の格納庫の横に撃ち込まれた。さすがに対戦車ロケット弾の威力は凄《すさ》まじい。基地の反対側からKNLA（カレン民族解放軍）の兵士が助っ人してくれたのかもしれない。

「今だ。退却するぞ」

銃撃を止め、基地に背を向けようとした途端、大音響とともに格納庫が爆発し、爆風で浩志らはなぎ倒された。

浩志は、首を振りながら立ち上がった。格納庫は大きな炎に包まれ、周辺にはミャンマー兵の死体が無数に転がっている。生存者はいないかもしれない。

米軍の特殊部隊が仕掛けた爆弾が爆発したに違いない。柊真の救出が遅れていたら、間違いなく巻き添えを喰らっていた。

「こちら、ピッカリ、リベンジャー応答願います」

別行動をとったワットから連絡が入った。

「リベンジャーだ」

「派手に爆発音が聞こえたが、大丈夫か！」

「爆発のおかげでとりあえず離脱できる」

「柊真を救出したのか？」

「ああ。だが、京介が重傷だ」

「シット！　傷の具合は？」

ワットの激しい舌打ちが聞こえた。

「頭と左の肩を撃たれている。出血も酷い。もって数時間だろう」

「分かった」

浩志が答えた後、ワットの通信は途絶えた。

「こちらワット。リベンジャー聞こえるか」

待つこともなく、ワットの声がヘッドホンに飛び込んで来た。

「危なかったな」

「どうした」

「現在米軍のチームといる。彼らと一緒に負傷者と柊真を脱出させたい」

特殊部隊の潜入作戦には、脱出方法もあらかじめ決められる。通常は、攻撃ポイントから少し離れた地点に武装ヘリが迎えに来るものだ。

「脱出方法は、ヘリか？」

「そうだ。あと二十分後にヘリが迎えに来るらしい。それまでに脱出ポイントに行かなければならない」

「分かった。場所は？」

「民兵が支援物資を隠した地点まで戻る。そこで合流しよう」

「了解！」

浩志は、拳を握りしめた。

「こちらリベンジャー、コマンド一、聞いていたか」

すぐさま浩志は、瀬川に連絡をした。基本的に無線は、全員モニターしている。

「こちら、コマンド一。合流地点にすでに向かっています」

民兵が支援物資を隠した地点は、基地から二キロほどしか離れていない。合流するには都合がいい。追撃の可能性もあるが、爆発のせいで追っ手もそんなに多くはいないはずだ。

「行くぞ！」

　浩志は、辰也と宮坂を連れてジャングルから抜け出し、合流地点へ急いだ。

　三人が合流地点に到着すると、仲間とワットが待ち受けていた。京介は、竹と毛布で作られた簡易担架に乗せられているが、意識はすでにない。

「時間がない。俺に付いて来てくれ!」

ワットは、浩志の顔を見るなりジャングルを足早に進みはじめた。

京介の担架は、瀬川と宮坂が担いでいる。辰也がしんがりになり、後方を警戒しながら進んだ。ジャングルに道はない。木の枝や垂れ下がった蔦《つた》が行く手を阻む。先頭を行くワットと浩志と加藤の三人は、サバイバルナイフで枝や蔦を切り開いて道を作る。

浩志のすぐ後ろには田中が続き、担架を担ぐ瀬川をサポートしている。また、宮坂の後ろには黒川が続き、黒川は宮坂をサポートしながら進んだ。彼らは全員一丸となり、京介を運んでいるようなものだった。辰也のすぐ前を歩く柊真も負傷して辛いはずだが、弱音を吐かず必死の形相《ぎょうそう》で付いて来る。

やがて小高い丘を越えると視界が開けた。サルウィン川の岸辺が二百メートルほど先に見える。合流地点から東南に進んで来たようだ。

ヘリコプターの爆音が、タイ側の東の空から聞こえて来た。

「救助のヘリだ。急げ!」

先頭を行くワットが、振り返って叫んだ。

急な斜面が目の前に現れた。

「俺に任せろ」

しんがりに付いていた辰也が、京介を担架から下ろして背負った。

滑り降りるように駆け下りる辰也を、宮坂や田中が二人掛かりでサポートした。足下が悪いために倒れそうになる辰也を支えるため、宮坂や田中は何度も斜面を転がり落ちた。

斜面を降りて百メートルほど進むと、ジャングルが直径二十メートルの円状に切り開かれている場所に辿り着いた。すると近くの茂《しげ》みから涌き出るように六人の屈強な兵士が現れ、先頭に立つ男がワットに近寄って来た。

「浩志、このチームの指揮官のジェイムス・本田《ほんだ》大尉だ」

浩志は、軽く頷いた。

「本田、さっき話した親友の浩志、藤堂だ」

「我々の作戦のせいで負傷者を出してしまったようですね。すみませんでした。ヘリには軍医が乗り込んでいるはずです。タイの病院に直行させます」

ジェイムス・本田は、日本人と変わらない顔をしており、身長一七六、七センチと浩志と大差はない。だが、胸板は厚く、首回りも太い。首に掛けた〝M四A一〟が、サブマシンガンのように華奢《きゃしゃ》に見えるほどだ。

「民兵に拉致されていた少年も我々で預かります。今回の作戦は、極秘にタイ国軍の協力を得ているので安心してください」

「ありがとう。助かった」

浩志は、素直に礼を言った。戦場で負傷してヘリで救出されるのは、運がいいとしか言いようがない。

間もなく臨時に作られたジャングルのヘリポートに真っ黒に塗装《とそう》され、何の表示もないUH六〇ブラックホークが着陸した。

本田の部下が、即席の担架ごと京介をブラックホークに乗せ、次々に乗り込んで行った。

「藤堂さん、俺、藤堂さんにも怪我をした京介さんにも、それに助けてくれたみなさんにも、なんてお詫《わ》びしたらいいのか……」

柊真は、ヘリの爆音にかき消されそうな声で詫びて来た。

「おまえは生きている。それだけで充分だ。京介を頼んだぞ。はやくヘリに乗れ」

柊真を叱《しか》るつもりはなかった。彼が一番よく分かっている。後は、冷静になり生きていることの重要性を理解すればいいのだ。

浩志は、柊真の背中を押してヘリに急がせた。

柊真が乗り込むと、ヘリは上昇し、満天の星空に吸い込まれて行った。

「死ぬな！」と食いしばった歯から漏れるように叫んだ辰也の言葉に、誰もが頷いた。

六

京介と柊真が乗ったヘリが夜空に消えた後も、浩志らはその場に立ち尽くしていた。

「ヘリの爆音は敵にも聞かれたはずだ。とりあえず、この場を離れよう」

ワットの言葉で我に返って振り返ると、驚くべきことに帰還するはずの本田の姿がそこにあった。

「話は後だ。俺たちの脱出ポイントに向かおう」

浩志の視線を読み取ったワットは、厳しい表情でせき立てた。

「脱出する前にやることがある」

浩志はそう言って、離れた所に立っているヤンオングを呼んだ。

「さっき基地で俺たちを助けてくれたのは、第五小隊のジンウエイなんだろう？」

ミャンマー国軍の連絡基地で窮地に陥《おちい》った浩志らをＲＰＧ七の砲撃で救ってくれたのは、どう考えてもＫＮＬＡ（カレン民族解放軍）の兵士に違いなかった。

「そうです。ジンウエイ隊長の第五小隊です」

ヤンオングは誇らしげに答えた。

「俺たちを彼らの許《もと》に案内できるか。引き上げる前に礼を言いたい」

「喜んでご案内します」

ヤンオングは嬉しそうに頷き、先頭に立ってジャングルを西北に向かいはじめた。

「浩志、歩きながら話そう」

ワットは浩志と並んで歩き、すぐ後ろに本田が付いて来た。

「ミャンマー政府は、浩志の読んだとおりに〝ラプター〟を回収して、米国に買い戻すように法外な要求をしてきたらしい。しかも、したたかな軍事政権は、極秘でロシアと中国にも売りに出しているらしい」

ワットは本田から情報を仕入れたのだろう。

「節操のない軍事政権なら、やりかねん。入札をしているつもりなのだろう」

浩志は鼻で笑った。

「米国政府は返事を引き延ばし、一方で本田大尉に〝ラプター〟の破壊を命じたのだ」

「よく場所を特定できたな」

「軍事政権が、取引き場所にあの連絡基地を指定したそうだ。米軍も軍事衛星と無人偵察機を使って、あの連絡基地を事前に偵察したらしい。基地の中央にあった格納庫の天井は、オープンになっていて、迷彩の保護ネットが被《かぶ》せられた〝ラプター〟の姿も確認したらしいが、まんまとやられたようだ」

「〝ラプター〟がなくなっていたのか」

「いや、本田大尉が格納庫に踏み込んだところ、そこにあったのは、竹と布で作られたハリボテの〝ラプター〟だったそうだ」

「ハリボテ？　とすると軍事政権は、米国政府の出方を探るためにわざと偽の情報を流したのか。だが、本田はハリボテを破壊するのにわざわざ爆弾をしかけたのか？　おかげで敵は殲滅《せんめつ》できたが」

　爆発の規模から言っても、プラスチック爆弾を相当使ったに違いない。

「えっ！　基地を爆破したのは藤堂さんじゃないんですか。我々は、何もしないで格納庫を出ました」

　後ろを歩いていた本田が驚いて浩志の前に出て来た。

「とすると、ＲＰＧの爆発で格納庫にあった爆薬が誘爆したのか？」

　言ってはみたものの、浩志は首を捻った。

　ワットと本田も、互いの顔を見合わせて肩を竦めた。

　爆発の規模は大きかった。誘爆したのなら、相当量の爆薬が格納庫に置いてあったことになる。だが、前線の補給基地でもあるまいし、囮《おとり》にするような連絡基地に大量の爆薬が保管されていたとは思えない。

「それより、本田が残った理由はなんだ？」

任務が失敗したとはいえ、危険を冒してまで残る理由があるはずだ。

「間違った情報が原因とはいえ、我々は任務に失敗しました。政府はもともとミャンマーの軍事政権と取引きするつもりはなかったのですが、交渉は決裂し、〃ラプター〃はロシアか中国に売られるでしょう。それだけはなんとしても阻止《そし》しなければなりません。そこで、藤堂さんに協力してもらいたいのです」

「買い被り過ぎだ。米国政府は、ミャンマー政府に対してあらゆる手をつくすはずだ。それに米軍に特殊部隊は、腐るほどある。黙っていてもそいつらが仕事をするだろう」

浩志は、鼻で笑って取り合わなかった。

「確かに〃ラプター〃の奪回には、これから他のチームが派遣されることでしょう。ですが、藤堂さんのチームにはミャンマーでの実績と高いポテンシャルがあります。それに協力を要請しているのは、私個人ではなく、米国政府なのです」

これまで、数々の政府系の仕事を浩志たちはこなして来た。その実績を買われたのだろう。だが、政府からの仕事を基本的に浩志は嫌っている。それが米国政府ならなおさらだ。

「本田、おまえは頼み方が悪い。というか、浩志を知らないんだ。頼むなら、おまえ個人で頭を下げろ。こいつは大統領の要請でも断るぞ。政治家が嫌いなんだ」

ワットが、本田を見かねてアドバイスをした。

「すみません。私は、悪気があって政府の依頼と言ったわけではありません。とにかく米国と日本をはじめとした同盟国の平和を守りたいだけです」

本田は、日本人のように頭を下げてみせた。

「分かった。仲間と相談してみよう」

浩志は、本田の仕草に渋々頷いた。

京介を助けてもらった手前、頼まれれば断ることができなかった。後ろを振り向き、仲間に無線のスイッチを入れるように合図を送った。

「〝ラプター〟奪回の要請を受けた。仕事を受けるつもりだ。異論がある者は言ってくれ」

「こちら〝爆弾グマ〟、賛成です。ミャンマー政府に一泡吹かせてやりましょう。俺たちには〝クレイジーモンキー〟の借りがありますからね」

「〝針の穴〟です。引き受けましょう。このままおめおめと帰れませんよ」

すぐに全員の同意を得られた。彼らは、何が何でも京介の仇を取りたいらしい。

「どうなりましたか？」

浩志は、心配げに見ている本田に無言で親指を突き出してみせた。

遭遇

一

午前三時五十六分、やや歪《いびつ》な丸い月はかなり低い位置まで降りてきたが、夜明け前の深い闇はひっそりとジャングルに佇《たたず》んでいる。時おりウシガエルのような太い声が響き、月夜の静寂《せいじゃく》を乱す。おそらく仲間を呼び合う大型ヤモリの一種だろう。湿度は七十パーセントを越えている。気温は三十度そこそこだろうが、額から絞《しぼ》り出された汗が顎から滴《したた》り落ちる。

負傷した京介と柊真を乗せたヘリをサルウィン川の近くで見送った後、浩志らはKNLA（カレン民族解放軍）の兵士であるヤンオングの案内で、道なきジャングルを西北に歩き続けている。

一時間近く暗闇を歩き、垣根のようなシダの群生をかき分けると突然視界が開け、小さなたき火の炎が見えてきた。

「ここは、国軍にも知られていない村です」

先頭を歩いていたヤンオングが、振り返って笑顔を見せた。

よくみると高床式の小屋がジャングルに埋もれるように立ち並んでいる。どうやら、隠れ里とも言うべき村に来たらしい。小さな広場でたき火の世話を老人がしている。火の周りに無数の小魚が串焼きになっていた。気温は高いが、魚の焼ける匂いに誘われてたき火に吸い寄せられた。

たき火の向こうから、一六五、六センチの小柄な男が現れた。

「藤堂さん、第五小隊のジンウエイ隊長です」

ヤンオングが声を弾《はず》ませた。

「ジンウエイ隊長、藤堂さんをお連れしました」

浩志がジンウエイに右手を差し出すと、体の割に大きな掌でジンウエイは力強く握り返して来た。

「RPGで援護してくれたことを感謝します」

「お役にたてましたか。それより、お仲間が銃撃されたようですが、大丈夫でしたか」

浩志が礼を言うと、ジンウエイは、遠慮がちに尋ねて来た。

「ヘリで搬送《はんそう》され、タイの病院で手当を受けているはずです」

「それはよかった。それにしても、国軍の基地を一つ爆破するとは、思い切ったことをされましたね」

ジンウエイは、敵の基地が一つなくなったことを手放しで喜んでいるようだ。

「あれは、我々ではない」

「それでは、最初に潜入した特殊部隊が時限爆弾でも仕掛けたのですか」

「それも違う。あの基地に最初からあった爆薬が爆発したらしい」

「我々のRPGで誘爆したんでしょうか？　……まあ、そんなことより、夜通し働かれてお腹が空かれたでしょう。食事をされてから、ゆっくりお休みください」

ジンウエイは首を傾げたが、すぐに浩志らを労《ねぎら》い、笑顔を見せた。

食事は、バナナの葉に盛られたイモに焼き魚と極めて質素だが、この村ではおそらくもてなしのごちそうに違いない。ミャンマーに潜入してから、水の補給はしていたものの食事はしてなかっただけに全員むさぼるように食べた。

「本田、〝ラプター〟を探すのに、本当のことをKNLAに話して協力を要請するつもりだ。いいな」

「藁をもすがる気持ちです。お任せします」

食後、浩志はジェイムス・本田大尉に念を押すと、本田は小さく頷いた。さっそく浩志は、仲間の兵士と煙草《たばこ》を吸ってくつろいでいるジンウエイの許に行った。

「もう、出発されるのですか？」

浩志の顔を見て、ジンウエイは驚きの表情を見せた。彼は浩志らが、夜になるまで村にいるものと思っていたのだろう。

「一旦、タイに帰り装備を整えてまた戻って来るつもりだ。協力してもらいたいことがある。相談に乗ってくれ」

浩志は遭難した〝ラプター〟の話から説明し、チームが捜索することになったいきさつも話した。

「なるほど。軍事政権は、その戦闘機の売却利益で儲《もう》けようとしているのですね。彼らは得られた金で私腹を肥《こ》やし、一部は軍備に当てられるでしょう。これは我々にとっても重大な問題です。なんとしても、戦闘機を見つけ出し、転売を防《ふせ》がなければいけません」

ジンウエイは何度も頷いてみせた。

「この数日、サルウィン川に設《もう》けられたミャンマー軍の警戒区域の調査をしていたと聞いたが、何かあやしい点はなかったか？　俺は、警戒区域に〝ラプター〟が不時着したと思っている」

「警戒区域は、上流のダグウィンダムの工事現場からはじまっています。確かに警備の兵は若干《じゃっかん》多い気がしましたが、ダムの予定地はいつもと変わりありませんでした」

浩志の質問に、ジンウエイは空を見上げるような仕草で答えた。

「すでに〝ラプター〟は水中から引き上げられたのじゃないですか」

二人のやりとりを見ていた本田が口を挟んで来た。

「いや、もし回収されたのなら、わざわざ囮のダミーを連絡基地に置くのはおかしくないか。米国の出方を見るためだったかもしれないが、軍事衛星の監視を連絡基地に向けるためと俺は考えている」

「それは言えていますね。こうしている間にも引き上げ作業をしているのかもしれない」

「〝ラプター〟の燃料が底をついていたと考えて、機体の重量はどれくらいある?」

「燃料がなかったとしても、二トン近くはあるはずです」

「ミャンマー政府に二トンもの飛行機を水中から引き上げることができるかが鍵じゃないのか」

「なるほど……」

本田は、腕組みをして口を閉ざした。

「できます。おそらくできますよ」

傍《はた》で聞いていたジンウエイが、膝を叩いた。

「ダグウィンには、川底を浚渫《しゅんせつ》するために大型の浚渫クレーンが取り付けられた台船があります。それなら、水中から引き上げることができると思います。それにあの辺りは、川幅も広いですし、水深も深いです。戦闘機が不時着するには都合がよかったはずです」

「まんまとやられたな。〝ラプター〟は、おそらくダグウィンに不時着したんだ。噂すら上がらないのは、箝口令《かんこうれい》が敷かれているからだろう。警戒区域を四十キロも下流にまで設定したのは、まだ見つかっていないというポーズをとるためだ。買い手が見つかるまでの時間稼ぎに違いない。本田、司令部に連絡をとれ」

　ワットはまるで自分の部下のように本田の肩を叩いた。

　本田は、携帯している衛星回線の小型通信機でさっそく連絡をとりはじめた。彼らの装備は、すべて最新のものばかりだ。さすがというほかない。

「軍事衛星でダグウィンを調査し、同時にタイに協力を求めて、タイの空軍基地から無人偵察機を飛ばすことになりました」

　米軍司令部との連絡を終えた本田は、明るい声で説明した。米軍は、必要な機材や航空機をすでにタイの基地に持ち込んでいるようだ。

「だが、調査が終わって新たな特殊部隊が投入されるのは、はやくても今日の夜か、明日になるかもしれないな」

　ワットは、大きな溜息をついた。

「そうですね。第一陣の我々の作戦が失敗していますから、司令部では情報を精査するでしょう。しかし、機体は全長十九メートルあります。すぐに運び出せるとは思えませんが」

本田は楽観的に補足した。

「別に完璧な姿でなくても調べられるはずだ。機体を切断して、中国にでも売られなきゃいいがな」

浩志の皮肉めいた言葉に、ワットと本田は同時に首を激しく横に振った。

二

東の空が明るくなった。間もなくジャングルから太陽が顔を覗かせるだろう。午前五時十分、夜明けを待ちきれない動物たちが合唱をはじめた。今日も気温は高くなるに違いない。早くも額から一筋の汗が流れた。

浩志率いるリベンジャーズは、カレン族の村で三十分ほど休息したのち、タイに脱出するため東に向かった。

KNLA（カレン民族解放軍）の兵士ヤンオングを先頭にいくつかの丘を越えると、ジャングルを南北に横断する道が目の前に現れた。幅三メートルもない舗装もしていない道路だ。

用心深く道の左右を見渡し、浩志はチームを先に行かせた。

五十メートルほど北のジャングルで、何かが光を反射させた。

浩志は、舌打ちをした。それを聞いていたかのように三十メートルほど離れた道路上にミャンマー兵が飛び出して来た。浩志らは、ＫＮＬＡの軍服を借りている。敵だと言っているようなものだ。昨夜基地が襲撃されたことを受けて、国軍の小隊が派遣されていたのだろう。運悪く彼らが野営していた近くを通り過ぎたようだ。

「走れ！」

浩志は最後尾となり、仲間を追うように走った。

先頭を行くヤンオングは、後ろを振り返りつつも凄まじいスピードでジャングルを踏破して行く。トレーサーの加藤はともかく、浩志らは必死でその後を追った。

足下を木々の根が邪魔をする。時として前を行く仲間の体に当たった木の枝が、鞭《むち》となり顔面を直撃することもある。だが疾風のようにジャングルを駆け抜ける浩志らは、次第《しだい》に国軍の追っ手との差を拡げて行った。

午前六時を過ぎ、深いジャングルから解放された浩志らの目の前を、朝日に煌《きら》めくサルウィン川が滔々《とうとう》と流れていた。岸辺に木造の小型運搬船が二艘舫《もや》われている。地域の住民のなりをしたタイ王国軍のアヌワット・パヤクルゥン大尉と操船をする彼の部下の姿があった。無線で脱出ポイントまで迎えに来るように連絡をしておいたのだ。

浩志は辰也にハンドシグナルで合図をした。辰也は頷いて、自分のチームのメンバーを川上に係留してある船に乗せはじめた。

「本田、ヤンオングと辰也の船に乗れ」

イーグルチームは五名、パンサーチームは京介が抜けて三名になっており、しかも浩志のチームに本田とガイドのヤンオングも加わっていた。

「ムーブ、ムーブ！」

浩志は、手を振ってイーグルチームの仲間を船に乗せると、舫いを解いて自ら船に飛び乗った。

「いいぞ！　船を出せ」

アヌワットの部下が、船のエンジンをかける。だが、お約束とも言うべきか、こういう時に限って、エンジンはかからないものだ。古い日本製の二ストロークの船外機エンジンは、キュルキュルと湿気った音を立てている。先に辰也らパンサーチームの乗った船のエンジンがかかり、岸を離れて行った。

「藤堂さん！」

「先に行け！」

船上から不安げな顔を覗かせた辰也に浩志は命令した。

「来ました！」

船首に乗っている加藤が叫んで銃を構えた。

数秒後に追っ手であるミャンマー国軍の小隊が、ジャングルから抜け出してきた。加藤はジャングルの木々の隙間から、すでに彼らの姿を捉《とら》えていたようだ。敵兵の数は十数名、まだ増える。

国軍の兵士らは走りながら銃を構えて発砲してきた。彼らは、国民には組織的に軍事力を行使するが、実態は軍服で統一されたただの暴力集団である。彼らは「軍は家族、幹部は親」と洗脳され、盗む、犯す、殺す、という軍の規定に従っているだけで、軍人としての能力は恐ろしく低い。

彼らの所持しているMA一ガリルは、粗悪品といえども、五・五六ミリNATO弾を毎秒九百五十メートル（銃口初速）で撃ち出すことができるアサルトライフルである。浩志らとはおよそ百メートル、膝撃ちをして狙えば充分に当たる距離だが、ちゃんとした射撃体勢で撃つ者はいない。

瀬川が機転を利かせて、船内にあった竹で岸辺を突き、船を離岸させた。

「応戦！」

浩志が叫ぶと、すでに膝撃ちの構えで準備していた仲間が一斉に銃を撃つ。慌てて連射する者は一人もいない。船が上下することを考慮に入れて、確実に敵を撃ち抜く。最初の一撃で、岸辺に近づいていた五人の敵兵を倒した。それでも、敵兵は果敢《かかん》に銃を撃って来る。彼らにとって岸辺でもたつく船は、格好の的だ。興奮して我先に銃を撃ちたがっているのだろう。一方浩志らにとっても、無防備に近づいて来る敵兵はまるで射撃訓練の的だった。

「あいつら、馬鹿か」

ワットが、銃を撃ちながら笑った。

さすがに味方が多数撃たれたことで、茂みに隠れて膝撃ちをして来る者も出て来た。銃弾が、船の近くで水しぶきを上げた。

ギュルン！

船外機のエンジンがかかった。船は、出番が来たとばかりに勢いよく進みはじめた。

「撃ち方、止め！」

船が岸から二百メートル離れたところで浩志は命令した。さすがに走り出した船の上からは、当たるものではない。それにミャンマー兵の狙撃有効距離も過ぎている。

「ミスター・藤堂」

船首に乗っていたアヌワットが、船尾にいる浩志のところまで移動して握手を求めて来た。浩志がそれに応えると、アヌワットは溢れんばかりの笑顔を見せた。

「一晩で、柊真君を奪回するとは、正直いって思ってもいませんでした。しかも、ミャンマーの連絡基地を一つ、消滅させるとは驚きです。あなたは、また伝説を作りましたね」

「基地は、勝手に爆発したんだ。俺たちの仕事じゃない。それより、負傷した仲間がどうなっているか知っているか」

村を出る前に無線で連絡をしたが、その時は、アヌワットは状況をまったく摑んでいなかった。本田の部隊を回収したのはタイ王国軍のブラックホークだったが、部隊が違うため知らされてなかったのだろう。

「調べたところ、彼は、メソートの病院で緊急手術を受けました。現在集中治療室に入っていますが、意識はまだ回復していません。柊真君が付き添っているとのことです」

手術が成功したのかどうかまでは分からないらしい。

「そうか」

浩志は深い溜息を漏らした。

三

浩志らを乗せた小型運搬船は、ミャンマーを脱出して十二キロ下流のタイの港町であるザソンヤンに着いた。

午前八時、熱帯の街の朝は遅いせいか港に人影はない。もっとも港といっても木造の桟《さん》橋《ばし》が一つあるだけで、ちいさな漁船が三艘ほど舫ってあるに過ぎない。茶色い野良犬が、武装した浩志らが船から降りるのを物珍しそうに眺めている。

「こちらにどうぞ」

タイ王国軍のアヌワット大尉の案内で港の近くにある民家に入って行った。レンガ作りのしっかりした家だ。裏口のドアの前にタイ王国軍の兵士が立っていた。アヌワットの顔を見ると敬礼し、直立の姿勢をとった。どうやら、中にはお偉いさんがいそうだ。人気がないのは、軍が出動してきたために村人は家の中で様子を窺《うかが》っているのかもしれない。

気乗りはしないが、アヌワットの後に従った。室内には大きなテーブルがあり、テーブルの端で二人の男がビールを飲みながら談笑していた。そのうちの一人が、浩志の顔を見て立ち上がった。

「ご苦労さん。京介が大怪我をしたそうだが、他に怪我人はいないな」

話しかけて来たのは、大佐ことマジェール・佐藤だ。

「ミスター・藤堂、久しぶりですね」

大佐と話をしていたのは、タイ陸軍第三特殊部隊の総指揮官であるスウブシン・ウィラサクレック大佐だった。

浩志は二人と握手を交わし、彼らのすぐ近くの椅子に腰を降ろした。仲間もそれにならって座ったが、米陸軍特殊部隊デルタフォースのジェイムス・本田大尉とKNLA（カレン民族解放軍）の兵士ヤンオングの姿はなかった。二人とも入口に立つ警備の兵士を見て遠慮したのだろう。

「米軍の大尉が行動をともにしていると聞きましたが」

スウブシンは、ワットの顔を見て首を傾げた。彼はほとんどのメンバーは知っているはずだが、新人とも言えるワットとは初対面になる。それに本田は日系と聞かされているのだろう。ワットは、スキンヘッドでしかも肌が浅黒いラテン系の顔をしている。

「彼は、新たにメンバーになったヘンリー・ワットです」

浩志はワットを紹介し、出入口の近くにいる加藤に本田を呼んで来るように言った。

「大佐、どうしてここにスウブシン大佐といるのか説明してくれ」

浩志は、大佐がタイに来ることは知らされていなかった。

「後方支援ができないかと思って、スウブシンのところに来てみたんだ。ところが、柊真はすでに奪回したそうじゃないか。拍子抜けするかと思いきや、それよりもおもしろい仕事にありついたことが分かったんで、スウブシンと一緒にここまで来たんだ。詳しくは、彼が話してくれる。とりあえずビールでも飲んでくつろぐことだ」

どうやら、大佐は浩志らが〝ラプター〟の捜索要請を米国から受けたことをすでに知っているようだ。

しばらくすると加藤が、本田を伴い部屋に戻って来た。本田はまるで上官に対するようにスウブシンに敬礼した。スウブシンも本田を見てにこりと笑って敬礼を返した。どうやら二人は初対面ではなさそうだ。

「実を言うと、本田大尉の小隊の後方支援を我が部隊がしていました。だから、作戦中にミスター・藤堂のチームを支援することは、私の判断ではできなかったのです」

タイの国軍の対テロリストなど特別な任務に就《つ》くのは、チェンマイの陸軍基地に所属する第一と第二の特殊部隊が行なう。この二つの部隊の存在は公開されているが、さらに特殊な任務を遂行する部隊が、スウブシン大佐が率いる第三特殊部隊で、その存在は公《おおやけ》にはなっていない。ちょうど米国が陸軍の特殊部隊デルタフォースを、公式の場では認めないのと同じだ。

スウブシンが、浩志のチームに武器の貸し出しを当初渋ったのは、米国と共同作戦中だったためのようだ。

「本田大尉を通じて、米国からミスター・藤堂のチームに正式に協力要請があったことは確認しています。そこで、我が隊も正式に支援することができるようになったのです。また、ミスター・佐藤には私からアドバイザーとして参加するように要請しました」

「そういうわけで、私もここにいるというわけだ」

大佐は、横から補足した。

「まずは、米国の国防総省から送られて来た軍事衛星の写真を見てください」

スウブシンは、部下に小型のプロジェクターとパソコンを用意させ、民家の白壁に衛星写真を映し出した。投影された写真は、川と周辺の様子が映っている。川岸には大きな台船が係留されており、船から大きな黒いシートに被せられた物が降ろされているようだが、画像が不鮮明でよく分からない。

「この映像は、今から二時間前に撮影されたダグウィンダム周辺の写真です。これでも画像補整をしたらしいのですが、夜明け間近なため、不鮮明でよく分かりません。だが、台船から降ろされているのは、大きさから言っておそらく川底から回収されたF二十二と思われます」

スウブシンは、胸からペンを抜き、映像の黒い物体を指した。

「米国政府は、非公式にミャンマー政府にF二十二の返還を求め、他国に売却するような気配があれば、回収されたF二十二を爆撃することも辞さないと通達したそうです」

米国の強硬姿勢は、実行されれば明らかに侵略行為だが、密かに攻撃する自信があるのだろう。それに公になったところで不当な武器売買という理由をつけるはずだ。もちろん中国とロシアは反発することは予想されるが、売却先と考えられる両国に対しては、機密を得ようとするのは戦争行為だという警告の意味も込めているに違いない。特に経済、軍事で台頭してきた中国への米国の警戒心は並大抵のものではないことが分かる。

〝ラプター〟の軍事機密が他国に渡れば、これまでの投資がふいになり、さらに新たな対策費を米国は迫られるだろう。二〇〇九年度時点での〝ラプター〟の調達は、百八十七機、一機あたり最低金額の一億三千万ドルで試算したとしても、単純計算で二百四十三億一千万ドルもの損失となる。

「司令部では、軍事衛星の写真が〝ラプター〟と判断するには材料不足のため、現時点では特殊部隊の投入は行なわず、判断できる状態になった場合は、あらためて部隊の投入か、爆撃で対処するか決めるようです。引き続き、軍事衛星と無人偵察機を使ってダム周辺は監視されますが、司令部では囮に騙《だま》されたことで慎重になっているようです」

本田は、首を竦めてみせた。彼は、上陸してすぐに衛星回線を使って司令部と連絡を取っていたのだろう。

「それにしても、ミャンマーの軍事政権はいつからこんなに米国との駆け引きがうまくなったんだ」

スウブシンと本田の報告を聞いた大佐が首を傾げてみせた。

「敵は、軍事政権だけと考えない方がいいのじゃないのか」

浩志も、米国を騙すのに連絡基地を囮にするという狡猾《こうかつ》で大胆な作戦に疑問を感じていた。

「軍事政権に知恵を貸しているやつがいるのか?」

大佐は、首を傾げた後ですぐに大きく頷いてみせた。

「俺が去年暗殺した北部第三旅団の指揮官タン・ウインは、ブラックナイトと関係を持っていた。あの国の上層部は悪の組織と繋がっていると考えた方が、理解し易《やす》い」

「なるほど、あの国は民主化されない方が、ブラックナイトのような国際犯罪組織にとっては都合がいいな。それにあの国の非人道的な悪辣《あくらつ》な行為は、まさにブラックナイトの持つ冷酷さと似ている」

大佐は相槌を打って浩志の言葉に同意を示した。

「とすれば、我々が相手にしているのは、ミャンマー軍だけでないと思った方がいいということですね」

スウブシンは眉間に皺を寄せた。

「敵がどうであろうと、少なくとも、俺たちは米軍の判断で動くつもりはない。いつでも出撃できる態勢にするつもりだ」

浩志の言葉にスウブシンは、本田の顔をちらりと見てから頷いてみせた。

四

「ちょっと待ってください。ここは集中治療室じゃないんですか！　こんなに部屋の温度が高いんじゃ話にならない。なんとかしてください」

柊真は、巡回してきた看護師に文句を言ってみたが、取り合ってくれなかった。

午前十時を過ぎたところで、室温は三十四度を越えていた。エアコンはあるのだが、生暖かい風が吹き込んで来るだけだ。集中治療室ということで窓を開けることもできない。

頼りになるのは、天井のシーリングファンだけだが、所詮室内で暖まった空気をかき混ぜるに過ぎない。ベッドで呼吸器を付けた京介の息遣いが心なしか荒くなったことが柊真を焦らせていた。

メソートにある病院に収容された京介に、柊真は同室で寝泊まりして付き添っていた。

京介は、左肩と頭部を銃撃された。左肩は貫通していたが、左側頭部に受けた弾丸は頭蓋骨に沿って侵入し、前頭葉の右側で止まっていた。おそらく、遠距離から撃たれた流れ弾が側頭部にかなり角度がついた状態で当たったのだろう。奇跡とも言えるが、戦場ではまったく前例のないことでもない。緊急手術で脳にほとんどダメージを与えずに弾丸は摘出されたが、意識は戻らず予断は許さない状態だった。

腕に銃創《じゅうそう》がある柊真も、本来なら患者としておとなしくしていなくてはならないのだが、病院に無理を言って集中治療室のすぐ近くの病室にしてもらい、京介に付き添っている。生死を彷徨《さまよ》っている京介に、少しでも役に立ちたいという一心なのだろう。

ドアがノックされた。

柊真は、先ほどの看護師と思い、勢いよくドアを開けた。

「あっ！」

廊下に立っていたのは、美香だった。

柊真は、青ざめた顔で固まってしまった。

「外でお話ししましょう」

美香は、押し殺した声で言った。

「はっ、はい」

柊真は項垂《うなだ》れて彼女に従った。

建物の外に出て、病院の裏にある熱帯植物の陰に入った美香は振り返るなり、柊真の頬を叩いた。

「なっ！」

柊真は気を許していたせいで、まともに平手打ちを喰らい後ろによろけた。

「これは、お爺さまの妙仁さんから頼まれたの」

「爺さんの？」

柊真は、妙仁の怒った顔を思い浮かべた。稽古中に叩かれたことはあったが、それでも叱られて顔を殴られた記憶はない。それだけ妙仁は怒っているということなのだろう。

「タイに来る前に、目黒のご自宅に謝罪するためにお伺いしたの。あなたにＮＧＯを紹介した以上、今回の事件の責任は私にもあると思ったから。でも、妙仁さんは、顔色一つ変えられずに、柊真君の問題で私には関係ないとおっしゃるの。ただ、あなたの行為で何人もの人に迷惑をかけたことだけは、育てた自分にも責任があると、逆に頭を下げられてしまったわ」

事情を説明すると、美香の声はいつものように優しくなった。

「……」

柊真は、大きな溜息をついて肩を落とした。

「だから、自分に替わってあなたの頬を叩いて来てくれって頼まれたの」

「すみません。ご迷惑をおかけして」

柊真は、美香に深々と頭を下げた。

「あなたを叩いて、すっきりしたわ。痛くなかった？」

「俺、自分自身の愚《おろ》かさは身にしみるほど分かっています。ただ、松井さんを目の前で殺されて、どうしてもＤＫＢＡのやつらが許せなかったんです」

柊真は拳を握りしめた。松井の名前を口にしただけで、彼が殺された時の惨劇が脳裏を過《よぎ》ったのだろう。

「浩志には、会ったんでしょう。何か言っていた？」

「それが、俺は生きている。それだけで充分だって……。だから俺、余計申し訳なくて」

浩志は、それ以外何も言わなかった。心の葛藤《かっとう》をして、柊真が悩み苦しんだ末に答えを自ら導き出すと信じているからなのだろう。

「そうなんだ。あの人らしいわね」

美香は、柊真に聞こえないように〝よかった〟と小声で言った。浩志が柊真を責めていないということは、とりもなおさず彼女に対しても責めていないということだからだ。

「俺、京介さんが治るまで付き添っていたいんだけど、いいかな。それに、今、日本に帰ったら、とんでもないことになっちゃうんでしょう」

柊真が心配しているのは、日本のマスコミだ。これまでも、こうした例はいくつもある。アフガニスタンやイラクで活動をしていたボランティアやジャーナリストが、拉致や殺害された場合、日本のマスコミは、家族や遺族のプライバシーなどまったくおかまいなしに取材攻めにする。まして、本人が帰国しようものなら、責任はどうとるのだとか馬鹿な質問をぶつけて来るからだ。

「心配しなくていいわよ。あの事件があった直後、すぐに私は、NGOの記録からあなたの名前を抹消するように手配したの。カレン族の村民以外の被害者は亡くなった松井医師と現地スタッフ一名として報道されたから、あなたのことは誰も知らないわよ」

美香は、柊真のことが報道されてなんのメリットもないことは分かっていた。そこで彼女の持つ権限を用い、柊真の情報が漏れないように手配したのだ。もっとも、浩志が現地に急行していなければできないことだった。

「そうなんだ。それじゃ、爺さんのところにもマスコミは行っていないんだ」

柊真は、大きな安堵の溜息をついた。それが、一番の気がかりでもあったからだ。

「どこの局のレポーターも行ってないわよ」

美香は念を押すように言った。それは、内調の腕利き特別捜査官としての自信ではあるが、柊真には理解できるはずもない。

「よかった」

「それから、この部屋の空調の調子が悪いのは、ただの故障なの。看護師さんは、あなたがクレームを入れるから困っていたわ。今日中には直るそうよ」

「そうだったんですか」

柊真の英語はいまいち通じてないようだ。それに看護師は時おりタイ語を交えて話すため、言っていることがよく分からなかった。

「それから、妙仁さんから、これを預かって来たの」

美香は、柊真に封筒を渡した。

柊真が中を確かめると、一万円札の束が入っていた。

「五十万円入っているから、これで苦労を買って来いって、おっしゃっていたわ」

「爺ちゃん……」

明石家にとって、五十万は大金である。柊真は封筒を押し抱き、涙を流した。

五

浩志らがいるタイの港町であるザソンヤンのレンガ作りの民家は、街の有力者の家らしく部屋数がいくつもあり、浩志らはつかの間の仮眠をとった。もっとも、ベッドが用意されているわけではないので、床に雑魚寝《ざこね》しただけだが、少なくともヒルやマラリア蚊の心配はしないですんだ。

三時間ほど睡眠をとった後、浩志らは出撃準備をはじめた。雨が少ない暑季とはいえ、湿度は常に六十パーセント前後はある。銃の手入れは怠《おこた》らない方がいい。第三特殊部隊のスウブシン大佐にブリーフィングを受けた部屋で、浩志と仲間は自分の銃を分解して手入れをはじめた。

「浩志、大変だ。こっちに来てくれ」

別室にいた大佐が血相を変えて、呼びに来た。

大佐に従い、隣の部屋に行くと、スウブシンとデルタフォースの本田が眉間に皺を寄せてテレビを見ていた。八畳ほどの部屋には、テレビとテーブルがあった。この家のダイニングのようだ。

「シット！」

本田が、声を上げて拳をテーブルに叩き付けた。

「どうした?」

「張り子の〝ラプター〟を摑まされただけじゃなかったんです。ちくしょう!」

頭を抱え込み、本田は悔しそうに言った。

「あの連絡基地は、米軍の特殊部隊が潜入することを想定して小細工がしてあったらしい。赤外線の隠しカメラがいたるところに設置してあったようだ。映像には〝M四A一〟を構える兵士が六名映っていた。装備からして誰の目にも米兵だと分かる」

スウブシンは、悔しがる本田の代わりに答えた。ミャンマーの小さな基地に赤外線の隠しカメラが設置されているとは、誰も予想はできない。

「すると、我々も撮られていたのか」

「撮られていたかもしれないが、発表はされなかった。彼らの目的は、米国を標的にしたものだからね。その他の映像はいらない」

「発表?」

「本田のチームが潜入した時のビデオをミャンマー政府は公式に発表した。米国の特殊部隊により、ダム建設守備隊の基地を爆破され、大勢の兵士が殺害されたと主張している。これらの行為を侵略行為として国際司法裁判所に持ち込むと言っているんだ。彼らは、米国が強硬手段をとることを逆手《さかて》に取ったわけだ」

「なんてやつらだ。とすれば、格納庫の爆破はやつらの自作自演か。米国の仕業《しわざ》とみせるためにわざと爆破させて、自軍の基地を殲滅させたというのか」

浩志も思わず民家の壁を叩いた。

「死者は、五十七人、負傷者は十三人だそうだ。実際の数は分からないがね。おそらく軍に不満を抱く兵士でも集めた基地だったのだろう。軍政が本当に国際司法裁判所に持ち込むかは疑問だが、欧米からの圧力を封じ込めるには充分かもしれない」

スウブシンは、淡々と説明した。浩志や本田と違い、隣国をよく知る軍人にとって驚くには値しないのかもしれない。だが、浩志らが目撃した限りでは五十人程度が駐屯していたに過ぎない。明らかに水増しした内容だ。

「これでミャンマーの軍政は、米国の干渉《かんしょう》を受けることなく商売ができるというものだ。少なくとも、米国は爆撃などと過激な行為はできないだろう。それに特殊部隊を送って、万が一米兵が捕らえられれば、今度こそ言い訳ができなくなる。もともと〝ラプター〟が遭難した際に、極秘にしたことが間違っていたんだ。今さら、ミャンマーが回収したなんてことは言えないだろうしな」

大佐が皮肉っぽく言った。

本田のタクティカルベストに装着してある無線機の赤いＬＥＤが点滅した。本田は、すばやく席を立って部屋を出て行った。おそらく司令部からの連絡だろう。

数分後に部屋に戻って来た本田の顔は青ざめていた。

「司令部からの連絡でした。ミャンマーに対して軍事行動を一切取らないと決定が下されました。大統領命令のようです」

「大統領命令だと。手を引くというのか」

「今回の〝ラプター〟遭難は、大統領に報告されていなかったみたいです。ミャンマーからの一方的な報道を知った大統領が、軍に確認して発覚したようです」

本田は、苦々しい表情を見せた。

「それで、大統領は切れたのか」

もともと現政権は、軍事費削減で経済の立て直しを計るべく、高額な戦闘機の配備を渋っていたため軍と対立していた。ちなみに大統領は、〝ラプター〟よりも安価と言われているF三十五〝ライトニング〟に乗り換えようとしているが、〝ライトニング〟も最近では機体価格が上昇し、配備が遅れている。要は、大統領は、軍事兵器に興味がないのだ。だからと言って世界平和を目指しているかというと覇権主義は変えていない。

「ミスター・藤堂、ご相談があります。〝ラプター〟の破壊に力を貸してください。お願いします」

本田は、浩志の前に起立して言った。

「軍は、手を引くと言ったばかりだぞ。それは、おまえ個人の希望か」

「正直言って、司令部からの極秘の指令です。大統領は、ミャンマーの軍事政権に手玉に取られたことに立腹されて決断されましたが、〝ラプター〟の機密の重要性を理解されていません。司令部は、たとえ命令に逆らっても軍事機密は守るべきだと考えています。〝ラプター〟および搭載されているミサイルの破壊命令を私は受けました」

「だとしたら、デルタフォースの他の部隊を出撃させればいいだろう」

「いいえ、そこまで司令部があからさまに大統領に逆らうことはできません」

「結局、根性なしということか」

浩志の言葉に、本田は渋い表情をして頷いた。

「お願いがあります。私をチームの一員として扱ってもらえませんか。司令部では、軍歴も抹消してくれるそうです」

「何！」

軍人にとって軍歴を抹消されることは屈辱《くつじょく》以外なにものでもない。それを自ら志望するということは、使命感と固い決意がなければできない。

「私は、嘘の情報に踊らされて作戦を遂行できなかったことが許せないのです。自主的に参加しますが、他の隊員にも聞いてみるつもりです。お願いします」

本田は深々と頭を下げた。

「武器も、米軍製のものは使えない。しかも死ねば、ただの民兵として扱われる。遺体すら故郷に帰ることはない。それでもいいのか」

軍人は、死に方、あるいは死に様を気にする。名もなき兵士として死ぬ覚悟がなければ、浩志のチームに入る資格はない。

「軍歴のない私に失うものはありません」

本田は食い入るように浩志を見つめて来た。

「いいだろう」

浩志は本田の目を見て頷いた。

攻防

一

ジャングルをじりじりと焦《こ》がしていた太陽は、西の空まで移動している。陽が沈みかけているにもかかわらず、気温は三十八度、湿度は七十パーセントある。

午後四時四十八分、サルウィン川の港町であるザソンヤンの六十二キロ上流にあるダグウィンダムの工事現場を、浩志らはタイ側の山の中腹から監視していた。

浩志らは、ザソンヤンでジェイムス・本田の二人の部下と合流した。本田が、五人の部下に浩志の指揮下に入って闘うことを問いただすと、三人は、軍歴が抹消されることと大統領の命令に背《そむ》くことに反発し、志願しなかった。とはいえ、それが常識ある軍人としてのとるべき姿だろう。

新たにチームに参加する本田の二人の部下は、一人は日系で、狙撃のスペシャリストのエリック・田辺《たなべ》、もう一人は韓国系で、爆弾のスペシャリストで、クレイトン・ヨーと言う名だ。二人とも身長が一八〇センチほどあり、エリックは両親が日本人で、クレイトンは、インド人のクオーターらしく、彫《ほ》りが深く肌が小麦色をしている。ちなみに本田も狙撃のスペシャリストらしい。

本田らが加わることにより、チームを三つに分けることにした。

浩志がリーダーとなるイーグルチームは、〝ヘリボーイ〟こと田中俊信と、〝トレーサーマン〟の加藤豪二、それに〝コマンド一〟のコードネームを持つ瀬川里見の四名。〝爆弾グマ〟こと浅岡辰也がリーダーのパンサーチームは、寺脇京介が負傷して抜けたため、〝針の穴〟の宮坂大伍、それに〝コマンド二〟の黒川章を加えた三名。京介は、今現在もメソートの病院の集中治療室で意識不明の状態だと、タイ王国軍のアヌワット大尉から聞いている。浩志は、そのことを仲間には話していない。というのも、新たに話す時は、よくなったか、死んだかのどちらかしかないからだ。

〝ピッカリ〟ことヘンリー・ワットは、元デルタフォースの中佐だったこともあり、彼の下に本田と田辺とヨーを置いた。本田らは、デルタフォースで伝説的な活躍をしたワットの下で働けることを喜んでいた。米軍最強の部隊で鍛え上げられた彼らが、浩志のチームに志願したのもワットがいたからなのだろう。ちなみにチーム名は、ワーロックと名付けられた。ワットが現役時代のチームのコードネームらしく、デルタフォースでは知らない者はいないらしい。

装備は、今回もタイの国軍から支給を受けたが、前回よりも充実している。米軍は手を引いたとはいえ、作戦を続行する本田らをタイの国軍を通じ、密かにバックアップしているに違いない。

アサルトライフルは、前回と同じガリルだが、ガバメントも支給された。かつてタイに駐留していた米軍の置き土産なのだろう。四十五口径、マイナーチェンジされた軍用のM一九一一A一。マニアなら飛び上がって喜びそうな銃だ。加藤を除いた仲間は、作戦が終わったら日本に持って帰りたいと無理なことを言っている。

手榴弾は、米国製M六七、〝アップル〟を二発。それにヘッドギアに小型マイクとイヤホンが付いた高性能無線機。それと、爆破を担当する辰也とヨーには、〝ラプター〟を二機以上爆破させられるだけの量のC四プラスチック爆薬と起爆装置が支給された。また、携帯対戦車ロケット砲RPG七も支給されたので、前回とは比べ物にならないほど火力はアップしている。

ダムの工事現場の監視をはじめて、一時間以上経つ。

工事は、ダム本体を建設する段階ではなく、工事用の道路や山を切り崩して斜面を補強するといった基礎段階である。ミャンマー側のサルウィン川の河原は、三百メートル四方にわたって切り開かれており、中央にプレハブの格納庫のような建物がある。奥行き幅ともに二十五メートルはあり、F二十二〝ラプター〟がまるごと入る大きさだ。

浩志らが監視をはじめた頃には、軍事衛星で確認された黒いシートで覆われた物体はすでになかった。おそらく格納庫に納められているのだろう。建物の四方にガリルを構えた兵士が何人も立っているのがその証拠だ。格納庫はプレハブで、屋根と壁の隙間から時おり青白い光が漏れて来る。〝ラプター〟の切断作業をしているのかもしれない。

工事自体は、土砂《どしゃ》を積んだトラックが出入りし、バックフォーやブルドーザーが斜面で作業をしている。ジンウエイの話だと、工事はこれまで停止していたそうだ。それが昨日から急にはじまったという。普段は少数の守備隊しか駐屯していなかったらしい。一見何も問題ないように工事を進めているが、おそらく軍事衛星や無人偵察機で監視されることを考慮に入れて工事を装っているのだろう。

敷地の周りは高さが一メートル五十センチほどの有刺鉄線の柵で囲まれ、柵の内側には塹壕《ざんごう》が掘られて兵士が要所に立っている。また、川岸と現場入口には、木と竹で作られた数メートルの高さがある監視塔が建てられており、重機関銃と大型のサーチライトも据え付けてある。二つの監視塔の近くには、それぞれ兵舎と見られる木造の小屋がある。規模からして、駐屯する兵は百人から百二十人、工事現場というより、ちょっとした要塞《ようさい》と言った方がよさそうだ。

「浩志、まだ取引きは行なわれていないようだな。だが、潜入するのはことだぞ。気付かれなかったとしても脱出するのは難しい。爆撃か砲撃で殲滅させるなら分かるが」

浩志の横に、ワットがやって来てぼやいた。

「〝ラプター〟を完全な姿で国外に運び出すのは無理だ。おそらく格納庫で分解している最中だろう。下手にばらせば、売り物にならない。解体には時間がかかるはずだ。ロシアか中国か知らないが、取引きがあったとしても今夜以降の話だ」

「それは、俺にも分かる。だが、潜入はどうする。米軍の協力は得られない。敵にどうやって気付かれずに行動するんだ。命が惜しいわけじゃないが、どこから潜入しても、自殺行為〝カミカゼ〟になりかねないぞ」

「手は打ってある。連絡待ちだ。とりあえず、移動するぞ」

浩志は仲間に山の反対側に出るように無線で連絡をした。全員に工事現場の監視をさせたのは、位置関係をしっかり頭に入れさせるためだ。潜入は夜中になる。頭の中に建物や塹壕などの配置がしっかりと刻み込まれていれば、必ず役に立つからだ。

山の中腹に沿って東に進み、山の反対側に出てジャングルをしばらく歩くと、いい匂いがしてきた。匂いの元を辿るように進み、ジャングルが切り開かれた場所に出た。軍用の四駆《よんく》が四台停められ、その近くで大鍋が二つ火にかけられていた。

「ミスター・藤堂、少し早いですが食事にしましょう」

アヌワットが気さくに声をかけて来た。出撃前の腹ごなしをするように炊き出しをしてくれたようだ。

鍋を覗くと、一つはゲーン・キョワーン・ガイと呼ばれるグリーンカレーで、もう一つは野菜炒《いた》めだった。

大皿にご飯とカレーと野菜炒めを載せて食べた。グリーンカレーは、ココナッツの甘みの後に青唐辛子の辛みがじわっと効いてくる。それに具の鶏肉やナスやピーマンがよく合う。これは癖《くせ》になる味だ。食べているうちに額から汗が噴き出してきた。野菜炒めはパックブン、日本ではエンサイと呼ばれる中国野菜がふんだんに使われた料理で、オイスターソースやにんにくが味を引き立てている。

ジャングルや山では、野菜類が不足するので実にありがたいメニューだ。兵士の格好をしている男が料理しているが、チェンマイやバンコクのレストランで食べるのと遜色《そんしょく》がない。仲間が舌鼓を打ちながら食べている姿を、アヌワットが嬉しそうな顔をして見ている。戦闘前にリラックスしてもらおうという心遣いに違いない。

「藤堂さん、お話が」

食事を終えた本田が緊張した表情で現れた。

「どうした?」

「〝ラプター〟の取引き先が決まったようです。司令部を通じてＣＩＡの報告が入りました」

「中国か？」

石油で勢いづいていたロシアの経済は世界的不況で停滞しているのに対し、中国は世界で唯一経済発展を続け、軍事費も日本やロシアを抜いて世界第二位になった。しかも、中国は最大の援助国であり、ミャンマーの軍事政権の後ろ盾のような存在だ。

「それが、ロシアだそうです。ロシアは、買い取り価格こそ中国には及びませんでしたが、武器の無償供与を提案したらしく、総額で言えば、中国の二倍の値段になったようです。しかも、アラビア海に展開中だったロシア艦隊を急遽《きゅうきょ》呼び寄せ、積載されている航空機をそのまま提供するという条件を提示したそうです。艦隊は数日前からアンダマン海に向けて航行していたようです」

「二倍か。しかし、最大の援助国を裏切るという心配はないのか」

「中国もすでに第五世代の戦闘機の開発を進めていますが、彼らの武器開発技術は遅れています。実際、開発を担当しているのは、イスラエルから招致した技術者ですし、エンジンはロシア製です。つまり、〝ラプター〟を手に入れても現段階では、彼らではパクることもできないのです。あくまでも私見ですが、ロシアに解析させ、その技術を後から輸入した方がはるかに得と彼らは考えたんじゃないでしょうか」

「中国はロシアに権利を譲ったということか。しかも高く付く開発費をロシアに負担させようという魂胆か。中国とロシアは技術提携している。二国間で裏取引きをしたかもしれないな」

本田の説明に全面的に納得してはいないが、浩志は頷いた。

ミャンマーの軍政にとっても、たとえ中国に売却しても、結局ロシアから武器を買うことになるのなら、はじめからロシアと取引きをした方がいいのだろう。

中国は、安価ではあるが援助と称して軍の中古の武器を大量にミャンマーに売りつけてミャンマー軍の質を低下させたため、軍には根強い不満があると聞く。

「ともあれ、彼らをサポートしていたのはブラックナイトじゃなく、ロシアだったということか」

米国に偽の情報を流して特殊部隊を連絡基地に誘《おび》き寄せ、潜入した本田らを撮影し、さらに基地を爆破した上で、国際世論に訴え出た軍事政権の手法は、国際犯罪組織ブラックナイトではなく、ロシアから入れ知恵されたのだろう。謀略が得意なロシアの軍部か諜報部ならやりそうなことだ。

「出発するぞ！」

浩志は仲間を招集し、三台の四駆に分乗して出発した。

二

熱気を帯びたジャングルが再び闇に埋もれようとしている。

午後七時、浩志らはダグウィンの三キロ上流のサルウィン川を闇に紛《まぎ》れてゾディアック製の大型インフレータブルボート（ゴムボート）二艘で、対岸を目指した。

この時期のサルウィン川は、水量も少なく川の流れも緩やかである。流されることはないが、月明かりで発見される方がむしろ心配だ。浩志らは、対岸のジャングルから点滅する光の信号を目指してオールを漕いでいる。やがて二艘のボートは、岸辺に着いた。

浩志らはボートからすばやく降り、ボートを担いでジャングルの光の信号まで走った。

信号の先に男が一人立っている。彼がシグナルを送ることにより、合流地点を示すとともに周囲の安全を保証する目安になっていた。浩志は男と握手を交わした。

「態勢を立て直すとおっしゃっていましたが、半日で武器だけでなく兵士まで補充されるとは、正直思っていませんでしたよ」

ＫＮＬＡ（カレン民族解放軍）第五小隊隊長のジンウエイは、本田らが加わった浩志のチームを見て顔をほころばせた。彼の小隊は、浩志らがタイに脱出した後も、ダグウィン周辺で待機することになっていた。今回の作戦では、ジンウエイと合流することになっていたので、ガイド役のＫＮＬＡの兵士であるヤンオングは連れてこなかった。

浩志は、昼間ダグウィンの工事現場を監視しながら、ジンウエイからの連絡を待っていた。早朝の別れ際に連絡が取れるように互いの携帯電話の番号を交換し、仲間が所持していた無線機も二台貸し与えている。ダグウィンは山の陰に入ると受信状況が悪いが、工事現場があるため、携帯電話が割と通じた。

「工事現場は見て来たか」

「一昨日調べた時よりも、監視がおそろしく厳重になっているので正直言って驚きました。しかもいつの間にかダムの工事まではじめている。理由が分かりませんね」

暗いので顔の表情は分からないが、ジンウエイは首を振ってみせた。

「首尾は、どうだ」

「指示されたとおり、確保してあります。その前に仲間を紹介しましょう。今回の作戦のために第八旅団から新たに二小隊呼び寄せました」

ジンウエイが、手を挙げると彼の背後の闇から、十二人の男たちが現れた。

浩志は、ジンウエイから二小隊の隊長であるナイマヨウとレイウイを紹介された。彼らは、ジンウエイから連絡を受け、北部山岳地帯にある基地から駆けつけたようだ。一チーム六名、年齢層は二十代前後と総じて若く、身長は全員一六〇センチそこそこと小柄だが、使い込まれたＭ一六Ａ二を持ち、ＲＰＧ七を担いでいる者もいる。

「ご案内します。先を急ぎましょう」

ジンウエイは、先に立ってジャングルを歩きはじめた。するとＫＮＬＡの他の小隊は、浩志らのチームの前後に分かれて進みはじめた。ジャングルに慣れた彼らは、浩志らを護衛する隊形になったようだ。

隊列の先頭を行く男たちが、ナタやナイフでジャングルに道を作って行くので歩きやすい。一時間ほど西南に進むと、微かに鳥のような鳴き声が聞こえて来た。

ジンウエイが口を両手で覆い、同じような鳴き声を出してそれに答えた。すると前方のジャングルから二人の男が現れた。名は知らないがジンウエイの部下だ。

男たちに従い進んで行くと、軍用トラックが二台、ジャングルの木々に埋もれるように停められている場所に着いた。トラックの近くに運転していた兵士と見られる男が四人、下着姿で縛られている。浩志が先ほどジンウエイに首尾を尋ねたのは、このことだった。

「彼らは、工事現場に資材を届ける途中でした。一台は、三時間ほど前に捕らえたので、はやく現場に到着しないと怪しまれます。運転は、ナイマヨウの部下にさせます」

「そいつらはどうするんだ？」

「最下層の兵士で害はありません。作戦が終わり次第解放するつもりです」

最下層の兵士とは使役専門の軍の奴隷である。ゲリラであるＫＮＬＡにとっても敵ではないのだろう。

「浩志、そろそろ作戦を説明してくれ」

ワットが、しびれを切らして浩志とジンウエイの間に割って入って来た。トラックが、確保できるかどうか分からなかったため、仲間に作戦の内容を話していなかった。

「集合してくれ、作戦を説明する」

浩志は、仲間を呼びよせた。

「浩志、出ばなを挫《くじ》くようですまないが、作戦に影響を与えそうだから、先に言っておく。本田と田辺とヨーの三人は、〝ラプター〟を破壊するために特別な訓練を受けて来た。もし〝ラプター〟が分解されていた場合、破壊しなければならない装置の優先順位を記憶《きおく》している。潜入チームには、必ず三人を加えてくれ」

「分かった」

あらかじめ潜入チームは、絞り込みをしようと思っていたためにこれは重要な情報だった。だが、潜入は浩志と辰也のチームにして、ワットのチームを外部からの援護に回そうとしていただけにメンバーの変更をしなければならない。

「作戦は、いたって単純なものだ。トラックで内部に潜入した後で、外部から工事現場を攻撃する。現場の混乱に乗じて、格納庫の〝ラプター〟に時限爆弾をセットし、潜入チームは、サルウィン川から脱出する。もし、トラックが検問で引っ掛かるようなら、外部からの攻撃で現場を制圧する。この場合、味方にもかなりダメージを受ける可能性がある。

時限爆弾をセットするまでは、なるべく交戦を避けたい」

現場は、南北に流れるサルウィン川の左岸にあり、敷地のほぼ中央に格納庫がある。現場の入口は、西側に一カ所だけだ。入口の検問を通過したトラックは、南側の資材置き場に行くことになっているらしい。夜も遅いため、トラックはそのまま資材置き場に置くことになる。格納庫に潜入するにも都合がいい。

外部からの攻撃チームは、北側と西側をKNLAの三つの小隊に任せ、南側からの攻撃は、潜入チームのバックアップとして臨機応変に対処することになる。基地の東側は、サルウィン川のため、船がない限り潜入も攻撃することもできない。

「北と西の攻撃は、KNLAの小隊、南側のバックアップは、イーグルチームが行なう。潜入チームは、パンサーとワーロックだ」

本田の部下のクレイトン・ヨーも爆破のプロらしいが、力量を知らない。いくらデルタフォースの隊員だったからといって、これまで一度も一緒に仕事をしたことがない者を信用しようとは思わなかった。爆破には、辰也は欠かせない。

「なお、〝ラプター〟の構造をワーロックチームは把握している。潜入チームの指揮は、ワットがとれ」

辰也の顔を見たが、異論はないと素直に頷いてみせた。

三

午後九時を回ろうとしている。

雲一つない夜空に月は煌々《こうこう》と輝き、ジャングルの木々を幻想的に浮かび上がらせていた。

要塞と化したダム工事現場への潜入は二チームで構成されている。

一つは、パンサーチームで、〝爆弾グマ〟こと浅岡辰也、〝針の穴〟こと宮坂大伍、それに〝コマンド二〟の黒川章の三名。

もう一つは、ワーロックチームの四名で、〝ピッカリ〟ことヘンリー・ワット、それに新たに加わった三人のコードネームは、ジェイムス・本田は〝メッツ〟、エリック・田辺は〝ドジャース〟、クレイトン・ヨーは〝パドレス〟と、彼らの好きな大リーグのチーム名が使われている。

外部からの攻撃は、北側にＫＮＬＡ（カレン民族解放軍）の新しく参加した二つの小隊をあて、西側には、ジンウエイの小隊、南側はイーグルチームが受け持つ。

イーグルチームはいつものメンバーで浩志と〝ヘリボーイ〟こと田中俊信と、〝トレーサーマン〟の加藤豪二、それに〝コマンド一〟こと瀬川里見の四名である。

浩志らは、工事現場の周囲を張り巡らせてある有刺鉄線の柵の南側に辿り着いた。柵までの距離はおよそ十メートル。柵の外側はジャングルの下草も短く刈られて身を隠すこともできないため、迂闊《うかつ》に近づくことはできない。それに、部分的に地面が見えるほど、草が刈られている。一見歩き易く見えるが、対人地雷が敷設されているのだろう。

浩志は、加藤に柵の近くまで行かせた。潜入のプロだけに地雷には鼻が利く。加藤は、匍匐《ほふく》前進をして地面を見ていたが、腰から自分のナイフを取り出し地中から小さな円盤状のものをいとも簡単に掘り出して来た。

「慌てて敷設したんでしょう。埋め方が雑で、深さは十センチもありませんでした」

「カエルか」

戻って来た加藤から、浩志は緑色の地雷を受け取った。

七二Aという、中国が世界中に売りさばいている小型で安価なプラスチック製対人地雷だ。十三センチ以上深く埋めると旧式の金属探知機は反応しなくなる。直径八センチ、厚さ四センチ、重量も百三十グラム、大量に敷設されたカンボジアでは緑色をしているため、〝カエル地雷〟と呼ばれているそうだ。この地雷で命を失い、または足を失うような大怪我をする子供たちが今でも後を絶《た》たない。

通常は同じ形の地雷で、除去を妨害する目的の七二Bと混ぜて敷設される。七二Bは、少し高価になるが電子回路が内蔵され、十度傾けただけでも爆発するようになっているため、掘り起こすことは困難だ。開発者の悪意が感じられる兵器だ。

前線の基地の周囲に地雷を敷設するのは言わば常識で、本田の指揮するデルタフォースのチームが潜入した連絡基地にはなかった。その時点で囮だと警戒するべきだったのかもしれない。

「こちら、スネーク。リベンジャー応答願います」

スネークとは、ジンウエイのコードネームだ。彼らはカレン語のコードネームを持っているが、浩志らが発音できないので英語に置き換えた。

「リベンジャーだ。感度は良好」

「指定の位置に就きました」

ジンウエイの小隊が受け持つ工事現場の西側は、急な斜面になっている。彼らの位置からは工事現場全体が見渡せるはずだ。

「了解。待機せよ」

「こちら、リザード。リベンジャーどうぞ」

トカゲを意味するリザードは、ナイマヨウというＫＮＬＡの隊長のコードネームだ。

「リベンジャーだ」

「現場の北側にある兵舎が見える位置に就きました」

「了解。そのまま待機せよ」

所定の位置に攻撃チームが就いたことを確認し、浩志は一キロ近く離れたところで出番を待っているワットにゴーサインを出した。

間もなくワーロックとパンサーチームを乗せた二台の軍用トラックのヘッドライトが闇の彼方から現れ、工事現場入口の検問所の前で停まった。

運転しているのは、ミャンマー兵に扮装したナイマヨウの部下だ。検問所にいる二名の兵士がトラックの運転席に近寄り、銃を向けて尋問をはじめた。ナイマヨウの部下は道具がなく、車の修理を後続のトラックが来るまでできなかったと説明しているはずだ。近くに建っている監視塔の兵士も銃を構えて見下ろしている。

到着が三時間以上遅くなっていることを怪しまれているのだろう。別の兵士が、トラックの後ろにまわり荷台を覗き込んでいる。

ワットや辰也らは、荷台の資材に紛れ込むように隠れている。外からは分からないが、荷台に上がってシートをめくられたら見つかってしまう。見つかれば、強行突破になる。浩志らがいる場所は、ワットらを援護するため現場の検問所も兼ねた入口からも二十メートルと離れていない。

「やっぱり、秘密兵器を出すしかないでしょう」

隣で様子を窺っている瀬川が、皮肉っぽく言った。

ナイマヨウの部下は、助手席から小さな箱を取り出して検問所の兵士に渡した。ミャンマー兵には、賄賂しかない。賄賂は、本田らが持っていた煙草《たばこ》をかき集めた。検問所の兵士が銃を下ろした。滅多に手に入らない米国製だけに媚薬《びやく》としては効果抜群《ばつぐん》のようだ。兵士らは、笑い声を上げながらトラックを二台とも通した。

瀬川や田中が顔を見合わせてガッツポーズをとっている。

二台の軍用トラックは、工事現場に入るとすぐ右折して格納庫の南側にあたる資材置き場に向かった。トラックを停めてミャンマー兵に扮装したKNLAの兵士が運転席から降りた。二人は、トラックから少し離れて談笑しながら煙草を吸って周囲の警戒を解こうとしている。

格納庫の南側に大型のシャッターの入口があり、警備の兵は二名、談笑しているKNLAの兵士を見ているが、銃を構えることもなく警戒している様子もない。監視塔の兵士も興味が失《う》せたとばかりにそっぽを向いた。

四

敵から強奪《ごうだつ》した軍用トラックで工事現場に乗り入れ、格納庫脇の資材置き場に停めることに成功した。ミャンマー兵に成りすましたKNLA（カレン民族解放軍）の二人の兵士が、格納庫の監視を惹《ひ》き付ければ、後はワットや辰也らが警備の兵を倒し〝ラプター〟に爆弾を仕掛けるだけだ。

　左奥の兵舎と見られる建物の照明が突然点いた。

　浩志は舌打ちをして眉間に皺を寄せた。

　建物から十人前後の兵士が現れて、格納庫の警備に新たに就いた。談笑しながら格納庫に近づこうとしていたＫＮＬＡの兵士も、さりげなくトラックの方に戻って来た。密かにことを運ぶのは無理になったようだ。

「こちらリベンジャー、ピッカリと爆弾グマ。敵の警備が突然増えた。潜入がばれたのかもしれない。強行突破に切り替える。待機せよ」

「了解！」

　返って来た二人の声は落ち着いている。

「スネーク、リザード、これから強行突破する。合図を……」

　浩志は途中で口を閉ざし、耳をすませた。

「総員に告《つ》ぐ、待機せよ！」

　西の空からヘリコプターの爆音が聞こえて来た。

　やがて月光を浴びて夜空にシルエットを現したのは、クジラを思わせる巨大なヘリコプターだった。

「〝ヘイロー〟だ」

浩志のすぐ側にいる瀬川が、驚きの声を上げた。

次第に近づくヘリは、世界最重量のロシア製大型輸送ヘリMi《ミル》二十六だった。テールローターを含む全長は、実に四十メートル、高さは八メートルもある。定員八十名、燃料を満積載しても、二十トンを越す荷物を吊り上げることができる。ちなみに〝ヘイロー〟とは、Mi二十六のNATOのコードネームだ。

「ロシアめ、武器を供給するといってミャンマー国内に〝ヘイロー〟をまんまと持ち込んだな。ミャンマーには、〝ラプター〟を運搬する輸送ヘリどころか、重機すらありません。ずる賢いですね」

武器に詳しい田中が、妙に感心した口調で言った。

ロシアが急遽艦隊を呼び寄せたのは、大型の護衛艦などに〝ラプター〟を回収するためだったのだろう。その礼として使用した大型輸送ヘリである〝ヘイロー〟を軍政に与えるのかもしれない。飛行機と違い、機動性のあるヘリで人員や大型の武器を移動できるとなれば軍政は目の色を変えたに違いない。

「くそっ、あれなら〝ラプター〟を楽々吊り下げられますよ」

瀬川も忌々《いまいま》しげに言葉を吐いた。

〝ヘイロー〟は、凄まじいローターの風圧で砂埃《すなぼこり》を巻き上げながら格納庫の東側に着陸し、横っ腹の大型のハッチが開くと完全武装した兵士が二十人近く降りて来た。

「ＡＫＳ七四Ｕですよ。ロシア兵ですね」

夜目が利く加藤が、武装兵の銃がロシア製ＡＫＳ七四ＵというＡＫ七四の銃身を短くしたショートカービン銃を携帯していることにいち早く気が付いた。ロシア陸軍最強といわれる〝スペツナズ〟でないにしても、艦隊に所属する特殊部隊なのかもしれない。

ロシア兵の半数が、格納庫の中に入り、残りの半分が格納庫の外で警護に立った。

「こちらピッカリ、リベンジャー、ヘリが降りたようだが、どうなっているんだ」

トラックの荷台に隠れているワットが、しびれを切らせて連絡して来た。

「ロシアの新手が現れた。〝ラプター〟を持っていくつもりなのだろう。今、攻撃をすれば、連中と戦争になる。やつらがヘリに戻ったところを攻撃する。それまで待て」

ロシア兵を相手に銃撃戦となれば、ただではすまないだろう。

「ロシア兵か、分かった。待機する」

ワットら潜入チームは、荷台のシートの下に腹這いの姿勢でじっとしていなければならない。隠れているのも楽ではない。

「スネーク、リザード。こちらは、リベンジャーだ。ＲＰＧでヘリに照準を合わせて、待機せよ。ロシア兵がヘリに戻るまで撃つなよ」

浩志は、ＲＰＧ七をいつでも発射できるようにＫＮＬＡの兵士に指示をした上で、改めて待機命令を出した。

十分ほどすると、格納庫前面のシャッターが上がった。

黒いシートを被せられた戦闘機が、格納庫の照明でオレンジ色に浮かび上がった。

「やっぱり、ありましたね」

瀬川が鼻で笑ってみせた。

シートが被せられてもシルエットは分かる。デルタ形と呼ばれる後ろに伸びた三角の翼にV字型の尾翼は、まさに〝ラプター〟の姿をしているが、右の翼が歪み、右車輪もなくなっている。不時着した際に破損したのだろう。今度こそ、ハリボテではないようだ。

〝ラプター〟は鋼製の四角い枠の中に納められている。ヘリで吊り下げる際に安定するように作ったようだ。しかも枠の下には、車輪まで付けられている。

格納庫から、時おり青白い光が見えたのは、機体を切断していたのではなく、鋼製の枠を接合する際の火花だったようだ。二トンもある機体をそのまま運び出すことなどないと頭から否定していたのは間違いだった。

「メッツ応答せよ。リベンジャーだ」

浩志は、チームリーダーのワットでなく元デルタフォースの隊員であるジェイムス・本田を呼び出した。

「こちらメッツ」

「格納庫に、〝ラプター〟発見」

「ありがとうございます。リベンジャー」

本田は嬉しそうな声を上げた。

情報ミスとはいえ、本田は、〝ラプター〟の破壊に一度失敗している。責任を感じて、軍歴を抹消されても浩志らと行動をともにしている。そんな熱い男の気持ちに浩志は応えてやりたかった。

五

探し求めていた〝ラプター〟は、ダグウィンダムの工事現場の格納庫に隠されていた。停滞していたダム工事が突如再開されたのは、〝ラプター〟を回収する際の人や機材の出入りを隠蔽《いんぺい》するためのものだったようだ。

ロシアの技術者とみられる男二人が、鋼製の四角い枠の中に入って〝ラプター〟を調べはじめた。その様子をミャンマー兵が固唾《かたず》を飲んで見守っている。

しばらくすると〝ラプター〟を調べていたロシア人が、枠の外に出て来た。身振りを交え、何か言っている。

「こちらピッカリ、リベンジャーどうぞ」

「リベンジャーだ」

「〝ラプター〟のことで揉めているようだ。ロシア人がへたな英語で怒鳴っている。武器がないと怒っているぞ」

格納庫のすぐ前に停めてある軍用トラックに隠れているワットには、ロシア人の言っていることがよく聞こえるらしい。

「どういうことだ？」

「〝ラプター〟に搭載されているはずのミサイルがないらしい。それに対してミャンマー兵は、引き上げた時にはなかったと答えている」

ミャンマーの軍政は、機体はロシアに売り、搭載している武器は中国にでも売るつもりなのかもしれない。〝ラプター〟は高度なステルス機能を維持するために、武器類は機体の兵器倉の中に格納されている。左右の空気取り入れ口脇の兵器倉には、サイドワインダー空対空ミサイル一発ずつ、胴体下の二つの兵器倉にも、通常は空対空ミサイル三発ずつ搭載される。

発見された〝ラプター〟が行方不明になる以前から武器を積んでいないのなら分かるが、機体がほぼ無傷の状態で発見され、武器がないというのは不自然な話だ。

「ミャンマー兵は、飽くまでシラを切るつもりらしい。最初から搭載していなかったのじゃないかと言っている。武器を満載して演習に参加していたんだぞ。笑えるぜ」

ワットは笑いを堪えて息を漏らした。敵陣のまっただ中にいるというのに剛胆な男だ。

そのうちロシア人は諦めたのか、何度も首を振って格納庫の中に入って行った。すると、十人近いミャンマー兵が鋼製の枠を押して、〝ラプター〟を格納庫から出しはじめた。枠に付けられた車輪がうまく動かないのか、数メートル動かすだけでも時間がかかった。これでは、格納庫の東側に着陸したＭｉ二十六の近くまで移動させるのは至難の業だろう。

作業を見守っていた指揮官らしき兵士が、ワットらが隠れているトラックに目を留めた。二十メートルほどの距離だ。指揮官は兵士を伴い、トラックに向かって歩きはじめた。

「ピッカリ、二人のミャンマー兵がそっちに向かった」

「了解。荷台を調べられたら、撃って出る。援護を頼むぜ」

ワットの声は心なしか弾んでいた。この男も戦場でしか生きられないタイプだ。大勢の部下を失った失望が、将来を約束された米陸軍を退官する要因となったらしい。そして、浩志らとともに一人の兵士として闘うことで生きて行く価値を見いだしたのだろう。

ミャンマー兵がトラックの前に立っていた二人のＫＮＬＡの兵士に話しかけている。まさかカレン族の民兵が紛れ込んでいるとは誰も思わないだろう。だが、資材を運んで来た兵士がいつまでもトラックの近くにいることを怪しんでいるのかもしれない。

浩志はすぐ側にいる瀬川と田中の肩を叩き、トラックに近寄ってきたミャンマー兵を指差し、続けて監視塔の次に自分と加藤を指差した。瀬川らは頷き、浩志から数メートル離れてKNLAの兵士に近寄って来た兵士の頭部に狙いを定めて銃を構えた。浩志は、加藤の肩を叩き、ハンドシグナルで監視塔の兵士に照準を合わせるように合図をした。

格納庫の前は川沿いにある監視塔からは陰になっているが、検問所近くの監視塔からはまる見えだ。潜入チームに不測の事態が生じた時、検問所の監視塔が最大の障害になるのは目に見えていた。だが、浩志らのいる場所から監視塔の兵士までの距離はおよそ百二十メートル、しかも数メートル高い位置にある。狙撃スコープもない銃で仕留めるのは至難の業だ。

「私に監視塔を潰すように命令してください。ジャングルの方からだったら、気付かれずに登れます。機銃も奪えば役に立つはずです」

中に入るには検問所を通らなければならない。二人の兵士が常に見張りに立っている。浩志らの銃にはサイレンサーすら装塡されていない。正面から気付かれずに潜入するのは加藤でも不可能なはずだ。

「検問所をどうやって通るつもりだ。柵の周りは、地雷が仕掛けてあるぞ」

「敷設されているパターンは、もう分かっています。踏まなければ大丈夫です。その代わり、藤堂さんのナイフを借りられますか」

加藤は涼しい顔をして答えた。この男は客観的に物事の判断ができ、無茶をすれば作戦に支障を来《きた》すことは分かっている。浩志は、腰のホルダーに差してあるナイフを加藤に渡した。

「いいだろう。二人の監視を倒したらすぐ戻れ、監視塔は潰すだけでいい。機銃を使えば下から狙い撃ちされる可能性があるからな」

浩志が肩をポンと叩くと、加藤はガリルを瀬川に預けて身軽になり、闇の中に消えて行った。

KNLAの兵士のうち一人が、ワットのチームが隠れているトラックの運転席に乗り込みエンジンをかけた。ミャンマー兵が前に出て誘導しながら歩きはじめた。〝ラプター〟を格納庫から牽引《けんいん》するために、トラックを利用するつもりのようだ。

浩志は、検問所に近い監視塔に目をやった。二人の兵士が動き出したトラックを見るために、外のジャングルに背を向けている。

ジャングルの闇から黒い影が飛び出した。影は高さ一メートル五十センチの有刺鉄線の柵の手前二メートルで跳躍し、柵の上で一回転して監視塔の下に音もなく転がり込んだ。加藤は、柵の周りに敷設してある地雷源を飛び越し、有刺鉄線の上をも楽々と越えたのだ。彼の能力を知っていても、驚異的な身体能力には改めて驚かされる。

加藤は、木と竹でできた急造の監視塔に取り付いた。人間というより爬《は》虫《ちゅう》類《るい》を思わせるようなすばやい動きで塔の上まで登り切り、監視塔の上にいた一人目の兵士の背中にナイフを投げつけた。ナイフは吸い込まれるように兵士の心臓を貫《つらぬ》き、その兵士が倒れる前に加藤は二人目の兵士の喉《のど》を浩志のナイフで掻《か》き切っていた。

「こちらトレーサーマン。監視塔制圧」

「リベンジャー了解。戻って来い」

浩志は、返事をすると視線を格納庫にやった。戻って来る加藤を最後まで見守る必要はないからだ。

六

サルウィン川の方角でポンという乾いた破裂音がした。

「何？」

反射的に音の方角に目をやると緩《ゆる》い放物線を描きながら、白い煙を吹き出す筒が格納庫の前に転がって来た。破裂音は続き、次々と格納庫の周りに新たな筒が転がり、辺りを白い煙で覆い尽くした。途端に格納庫にいたミャンマー兵やロシア兵は咳き込みながら倒れて行った。

「催涙弾《さいるいだん》！」

突然の出来事に、さすがに浩志も驚きの声を上げた。

異変に気が付いた川沿いの監視塔の兵士が、川岸にサーチライトを当てた。するとガスマスクを装着した兵士が次々闇から浮かび上がった。

ガスマスクの兵士は監視塔の兵士を一斉に銃撃した。

「ピッカリ、敵襲だ。資材置き場に避難しろ！」

浩志は、トラックの荷台に隠れているワットに連絡をした。トラックは、資材置き場と格納庫のほぼ中央で停まったままだ。

「爆弾グマ、荷台から降りてワットと合流せよ」

予期せぬ新手の敵の数は圧倒的に多い。こちらの襲撃計画などあったものではない。

ワットらはすぐさま荷台から飛び降りて、催涙ガスの影響がない資材置き場まで走り込み、同じくトラックから抜け出した辰也らと合流した。催涙ガスを押し流すほどの力はないが、緩い南西の風がジャングルから吹いている。風上にいるためにガスの影響のない浩志は、状況を的確に判断することができた。

「全員、待機！」

今銃を撃てば、ミャンマー兵と新たに出現したガスマスクの兵士ら双方を敵に回すことになる。今は、流れ弾に当たらないように物陰に隠れて静観すべきだ。

ガスマスクの兵士らは、格納庫周辺のミャンマー兵とロシア兵に向け、自動小銃を乱射しはじめた。催涙ガスで苦しむミャンマー兵はなす術《すべ》もなく倒されて行くが、ロシア兵は、咳き込みながらも物陰に隠れて果敢に反撃をしている。

工事現場にサイレンが鳴り響いた。今頃敵襲の警告をしているようだ。兵舎から続々と銃を手にした兵士が飛び出して来た。

川岸から新たな重い破裂音がした。途端に木造の兵舎が爆発し、ミャンマー兵が数人宙に飛んだ。川岸からRPG七を撃ってきたのだ。

「こちら、リベンジャー。リザード応答せよ。その場を離れ、スネークと合流せよ」

「リザード、……了解」

ナイマヨウは咳き込みながらも返事をしてきた。催涙ガスは北に位置する場所に待機していた彼らのところまで流れていたようだ。

兵舎周辺に次々とロケット弾が撃ち込まれ、催涙ガスが充満している敷地内にガスマスクをした兵士が、川岸から大挙して押し寄せて来た。

「このままでは、ワットらが孤立してしまう。基地に潜入するぞ！」

検問所を襲撃し、潜入と同時に退路を確保しておかなければならない。

「トレーサーマン、どこにいる？」

浩志は監視塔を潰した加藤を呼び出した。

「検問所の裏にいます。すぐ合流できます」

「これから検問所を突破する。そこにいろ」

浩志は道から飛び出し、走りながら検問所の兵士を銃撃した。加藤が検問所の裏から顔を覗かせた。

「行くぞ！」

浩志が加藤の目の前を走り抜けると、後ろを走っていた瀬川が預かっていたガリルを加藤に投げ渡した。

「スネーク、ＲＰＧの照準を〝ラプター〟に合わせて、待機！」

「了解！」

「リザードは、輸送ヘリにＲＰＧの照準を合わせろ。合図があるまで撃つな！」

「了解」

格納庫の中までガスマスクをした兵士らに占拠され、〝ラプター〟の周りにもアリのように兵士が群がっている。敵の数は、三十名以上いるようだ。彼らは、生き残っているミャンマー兵とロシア兵を捜し出しては銃撃している。一人も生かしておくつもりはないらしい。凄まじい攻撃で、残存兵もほとんどいない。

浩志らは、検問所のすぐ側にある小さな小屋の後ろに隠れた。

「ピッカリ、爆弾グマ、よく聞け。今から、〝ラプター〟とヘリを同時にＲＰＧで破壊する。その隙に検問所から脱出せよ。新手は圧倒的に数で勝る。闘おうとは思うな」

「ピッカリ、了解！」

「爆弾グマ、了解！」

暗闇で敵の正確な数は分からないが、まともに闘う相手でないことは誰にも分かった。

「スネーク、リザード、用意はできたか！」、

「こちら、スネーク大丈夫です」

「こちら、リザード、いつでもオッケーです」

KNLAの兵士らは、即答した。RPG七の扱いに自信があるのだろう。

「撃て！」

浩志の命令と同時に工事現場の西側から、二発のロケット弾が発射された。西側は山の斜面になっていることも幸いした。有刺鉄線の上をロケット弾は通過し、一発はロシア製Mi二十六ヘイローのどでかい胴体に当たり、爆発炎上した。だが、もう一発は、〝ラプター〟を固定している鋼製の枠に当たり、後方の川岸まで飛び跳ねて爆発した。

敵が外部からの攻撃に驚き、格納庫の裏に隠れた。

「パンサー、ワーロック、今だ」

浩志らは隠れていた小屋から飛び出し、格納庫の前にいる兵士に向かって銃撃した。

資材置き場に隠れていたワットと辰也のチームは、敵兵を銃撃しながら駆け出した。

ワットのチームの最後尾にいた爆弾のスペシャリストであるクレイトン・ヨーが、背負っていた背のうを右手に持っていきなり格納庫の方に走り出した。

「馬鹿野郎！　何やっている！」

浩志は銃撃しながら怒鳴った。

前を走っていた本田も気が付き、立ち止まって叫んだ。

「ヨー！」

「立ち止まるな！　走れ！」

浩志が叫ぶのが合図だったかのように、ヨーは銃撃された。数発の弾丸を胸と腹に喰らったヨーは前のめりに倒れたが、右手に持っていた背のうを勢いよく投げた。背のうは地面をすべり、〝ラプター〟の鋼製の枠の下に潜り込んだ。間髪《かんはつ》を入れずに〝ラプター〟は大爆発を起こした。

爆発で格納庫の裏から出てきた数人の敵兵が吹き飛んだ。ガスマスクの兵士らが川岸に向かって撤退しはじめた。

「撃ち方、止め！」

敵兵がすべて川岸の闇に消え、複数のボートのエンジン音が聞こえて来た。エンジン音は川上に向かい、やがて聞こえなくなった。銃撃が途絶えた。ロシアやミャンマーの兵は全滅したようだ。

「ヨー！」

本田が、銃撃されたヨーを抱きかかえて泣き叫んでいた。

浩志らが近づくと、本田は首を振ってみせた。

後ろを歩いていた辰也が、何を思ったのか急にヨーの許に駆け寄った。

「藤堂さん、これを見てください」

辰也が、ヨーの右手を握り締めていた。その手は、微《かす》かに震えている。ヨーの手には、鋼線が固く巻き付けられていたのだ。

「たいしたやつです。時限爆弾の他にも、あらかじめ手投げのプラスチック爆弾まで作っていたんですよ。アップルを信管の代わりに使っていたんでしょう」

背のうを投げると鋼線の先に繋がれていたアップルの起爆クリップが引き抜かれ、数秒後にアップルとともにプラスチック爆弾が爆発する仕組みになっていたようだ。

辰也は同じ爆弾のプロフェッショナルだけにヨーの爆弾にかけた覚悟が分かるのだろう、珍しく涙声だった。

遡上

一

サルウィン川に計画されているダムは五つあるが、最下流にあるハッジーダム以外の予定地の建設は停滞している。KNLA（カレン民族解放軍）の妨害工作が成功しているということもあるが、タイ側の住民にも立ち退《の》きに伴う生活や環境の悪化が社会問題となったことも原因になっている。そのため、完全にミャンマー領土内にあるハッジーダムだけ建設を進められているのだが、それもダム本体の工事にはいたっていない。

演習中に行方不明となった米軍戦闘機F二十二〝ラプター〟は、サルウィン川に不時着したところをミャンマーの国軍によって回収され、ダグウィンダムの工事現場の格納庫に隠されていた。国軍は、機体をロシアに売却する予定だったらしいが、サルウィン川から突如出現したガスマスクを装着した軍勢に襲撃され、その目論見《もくろみ》は崩れ去った。

ミャンマー軍政の裏取引きが阻止できたとはいえ、襲撃者たちの奇襲でジェイムス・本田の部下だったクレイトン・ヨーが死亡し、大きな犠牲《ぎせい》を払うこととなった。また、KNLAの兵士も負傷者を出したために戦闘が終了した時点で、北部の基地に帰って行った。ヨーが使用した手投げプラスチック爆弾は〝ラプター〟の真下で爆発し、機体に大きな穴を開けたが、鋼製の枠で固定されていたために意外と原形を留《とど》めていた。本田が司令部に問い合わせたところ、再度爆破するのではなく回収するように要請された。そのため、ワットがリーダーとなるワーロックチームは、武器に詳しい田中俊信も加わり、現場に爆発で飛散した機体の破片を拾い集めることになった。

三十分以内にタイ王国軍のブラックホークと輸送ヘリが到着する予定になっている。工事現場は、多数のミャンマー兵とロシア兵、それに襲撃者たちの死体が折り重なる惨状だが、浩志はパンサーチームに現場内の生存者の捜索と拘束《こうそく》を指示した。

辰也らは、とりあえず検問所のゲートを閉じて、兵舎や倉庫などの捜索をはじめている。有刺鉄線の柵で囲まれた現場周辺に対人地雷が敷設されているため、出入口を閉ざせば外部に脱出することは不可能だからだ。

浩志は、イーグルの残りのメンバーである瀬川と加藤の三人で襲撃兵を調べることにした。現場内に残された襲撃兵は遺体のみで、生存者は一人もいない。彼らは、銃弾が飛び交《か》う混乱の中でも負傷者を連れて退却したようだ。ガスマスクという行動を阻害する装備をつけながらも彼らの攻撃は凄まじく、退却も整然と行なわれた。よほど訓練された部隊に違いない。

加藤が、格納庫の近くで倒れている遺体のガスマスクを外した。アジア系の顔をしている。戦闘服は、どこにでもある迷彩服で特徴はない。アサルトライフルは、中国製九五式自動小銃で刻印や製造番号は削り取られていた。九五式は、五・八ミリという口径を持ち、発射速度は毎分六百発で、初速はNATO弾の五・五六ミリ弾を上回る。また、ホルスターに納められているハンドガンは、グリップを見る限りではマカロフのようだ。

浩志は、兵士のホルスターから銃を抜いて手に取ってみた。やはり刻印や製造番号は削り取ってある。マカロフに似ているが、グリップやトリガーの作りが粗雑《そざつ》だ。

「五九式銃か」

浩志は、銃の出来の悪さを鼻で笑った。

マカロフをコピーした中国製の銃は五九式銃と呼ばれている。ロシアではマカロフ（PM）はすでに時代遅れの銃となり、現在では新型マカロフ（PMM）が制式銃となっている。そのため大量に廃棄《はいき》された旧型マカロフが、日本をはじめとしたアジア各国の暴力組織に流れている。ロシア製なら今さら刻印を削る必要もないだろう。

「ということは、襲撃者は中国の特殊部隊ということですか」

加藤と兵士の遺体を調べていた瀬川が聞いて来た。

「そう考えた方が素直だろう。サルウィン川は、確かここから二十キロほど上流が船で通行できる限界のはずだ。中国の国境からヘリで潜入して、上流であらかじめ用意された船に分乗して、ここまで来たのだろう」

サルウィン川は、全長約二千八百キロ、チベット高原から中国、ミャンマー、タイを経てアンダマン海に流れこんでいる。中国では、サルウィン川は怒江《ヌーチヤン》と呼ばれ、雲南《うんなん》省を流れる。

「どうしてこんな犠牲を払ってまで〝ラプター〟を強奪しなければならないんですか？理解できない」

瀬川はめずらしく怒気を含んだ口調で言った。一緒に闘ったヨーを失ったショックと辺《あた》りに散乱する死体が、普段冷静な男を動揺させているのだろう。

「それだけ、中国は武器の近代化に焦っているということだろう。今や中国の軍事費は米国に次ぐ世界第二位だからな。それに目先の儲《もう》けでロシアに武器の売却を決めたミャンマーの軍政に警告を与えるという意味もあったのではないか。彼らは経済援助をして軍政を支えているからな」

「襲撃兵たちは、今ごろサルウィン川を遡上《そじよう》しているのですよね」

瀬川はひとり言のように呟《つぶや》いて立ち上がり、衛星携帯電話を取り出して傭兵代理店に連絡を取りはじめた。代理店のコマンドスタッフである瀬川と黒川は二人とも衛星携帯を所持している。通常の携帯と外見は変わらないが、衛星回線を使うのだから驚きだ。これが一昔前なら、おおきなアンテナと馬鹿でかい本体のためにポケットに入れられるような代物《しろもの》ではなかった。

「友恵《ともえ》に軍事衛星で遡上している船を追跡させることにしました」

連絡を終えた瀬川の報告に浩志はにやりと笑った。

傭兵代理店の情報スタッフである土屋《つちや》友恵は、世界でも屈指《くっし》のハッカーで米国の軍事衛星を自由に使いこなすことができる。以前は、その都度《つど》ハッキングしていたようだが、米国の国防相のサーバーの関係者でも分からない場所に彼女の専用のＩＤとパスワードを埋め込んだらしく、いつでも自由に使えるそうだ。米国の軍事衛星やスパイ衛星は、いくつも軌道《きどう》上にあるため作戦中でない衛星を密かに使うことは彼女に言わせれば簡単なことらしい。

数分後、瀬川の携帯に友恵から連絡が入った。

「ここから七キロ上流を遡上している三艘の中型船を発見し、軍事衛星の照準を船にロックオンしたため継続して追跡可能になりました。赤外線モードで拡大したところ、人数は十九人で、銃を携帯していることが分かったそうです」

銃撃した後の銃身はかなりの熱を持つ、赤外線モードではっきりと感知できたのだろう。工事現場には、二十人近いガスマスクの兵士の死体がある。総勢四十人前後の特殊部隊の攻撃だったということになる。

「上流に兵士を回収するヘリとのランデブーポイントがあるのだろう」

「このまま連中を帰すのですか」

「追跡するには、態勢を立て直す必要がある」

浩志は悔しいが、当たり前の答えしか言えなかった。

襲撃者たちの攻撃で死亡したヨーのことを思えば、素直に帰還させたくない。だが、川を遡上している敵を追撃するには今さら船では追いつけない。少なくともヘリが必要だ。

二

浩志は、瀬川と加藤とともに襲撃者たちの遺体を調べ終わり、F二十二〝ラプター〟の残骸《ざんがい》を集めているワットらの作業を手伝った。

破壊された機体は、外側の鋼製枠がほぼ無傷だったため、そのまま輸送ヘリで運ぶことができるように再度ロープや鋼線を使って補強した。また、爆破で飛び散った機体の一部は、工事現場にあった空のドラム缶の中に集めている。だが、格納庫の中を調べてみたが、ロシア兵が言っていたように〝ラプター〟に搭載されていたはずのミサイルは見つからなかった。浩志らが監視活動に入る前に搬出されていた可能性も考えられた。

破壊命令を受けていた本田によると、〝ラプター〟の空気取り入れ口脇の兵器倉と機体の中央胴体下部にある二つの兵器倉に、サイドワインダー〝ＡＩＭ九Ｍ〟が合計八発搭載されていたようだ。

〝ＡＩＭ九Ｍ〟は、世界標準ともいうべき〝ＡＩＭ九Ｌ〟赤外線誘導式短距離空対空ミサイルのバージョンアップ版で、全長二・八七メートル、直径十二・七センチ、重量は八十六・二キログラム、発射速度マッハ二・五、最大射程十八キロという性能を持つ。確かに〝ＡＩＭ九Ｌ〟よりは性能が高いが、現在では、配備が徐々に進められている最新のミサイル〝ＡＩＭ九Ｘ〟があるため、いまさら〝ＡＩＭ九Ｍ〟が盗まれたところで米軍としては神経を尖らせるほどのことでもないはずだ。

「こちら爆弾グマ、リベンジャーどうぞ」

ミャンマー兵の生存者の捜索をしていた辰也から無線連絡が入った。

「どうした？」

「兵舎で部隊の指揮官が隠れているのを発見しました」

陣頭指揮をとるべき指揮官が、兵舎に隠れていたという。駐屯していたミャンマー兵のほとんどが殺されたにもかかわらず、襲撃者たちの猛攻に恐れをなして外に出ることすらできなかったのだろう。現場の敷地内に累々《るいるい》と屍《しかばね》をさらす兵士らが哀《あわ》れだ。

「格納庫に連れて来い」

大方の作業を終えていたため、浩志は一人で格納庫に向かった。

間もなく辰也と宮坂に両脇を抱えられてミャンマーの指揮官が現れた。身長は一六〇センチほど、両脇の辰也と宮坂が一八〇センチ以上あるため、男は子供のように両足をぶらぶらとさせている。

ミサイルの捜索が手詰まりになったために、ワットと浩志のイーグルチームも格納庫に集まって来た。

「そこに座らせろ」

浩志は、あえて乱暴な英語で命じた。

男は、体格のいい男たちに囲まれて怯《おび》えた表情をしている。

「階級と名を名乗れ」

「陸軍少佐、トン・ショエだ。おまえたちは中国の特殊部隊か?」

トンは英語で答え、浩志や仲間の顔を順に見て行き、ラテン系の顔をしているワットに視線を移して首を傾げた。

「そうだ」

浩志は、トンが中国人と勘違いしたことを利用することにした。

「本当に中国兵なのか」

トンは、ワットの顔をもう一度見て言った。

「彼は、ウイグル族だ」

浩志がそう説明すると、トンはなぜか安堵の溜息をついた。

ウイグル族は中央アジアに居住する民族で、モンゴロイドとコーカソイドの混血と言われ、アジア系の顔立ちの者もいれば、ヨーロッパ系の顔立ちの者までいる。ラテン系のワットに違和感はない。

「搭載されていたミサイルはどこに隠した」

浩志は、ホルスターから、四十五口径、M一九一一A一ガバメントを抜き、男の眉間に突きつけた。

「何を言っている。ちゃんと教えたじゃないか」

「教えた？」

「一生中国で楽に生活できるようにしてやると約束したじゃないか。それにロシアがはやく到着した時のために、武器は別の場所に隠すように指示をしたのはそっちだ！」

トンは、声を荒げて浩志を睨みつけた。

「なるほど、中国に情報を流した裏切り者ということか」

浩志は、男の不審な言動を理解した。

男は、中国にミサイルを横流しして亡命するつもりだったに違いない。

襲撃兵は男から詳細な情報を得ていたために、ロシアの輸送ヘリＭｉ二十六が到着したタイミングで襲ってきたのだろう。ロシアの輸送ヘリも強奪して、〝ラプター〟を中国まで搬送する計画だったのかもしれない。襲撃が分かっていたために逆にアジア系の浩志らの存在を怪しんでいないのだ。

「裏切り者？」

トンは、浩志の顔を見ながら首を傾げた。

「もう一度言う。ミサイルはどこだ」

「おまえたちは、中国兵じゃないのか」

「今頃気が付いたのか。死にたくなければ吐け！」

浩志は、ガバメントの撃鉄を起こして、トンの眉間に押し当てた。

「うっ、撃つな！」

トンは、辰也と宮坂に腕を取られたまま足をばたつかせ、失禁した。

「はやくしろ、時間がない」

「そっ、外だ」

「外？　格納庫の外か！」

浩志が問いただすと、トンは、首だけ上下に激しく動かした。案内させると、格納庫の裏には、空のドラム缶が一列に並べられ、その前にも積み上げられていた部分が崩れたのか、無数のドラム缶が散乱していた。

「瀬川、ドラム缶の後ろを調べろ」

瀬川は上から覗き込んだ後、いくつかドラム缶を倒した。するとその後ろに三メートル近い長さがある細長い木箱が二つ現れた。

瀬川がさっそく木箱の蓋を外しはじめた。

「木箱の中身は、サイドワインダー〝ＡＩＭ九Ｍ〟です。間違いありません」

中身を確認した瀬川が答えた。だが、一つの木箱に入れられているのは一発のみで、〝ラプター〟の兵器倉にミサイルが満載されていたのなら木箱は八個あるはずだ。

「回収したミサイルは、二発だけか！」

浩志はトンの胸ぐらを摑んだ。

「ミサイルは、八発入っていた。戦闘機からすべて取り出して木箱に納めた。本当だ」

トンは、恐る恐る答えた。

襲撃者たちは、催涙弾を撃ち込んで来た直後からミサイルを運び出していたに違いない。

「シット！　俺たちの死角になっていた倉庫の裏にあったとはな。〝ラプター〟に気を取られている隙に、六発も盗まれたのか」

ワットが、激しく悔しがる姿に浩志は大きな溜息をついた。

三

浩志は左腕の〝トレーサーP六六〇〇〟を見た。

午後十時半、中国の特殊部隊との戦闘が終わって四十分近く経つ。

奇襲攻撃をしてきた部隊は、三艘の船でサルウィン川を遡上しているという。川を通行できる上流の限界まで行き、大型輸送ヘリに盗んだサイドワインダーとともに回収されることだろう。時間からすれば、おそらく二、三十分以内にランデブーポイントに着くはずだ。殺されたクレイトン・ヨーの借りは返したいが、米軍の武器を盗まれたという意味では追撃するほどの理由にはならなかった。

西の方角から、ヘリの爆音が響いて来た。なんとかミャンマーの国軍に見つかることなくタイに脱出できそうだ。ミャンマーは国全体をレーダー網で覆われていないらしい。低空で飛行すれば難なく侵入することはできるそうだ。

ミャンマーの空軍には、ロシアから格安で提供されたＭＩＧ《ミグ》二十九戦闘機が首都のネピドーやヤンゴンをはじめとした都市防衛のために配備されている。その戦闘力は、米国の戦闘機Ｆ十六と同等かそれ以上と言われているが、ＭＩＧ二十九は飾《かざ》り程度に過ぎず、主力戦闘機は、中国製のＪ七（ＭＩＧ二十一）という五十年以上も前にソ連で開発された量産機である。恐れるに値しない。

タイ側の渓谷を越えて姿を現したのは、大型輸送ヘリCH四七と護衛のための武装ヘリUH六〇ブラックホークだった。米国製CH四七は、タンデムローター式の大型ヘリで最大十二・七トンの荷物を吊り下げることが可能で、北米の先住民族から命名された〝チヌーク〟という愛称で呼ばれている。米陸軍が、〝アパッチ〟、〝シャイアン〟、〝コマンチ〟など先住民族の部族名をヘリコプターの愛称として好んで使うのは、建国以来迫害され続けている彼らにとっては皮肉な話だ。

「浩志、えらいことになった」

ワットが渋い表情をして格納庫の中に入るように手招きをした。

格納庫には、困惑した表情の本田が待ち受けていた。本田は、無線機で司令部と連絡を取っていたはずだ。嫌な予感がする。

「私は、盗まれたミサイルもサイドワインダー〝AIM九M〟と思っていました。というか司令部からそう説明を受けていたのです。しかし、実際は〝AIM九X二〟という最新のミサイルでした」

「何、司令部は嘘をついていたのか」

盗まれたことが確定してはじめて、本当のことを言うとはあきれるほかない。

「いえ、司令部もついさきほど分かったらしいのです。最新のミサイルを使って中国に脅威を与えるというのがベトナム沖で行なわれた演習の目的でした。最新兵器である〃AIM九X二〃を空母に積載していたことは司令部も認識していました。しかし、行方不明になった〃ラプター〃に装備していたとは報告されていなかったのです。最新兵器を紛失した責任を少しでも軽くしようと、演習の指揮官が虚偽《きょぎ》の報告をしていたらしいのです」

本田は溜息混じりに説明した。

「馬鹿馬鹿しい」

開発中のミサイルを積んだ最新鋭機〃ラプター〃が行方不明となれば、確かに国防上の危機だ。指揮官は震え上がったに違いない。

「しかもまずいことにAIM九X二は、最新鋭のAIM九Xを改良した試作版だったそうです。AIM九Xでも未だに最高機密なのに恐れ入りますよ」

AIM九Xは、飛翔《ひしょう》速度マッハ二・五、最大射程四十キロ、発射直後に百八十度方向転換ができるほどの機動力を持つ。有人飛行物体ならばロックオンされたAIM九Xの攻撃から逃れることは不可能と言われている。

また盗まれたAIM九X二は、軍でも極秘の開発段階のミサイルらしい。AIM九Xとの違いは、ミサイル先端のシーカー（赤外線画像誘導装置）に特殊な電子装置を加えて性能を上げ、レーダー波を反射しないステルス機でも特定できるようにした。また、積載燃料を八パーセント増やし、ロケットモーターの効率を高めて飛翔速度をマッハ三まで上げ、最大射程も七十キロという、もはや中距離ミサイルの域に達した脅威のモンスターミサイルらしい。

「ということは、〝ラプター〟は、敵にまったく捕捉されることもなく七十キロ手前でＡＩＭ九Ｘ二を発射し、それがたとえ最新鋭のステルス機でも撃破するというのか」

浩志は、思わず首を横に振った。

〝ＡＩＭ九Ｘ二〟を搭載した〝ラプター〟を装備すれば防衛もそうだが、編隊を組んで攻め込めばあっという間に敵地の制空権を奪うことができる。ちなみに米軍では、すでに〝制空〟という概念ではなく、空中の脅威を完全になくし味方の施設の防備まで行なう〝航空支配〟という言葉を作戦上使っているようだ。

「〝ＡＩＭ九Ｘ二〟は、ステルス機をも特定できるシーカーを装備しているので、ロシアや中国が開発中の第五世代の戦闘機が完成したとしても敵ではありません。そういう意味では新しい概念のミサイルと言えます」

「なるほど、〝ＡＩＭ九Ｍ〟に目もくれなかったはずだ」

最新鋭のミサイルを見つけた襲撃兵は、さぞかし喜んだことだろう。演習で最新兵器を使用するという米国側からのリークがあったため、期待はしていたのだろうが、まさか配備されている最新兵器の上を行く開発段階のものを手に入れられるとは思ってもいなかったに違いない。

「〝ＡＩＭ九Ｘ二〟は実際に演習でテストする段階ですので、すでに完成したも同然です。中国に技術が漏れたら大変なことになります。確実に周辺国に対して攻撃態勢を整え、航空機や艦船に搭載するでしょう。司令部では大統領に改めて報告し、判断を仰《あお》いでいるようですが、盗まれてしまった以上どうにもなりません」

本田は、困惑の表情で首を振ってみせた。

「本当にそう思うのか」

浩志は、本田を睨みつけた。

諦めた段階で何事も終わってしまう。可能性は行動する限り生まれるものだ。

四

全身カラスのように機体番号すら真っ黒に塗りつぶされたタイ陸軍所属の武装ヘリＵＨ六〇ブラックホークは、最大速度に近い時速二百九十キロで闇夜を斬り裂くように飛行している。ダグウィンダムの工事現場から北三十キロ、タイ領メーサリエン上空を通過し、サルウィン川上流を目指している。

〝ラプター〟の回収に現れた大型輸送ヘリＣＨ四七の乗員に現場を任せ、メンバーはブラックホークに乗り込んでいた。後部ユニットは、座席が取り払われており、銃を右肩で担ぐような姿勢で仲間は床に座っている。誰の表情も硬く、口を開く者はいなかった。戦闘に死傷者が出るのは当たり前のことである。だが、仲間の死を悲しまない人間はいない。ヨーと会ってまだ二日も経っていないが、一度でも同じチームで闘えば十年来の友人となんら変わらない。こんな時は、誰しもが戦友を亡くした悲しみを心の奥底に仕舞い込むために口数が少なくなるものだ。

浩志は、本田から奇襲攻撃で盗まれた武器が、開発中のサイドワインダー〝ＡＩＭ九Ｘ二〟であることを聞いて、すぐさま瀬川とオペレーションのプロである田中を呼び、作戦を立てた。

敵は浩志の読みどおりサルウィン川の十九キロ上流で、輸送ヘリに人員とミサイルを入れた箱らしいものを積み込んでいるのを、米国の軍事衛星で追跡していた傭兵代理店の土屋友恵により確認されている。

田中には、彼らの帰還ルートを予測させた。〝ラプター〟も回収しようとしていたのなら、中国が保有している大型の輸送ヘリは限られているため、田中は、中国陸軍の大型輸送ヘリ、Ｚ八（中国では直昇八）が使われるに違いないと言っている。

Ｚ八は、全長二十三メートル、通常離陸重量は九トン、最大離陸重量は十三トン、つまり人員も含めて四トンの貨物を吊り下げることができるらしい。最大離陸重量の場合での航続距離は、およそ五百キロ。これを逆算すれば目的地のおおよその見当はつく。しかもタイ王国軍のレーダー網に掛からないようにするには、サルウィン川の深い渓谷を利用するはずだという。ただ、サルウィン川は、メーサリエンの北部でミャンマー領に完全に入ってしまうため、渓谷を外れて一番近い中国の国境、つまり雲南省の南部のモンハイ辺りの国境地帯に向かって、まっすぐ北東に進むはずだと田中は予測した。

「ミスター・藤堂、作戦本部から緊急連絡が入りました」

コクピットの副パイロットが後ろを振り返って大声を出した。パイロットらは、双眼鏡タイプのナイトビジョンゴーグルをしているため、昆虫のように見える。

浩志は、後部ユニットのパイロットのすぐ後ろの壁にもたれて座っていた。コクピットの後ろには狭い窓のような通路がある。緊急時はここから、出入りすることもあるらしいが、後ろのユニットからヘリの前方を見るための覗き穴のようなもので、簡単に人が通り抜けられるものではない。

浩志は、予備のヘッドセットを渡されていた。通路から右前方の副パイロットを見ると、自分のヘッドセットを叩いてみせた。浩志は慌ててヘッドセットをして、副パイロットに親指を立てた。

「藤堂だ。どうぞ」

「スウブシンです。やっかいなことになりました。司令部から、ブラックホークの攻撃許可が下りません」

「……」

浩志らと回収した〝ラプター〟は、タイ王国陸軍の米国製CH四七、大型輸送ヘリに回収されるところだった。ダグウィンダムの工事現場は、サルウィン川の川岸にあり、タイの国境から百メートルもない距離にあるが、ブラックホークは丸腰のCH四七を護衛するために付いてきたに過ぎない。無理を言って、チーム全員で乗り込んだ上に中国の輸送ヘリを追撃するように要請していたが、たとえ国境線上のサルウィン川上空であっても、国籍が確認できないヘリを攻撃することは許さないと司令部から厳命されたようだ。もし撃墜して、ミャンマー領に不時着するようなら大問題になるからだ。

「司令部から、すぐにチェンマイの陸軍基地に帰還するように命令されてしまいました」

「ふざけるな！　盗まれたミサイル技術で、中国は周辺国の脅威となる。タイも例外じゃないぞ。司令部の馬鹿野郎にちゃんと説明しろ！」

「しかし」

「ブラックホークの武器は一切使わせない。攻撃は俺たちだけでする。それでいいだろう」

「……分かりました。そのかわり、チェンマイまでの燃料は残しておいてください。あとは、パイロットと相談してください」

スウブシンの溜息が聞こえるようだった。

「聞いていたと思うが、このまま予定通りの行動はできるか?」

浩志は、コクピットの通路から身を乗り出し、パイロットに尋ねた。

「あと二十分したら、帰還させてください。そうしないと基地まで帰れなくなります」

パイロットは燃料計で残量を確認しながら言った。

「田中、あと二十分だそうだ」

「このあたりで西に針路を変えてあと二、三分もすればサルウィン川に出ます。私の計算通りなら、数分でZ八が横切っていくはずです。勝負は、五分です。逆に五分以上かかるならミャンマー領に入ってしまうため、追撃は危険です」

田中は、地図を拡げて敵機とのランデブーポイントを指差した。燃料のこともあるが、ミャンマー領内までの追撃をタイ王国軍兵士のパイロットがするはずがない。

搭乗しているブラックホークの武器が使えないとなると、後部ドアを開けてガリルで銃撃するか、精度は落ちるがRPG七で撃ち落とすかということになる。射撃のプロは、針の穴こと宮坂大伍と本田の二人がいるが、対戦車ロケット弾であるRPG七ならともかく、五・五六ミリNATO弾の攻撃ではたかが知れている。

「五分で勝負をつけるぞ」

たとえ五分でも、チャンスは逃さない。浩志は自ら言い聞かせた。

五

　ダグウィンダムの工事現場から四十キロ北西のジャングル上空にさしかかった。ナイトビジョンを装着したタイ王国軍のパイロットは、真っ黒に塗装されたUH六〇ブラックホークを手足のように扱い、サルウィン川に向かう谷沿いに生い茂る木々を掠《かす》めるように飛行している。敵の輸送ヘリのレーダーに見つからないようにするためだ。

　後部ドアの小さな窓からはただ黒い闇が見えるだけだが、コクピットを覗くと月明かりに照らし出された木々のすぐ上を高速で飛行しているのがよく分かる。

「サルウィン川が見えました！」

　副パイロットが叫んだ。

「準備しろ！」

　浩志の掛け声で、狙撃手である宮坂と本田が銃を構えて後部ドアの前に座り、その両隣に辰也と瀬川がそれぞれRPG七を担いで膝を立てて座った。敵機の前方に出ることができたら、後部ドアを開けて宮坂と本田が操縦席を狙うことができる。また真横に並走できるようなら後部ドアを左右どちらも全開にして、辰也と瀬川が交代でRPG七のロケット弾を撃ち込むことになっている。左右の後部ドアを開けるのは、RPG七がロケット弾を発射した際、猛烈なバックファイヤーを起こすために、後方に高温ガスを逃がす空間が必要になるからだ。

「危ない！」

二人のパイロットが揃って叫び声を上げると同時に機体が急上昇した。後部ユニットの浩志らは団子状態になって転がり、ヘリの後部壁に叩き付けられた。

ブラックホークがサルウィン川に出る直前に、目の前を敵機が通り過ぎて行ったのだ。

「勘弁してくれ、何が数分以内だ！」

辰也が壁に押し付けられた状態で文句を言った。オペレーションのスペシャリストでヘリの操縦が得意な田中は、敵機が蛇行《だこう》したサルウィン川に沿って飛行しているため、先回りできると予想していたのだ。

「すみません。連中の積み込み作業が早かったんでしょう」

田中は、自分の足下で声を上げている辰也を覗き込んで謝った。

「敵機は、Z八です。距離二百メートル。追跡中」

副パイロットが状況を説明した。

二百メートル先のずん胴型のヘリは、田中の予測通り中国製大型輸送ヘリZ八だった。

「敵機、およそ百二十五ノット（時速約二百三十一キロ）、こっちは百四十三ノット（時速約二百六十五キロ）、すぐに追いつきますよ」

田中は、コクピットの後ろの狭い通路から操縦席の前にある計器盤を覗き込んで言った。

「敵機の左に付けてくれ」

浩志は、ヘッドセットのマイクからパイロットに要請した。

「渓谷が狭い。側面に付けることは不可能だ。敵機の左上に付ける」

パイロットはすぐさま返事を返して来た。

「了解！　頼んだぞ」

Ｚ八は、サルウィン川のほぼ真上を飛んでいる。その横を飛ぶとなると渓谷の岩肌に激突する可能性があるようだ。

「宮坂、本田、用意しろ」

敵機の真横に付けなければＲＰＧ七では狙えない。砲身後部の空間を確保しなければならないからだ。

ブラックホークは、敵機との距離を次第に詰めながら、機体を上昇させた。

「後部ドアを開けろ！」

浩志は、ブラックホークが敵機の後方十五メートル左上の位置に就いた時点で命じた。

スライドドアが開けられ、宮坂と本田が並んで腹這いになり、ガリルを構えた。彼らの左右から瀬川らが足を押さえて固定した。

彼らが構えているガリルの銃弾は、五・五六ミリNATO弾を使用するため、装甲が施《ほどこ》された武器には非力だ。だが、どんなに頑丈に作られた戦闘ヘリでも弱点はある。特にローター（プロペラ）は衝撃に弱い。戦闘ヘリでは、テールローターが装甲でカバーされているものもあるが、それでもメインローターは、剝《む》き出しになっている。

Z八は、普通のヘリと同じで、メインローターとテールローターを有する。後部ハッチから身を乗り出すように銃を構えている宮坂と本田は、前にいる宮坂がメインローターに、本田がテールローターに照準を合わせた。

浩志は、左手首の〝トレーサーP六六〇〇〟を見た。

「残り、五分です」

田中が浩志の耳元で怒鳴った。

「撃て！」

浩志の合図とともに二人の狙撃手は銃撃した。

宮坂の銃弾は、メインローターのシャフトの近くの装甲で火花を散らした。本田は、テールローターの先端に火花を散らしたが、何の影響もない。ヘリが上下左右に揺れながらの飛行だけに当たっただけ奇跡といえるが、もっと銃弾を集中させて連続攻撃するほかないだろう。

宮坂と本田は苦しい姿勢で銃を連射するが、ずん胴ヘリは、涼しい顔をして飛び続けている。

「くそっ！」

宮坂が叫んで体を起こし、ガリルのボルトを引いては戻している。ジャム（弾丸の目詰まり）を起こしたようだ。

「宮坂！」

辰也が脇から、自分の銃を宮坂に渡した。宮坂は、すぐさま元の姿勢に戻って銃撃を開始した。

浩志は、〝トレーサーP六六〇〇〟を見た。残り時間が三分を切った。

六

逃走する大型輸送ヘリZ八とそれを追撃するUH六〇ブラックホークは、渓谷が左右から迫るサルウィン川から二十メートルという低空を時速二百九十キロの猛スピードで飛んで行く。一時はZ八に十五メートルと迫ったブラックホークだが、じりじりとその差を開けられていた。Z八の方が最大速度は若干速いようだ。

Z八がスピードを上げて、しかも狭い谷間を蛇行して飛行するという作戦に出たために、宮坂と本田の銃撃はことごとく外されてしまう。

「藤堂さん、俺にやらせてください」

ＲＰＧ七を抱えた辰也が、苛立《いらだ》ち気味に声を上げた。

残り時間は、二分を切った。

「替われ！」

浩志が命じると、辰也はＲＰＧ七を担いだまま機体から身を乗り出して右足をブラックホークの右前輪にかけた。

「誰か、俺の体を支えてくれ！」

辰也が叫ぶと瀬川が辰也の背中から抱きつくように両腕を回して体を固定し、瀬川の体は宮坂と田中が押さえた。

「辰也、砲身を機体と平行に固定させろ！」

体のバランスを崩し、ブラックホークのローターにロケット弾を当てるようなことがあれば目も当てられない。

「パイロットに敵機の蛇行に合わせるなと言ってください」

機外に身を乗り出している辰也が大声で叫んだ。パイロットは、狙撃しやすいように敵機の蛇行をトレースするように飛行していた。

「敵機を追尾するだけでいい。まっすぐ飛んでくれ」

浩志はヘッドセットのマイクに向かって叫んだ。

ブラックホークの機体が左にふっと動いてまっすぐ飛びはじめた。

辰也がRPG七の胴体中央に取り付けられている照準器を覗きながら、トリガーを引いた。爆発音とともにRPG七のラッパ状のおしりから凄まじい炎と煙が吹き出した。

「ちくしょう！」

RPG七の先端に取り付けられたロケット弾が白煙を引きながら飛び出し、三十メートル前方を飛ぶZ八をわずかに逸《そ》れて落下して行った。辰也がトリガーを引く寸前に機体が揺れたのだ。すぐさまロケット弾が装塡されているRPG七と交換され、辰也は再び照準器を覗き込んだ。

浩志の時計では、すでにタイムリミットを過ぎた。

「辰也、時間がないぞ！」

「任せてください。谷の真ん中を飛んでくれ。四メートル右だ！」

「四メートル右に移動！」

浩志は辰也の指示通りに大声で叫んだ。

だが、機体は意に反して急上昇をはじめた。

「未確認飛行物体、接近！」

「いけない！　タイ領に戻る！」

パイロットと副パイロットが怒鳴り合うように指示を出している。すでにサルウィン川が国境を突き抜けている場所を過ぎて、ミャンマー領に入っていたのだ。

「飛行物体、十時方向に急接近！」

パイロットがセンターコンソールのレーダーを見て叫《さけ》んだ。

細身の角張ったヘリが左の山並みを越えて忽然《こつぜん》と現れた。

「Z十だ！　逃げろ！」

左の窓の外を覗いていた田中が機影を見て叫んだ。

Z十、中国名は武直十、中国が開発したタンデム式コクピットの攻撃ヘリである。米国やロシアが開発製造している攻撃ヘリと同じく、細身の胴体の先端には三十ミリ機関砲を装備し、左右のパイロン（武器を吊るすためのアーム）には空対地ミサイルや赤外線誘導空対空ミサイルなどの武器が搭載されている。試験機は十数機作られ、一部は陸軍に実戦配備されていると見られていた。

パイロットが慌てて操縦桿を倒し、右に急旋回をした。

Z十の先端が火花を散らした。

コクピットのキャノピー（風防）が轟音とともに飛び散った。

「ぎゃあ！」

副パイロットが悲鳴を上げるとともにブラックホークが急上昇をはじめた。被弾した際に反射的に操縦桿を引いて墜落を免《まぬか》れるようにしたのだろう。

浩志は、コクピットの通路に摑まり、操縦席を覗いた。

副パイロットは、左肩と左脇腹にキャノピーの砕けた破片が刺さったらしく、右手だけで必死に操縦桿を握っていた。

「しっかりしろ！」

浩志の声に副パイロットはなんとか頭を振って返事をして、操縦桿を水平に戻した。

「おい！　大丈夫か！」

パイロットを見るとシートにもたれかかり右手だけで操縦桿を握っているが、今にも離しそうな状態だ。右肩を揺り動かすと完全に操縦桿を離し、左に寄りかかってぐったりとした。よく見ると左腕が肩口からなくなっていた。三十ミリ弾が左側面から機体を貫通し、パイロットの肩口に直撃したようだ。出血が酷く、パイロットは痙攣《けいれん》をはじめている。

「自動操縦装置がやられた」

副パイロットが悲痛な声で言った。

「田中！　操縦を替われ！」

浩志は狭い通路からコクピットに乗り出して、右足をセンターコンソールにかけた。センターコンソールが邪魔になり、後ろから操縦席のパイロットを引っ張り出すことができない。浩志は身を屈《かが》めてパイロットのショルダーハーネスとシートベルトを外した。両腕でパイロットを抱きかかえてなんとかセンターコンソールの上に上半身を乗せようとしたが、パイロットの足がペダルに引っ掛かって抜けない。

また銃撃された。今度はヘリの後方を撃たれたようだ。

「撃たれました！」

宮坂が後方で叫び声を上げた。

「何！」

「藤堂さん、パイロットの上に乗って操縦桿だけ固定してください。副パイロットと替わります」

浩志はパイロットを席に戻してその上に座ったが、コクピットは異常に狭い。頭を天井にぶつけるようにして右手だけで操縦桿を握った。

浩志が操縦桿を固定したのを確認した副パイロットはベルトを外し、コンソールの上に這い出してそのまま後ろから仲間に引っぱり出された。替わって田中が狭い通路を通り抜け、血で汚れたコンソールに足を取られながらも副パイロット席に座った。

「藤堂さん、後は任せてください。なんとか飛べそうです」

田中は操縦桿を握り、計器類をチェックしながら言った。

「頼んだぞ」

浩志は田中の肩を叩いて、後方に移動した。

「敵機、離脱して行きます」

目のいい加藤が、後方の窓を見ながら言った。操縦席を離れる時、サルウィン川がすぐ右手に見えた。タイ領に入ったのだ。

「藤堂さん、田辺が……」

瀬川が耳打ちするように言って、首を横に振った。

後方のユニットの一番後ろで本田が田辺を抱きかかえていた。田辺の腹は大きく裂けて血が止めどもなく噴《ふ》き出している。三十ミリ弾が直撃したらしい。すぐに手術をしても難しいだろう。田辺を抱きかかえている本田も右肩口と背中を怪我している。飛び散ったヘリの機体の破片で怪我をしたようだ。

浩志は、しゃがんで本田の左肩を叩いてやった。途端に本田の目から涙が溢れた。思わず肩に置いた手に力が入った。浩志はもう一度、彼の肩を叩き立ち上がった。

後方の左のドアの近くに辰也がもたれて座り込んでいた。左足に機体の破片が突き刺さっている。瀬川が傷の手当をしているが、かなり出血しているようだ。目が合うと、笑って親指を立ててみせた。

辰也の隣にヘルメットを外されたパイロットと副パイロットが並んで寝かされている。パイロットの目に光はなかった。浩志は見開かれたパイロットの両目に掌を置き、瞼《まぶた》を閉じてやった。

「くそっ！　なんてことだ」

ワットが、呻《うめ》くように言葉を吐いた。

死の命令書

一

チェンマイのゴルフの歴史は極めて古い。中でもジム・カーナーというイギリス人が作った九ホールのコースは、百五十年の歴史を誇り、現在はテニスコートやスポーツジムも併設するクラブまである。このジム・カーナークラブの北側に隣接する広大な敷地が、タイ王国軍、カーヴィラ陸軍基地である。

午前零時、軍用の救急車や消防車が集結して騒然としていた陸軍基地は、日付が変わるのを機に息を潜《ひそ》めたかのように静かになった。

基地の北西からヘリの爆音が響いて来た。すると基地の東側にある陸軍病院の前にある中庭から夜空に向けて光の帯《おび》が伸びて行き、臨時のヘリポートを地上に浮かび上がらせた。機体番号も塗りつぶされたＵＨ六〇ブラックホークが、光の帯に誘われるように軍の消防隊が待ち受ける中庭に緊急着陸した。

コクピットは大きく破損し、エンジンの後方下部から機体の中央にかけて三十ミリ機関砲で開けられた孔《あな》が無数にある。ヘリを取り囲んだ陸軍の兵士たちは、無事に着陸できた奇跡を誰しも信じられないという顔つきで見つめていた。

ブラックホークの後部ドアが開けられると、担架を持った兵士が駆け寄り、負傷者を搬出する作業に取りかかった。辰也と副パイロット、それにパイロットの遺体も次々と運び出された。最後にエリック・田辺が担架に乗せられると負傷しているにもかかわらず、ジェイムス・本田は担架に寄り添うように陸軍病院に向かった。

救護の兵士はまだ待機していたが、浩志は必要ないと帰らせた。

「大丈夫か！　怪我をしているのじゃないのか？」

〝大佐〟ことマジェール・佐藤が血相を変えて駆け寄って来た。その後を追うように陸軍第三特殊部隊隊長スウブシン大佐も青ざめた表情で走って来た。

「俺は、怪我をしていない」

浩志は、コクピットで負傷したパイロットを担ぎ上げようと奮闘したために、戦闘服が血で真っ赤に染まっていた。

「中国機に攻撃されたらしいな。司令部でもレーダーで捕捉していたようだ。攻撃されたのはまさに国境線上だった。すぐさま空軍基地から、スクランブルがかけられたようだが、間に合わなかった」

「武装ヘリまでいるとは思ってもいなかった。非武装の輸送機が堂々と帰還するのはおかしいと疑うべきだったんだ。くそっ！」

浩志は傷ついたブラックホークのボディを拳で叩いた。

「攻撃ヘリなんて誰も予測できない。しかも他国の領空だぞ。だからこそ、タイ王国軍の司令部は、ブラックホークに攻撃を許さなかったんだ。撃ち落とされずに帰還しただけでもよくやった」

大佐の言葉を素直《すなお》に受け取ることはできない。どんな戦闘でも人の命がかかっている。結果がすべてなのだ。犠牲者を出したことに責任を感じない指揮官などいない。

「仲間をはやく休ませたい。兵舎にでも案内してくれ」

誰の顔にも疲れと苦しみが滲《にじ》んでいた。この三日間の強行軍で満足に休んでいない。しかも仲間に犠牲者まで出した上に任務すら達成できなかった。

「アヌワット大尉に案内させましょう」

スウブシンは右手を振って、部下のアヌワット・パヤクルゥン大尉を呼び寄せた。

「今日は、とりあえず空いている兵舎にご案内します」

アヌワットは敬礼をして、先に歩きはじめた。

「藤堂さん。友恵に連絡をしたら、まだ輸送ヘリを追跡していました」

どこからか瀬川が現れ、浩志に耳打ちをするように報告して来た。仲間と離れて衛星携帯で連絡をしていたようだ。

「我々が攻撃を受けた地点から、北東に八十キロです。中国の国境まで二百キロ手前の地点です」

「現在地は？」

「まだ、そんなところをうろついていたのか？」

「現在時速百八十キロまで落ちているそうです。北部の山岳地帯が険しいためか、あるいは宮坂さんと本田さんの攻撃で、燃料系かエンジンが故障している可能性も考えられます」

宮坂と本田は、機体に何発も銃弾を命中させていた。どちらの可能性も考えられる。

「引き続き、追跡させてくれ」

「了解しました」

瀬川が離れるのを待っていたかのように、ワットと宮坂が浩志の左右を歩きはじめた。

「浩志、瀬川から連中の現在地を聞いたのか。あのハッカーガールに軍事衛星を使わせているんだろう。位置を教えろ」

ワットは、激しい口調で迫って来た。

「知ってどうする」

「決まっているだろう。俺はたとえ連中が中国に逃げようともすぐに追いかけるつもりだ。止めたって俺は行くぜ」

「そうですよ、藤堂さん。このまま素直に引き下がれませんよ」

仲間の負傷で理性を失っているのだろう。宮坂まで血走った目をしている。

「二人とも頭を冷やせ。俺たちの体はもう限界だ。このまま闘えば、負傷者を増やすだけだ。まずは休んでからだ。その間に敵が中国領に入れば、それ以上は追わない」

浩志は冷たく言い放った。

「何を言っているんだ。仲間の仇はとらないのか」

ワットが食ってかかって来た。タフな男だが、すでに冷静さを欠いている。それだけ疲れているという証拠だ。

「喧嘩じゃないんだぞ。それに米軍の秘密兵器を奪回するために、これ以上仲間を犠牲にするつもりはない。それでも闘いたいのなら、一人で行くんだな。そもそも米軍の正規の部隊がすればいいことだ。違うか?」

「……確かにそうだ」

ワットは、渋々頷いた。

「おまえも指揮官だったのなら、今の自分が冷静に判断できる状態かよく考えろ」

「……すまない。確かにそうだ」

今のワットは、かつて所属していた米軍最強の特殊部隊デルタフォースの指揮官としてではなく、一人の兵士として闘っている。それだけに判断基準も甘くなっているのだろう。

「引き上げるぞ」

浩志は、仲間に改めて命じた。

二

浩志らは、兵舎でシャワーを浴《あ》びて真新しい戦闘服に着替えた。

戦闘の後にシャワーを浴びられることなどめったにない。これほど体をリフレッシュさせる手段は他にはないだろう。

食事は、兵舎の食堂に用意されていた。真夜中にもかかわらず、目玉焼きが載《の》ったタイ風のチャーハンに、スープと春雨《はるさめ》サラダが付いていた。当然のことながら、血糖値はみるみる上がり、疲れは癒《いや》されて行く。これで睡眠がとれれば、いつでも闘える。すでに疲れた表情をしている仲間は一人もいない。

二つ離れた席でチャーハンをかき込んでいる瀬川の携帯が鳴った。仲間が一斉に食事の手を止めて瀬川に注目した。

瀬川はコップの水を一気に飲み干《ほ》して携帯を耳に当て、浩志を振り返って頷いてみせた。

「藤堂さん、例の輸送ヘリが停止しました」

やはり傭兵代理店の友恵からの連絡だった。

「墜落したのか？」

「いえ、軍事衛星で見る限りでは輸送ヘリは原形を留めているそうです。現時点では、緊急着陸したのか、意図的に着陸したのか判断がつきかねます」

「場所は？」

「ミャンマー北東部、ケン・トゥンの山岳地帯です。田中さんが、敵機の目的地として予測した中国雲南省のモンハイとの直線上にあります。そういう意味では、輸送機は故障して不時着したと考えていいかもしれませんね。それから、友恵の話によると米軍も他の軍事衛星を使って輸送ヘリを追っていたようです」

米軍が何も手を打たないはずはないと思っていた。あるいはF二十二〝ラプター〟と搭載されている兵器の重要性を米大統領はようやく理解し、軍に命じたのかもしれない。

「米軍の特殊部隊が、奪回に本腰を入れるかもしれない。地図はあるか」

浩志が尋ねると瀬川は、ポケットから地図を取り出してテーブルの上に拡げた。

「ケン・トゥンか。ここはまだＳＳＡの支配地区だったな」

浩志は、地図を見ながらあごの無精髭《ぶしょうひげ》に手をやった。作戦行動を継続すべきか浩志は迷っていたが、情報だけは頭に入れておきたかった。

ミャンマーの北東部シャン州は、南のラオス側を少数民族のシャン族が組織するシャン州軍（SSA）が支配し、北の雲南省側はワ族が組織する少数民族最大のワ州連合軍（UWSA）が支配している。

ワ州連合軍は、かつてこの地域が麻薬・覚醒剤《かくせいざい》の世界最大の生産地である黄金の三角地帯と呼ばれた時代からケシの栽培を行なっており、この地域を支配していた麻薬王クン・サがミャンマー政府に投降した後も、その役割を担《にな》ったため、資金は現在も潤沢《じゅんたく》にあると思われる。二万もの兵力を持ち、軍政府の支配を拒《こば》み続け、武装解除にも応じない。だが、軍政府に隷属しているDKBA（民主カレン仏教徒軍）と協力して周辺国への麻薬や覚醒剤の密売を行なっている。つまりこの地域のブラックマネーを政府と分かち合う仲なのだ。

一方で、軍政府の資金となる麻薬を撲滅《ぼくめつ》するために、反政府組織であるシャン州軍やKNLA（カレン民族解放軍）はワ州連合軍やDKBAと争うという複雑な関係にある。

「そうです。シャン族なら、KNLAから話を通せば、協力してもらえるかもしれません。あるいは、噂どおりなら、タイの国軍から頼んだ方がいいかもしれませんね」

瀬川は、にやりと笑ってみせた。

噂とは、タイが密かにシャン州軍を援助しているというものである。タイは北部の地域を、クン・サ率いるモン・タイ軍に支配されていた歴史を持つ。タイの徹底した撲滅作戦により、ケシの栽培はタイ領内では行なわれていないが、現在でもミャンマーから大量の麻薬や覚醒剤が流入してくる。そこで、麻薬を根絶するためにタイは、武器の供与などシャン州軍を援助していると言われている。

「ミスター・藤堂、スウブシン大佐がお呼びです」

世話係のアヌワット大尉が食堂に駆け込んで来た。基地には、まだ大佐ことマジェール・佐藤もいる。ひょっとして大佐が何か企《たくら》んでいるのかもしれない。

浩志はアヌワットに案内され、スウブシンの執務室に行った。

部屋の奥にタイの三色の国旗と真っ赤な軍旗が飾られた執務机にスウブシンは座っていた。案の定、大佐も部屋の中央にある革張りの椅子に座っている。

「ミャンマーのシャン州に中国の輸送ヘリが不時着したらしい」

「どうしてそれを」

軍事衛星で追尾していた最新の情報を大佐に言われ、さすがに浩志も声を失った。

「大したことじゃない。パトロール中のシャン州軍から連絡があったそうだ」

聞くまでもなかった。シャン州軍とタイ王国軍は密接な関係にあったようだ。

「そもそも輸送ヘリがシャン州軍の支配地域を無断で飛行していたために、彼らはＲＰＧ

で攻撃したそうだ。その時はテールを一部破壊したに過ぎなかったが、結局は不時着させることに成功した。だが、武装ヘリの攻撃で周辺は修羅場となり、タイ王国軍に助けを求めて来たというわけだ」

浩志は、舌打ちをした。あれほど必死に追撃したにもかかわらず、輸送ヘリは少数民族の民兵によってあっさりと撃ち落とされていたのだ。

「ところが、さきほど武装ヘリは、北の方角に消えたと連絡が入った。おそらく燃料がなくなって補給のために戻ったのだろう。完全に包囲しているから時間の問題らしいが、輸送ヘリの中から激しく銃撃されてまだ近づけないそうだ」

「積荷のことは話したのか」

「米軍の盗まれた武器ということだけは伝えてある。たとえ中身を見たところで、彼らにミサイルの型は判別できないだろう」

大佐は、そう言うとスウブシンを指差した。

スウブシンは、待ってましたとばかりに笑ってみせた。

「さっそく米軍から仲介して欲しいと連絡がありました。すぐにシャン州軍の司令部に打診《だしん》してみましたが、もし米軍が特殊部隊を派遣してきたら、敵と見なして攻撃すると言って来ました」

ミャンマーの反政府勢力は、かつてＣＩＡを通じて武器援助を受けていた。だが、ブッシュ政権で援助が途絶えたために物資は不足し、政府軍の攻勢もあり、一気に弱体化してしまった。その後のオバマ政権においても同じで、都合のいい時だけ利用するなと彼らは怒っているに違いない。

国際テロ組織アルカイダのリーダー、オサマ・ビン・ラディンが、いい例だろう。かつて彼はＣＩＡと米軍の援助で民兵組織を作り上げ、アフガニスタンに侵攻して来たソ連軍と闘った。だが、ソ連軍が撤退すると米国政府はオサマを簡単に見捨てた。現在のアルカイダを育てたのは、他でもない米国政府なのだ。

「もしミサイルが回収できれば、タイ政府は米国に恩を売ることができる。浩志、無理にとは言わないが、タイのために一肌脱いではくれないか」

タイ政府には、スウブシンを通じて色々世話になっている。断りにくい状況だ。

「国軍の特殊部隊は、どうして出動しないのだ」

「知ってのとおり、現在のタイの国内事情は極めて悪い。度重なる反政府デモで政府も弱体化している。特殊部隊も各地に派遣されているのだ。それに部隊を派遣し、万が一にもミャンマーに知れたら緊張状態になることは必至だ。今隣国との摩擦は賢明ではない」

タイは、タクシン・チナワットが政権の座から引きずり降ろされる二〇〇六年前後から政治は混乱を極めている。これ以上のトラブルは確かに現政権にとって死活問題だろう。

「俺のチームもフルパワーじゃない。輸送機に残っている中国兵も当分籠城《ろうじよう》するだろう。

とりあえず二時間休ませてくれ。二時間後に出撃するかどうかは決める」

浩志は、態度を保留した。

仲間に言えば必ず行くと言うだろうが、京介は今も生死を彷徨《さまよ》っている。辰也も当分復帰できないだろう。これ以上の負傷者を出したくはなかった。

三

タイ王国軍、カーヴィラ陸軍基地の北側には大きな兵舎が十棟ある。その中でもひと際広い、士官クラス用の部屋を浩志らはあてがわれた。スウブシン大佐が気を利かせてくれたのだが、眠るだけなので浩志らにとってはどうでもいいことだった。一昨日、柊真を救出してからというもの、ほとんど休息をとってない。それだけに誰もが、気を失うように眠りについた。

「浩志、起きろ!」

突然肩を揺り動かされた。

重い瞼をこじ開けると、ベッド脇に大佐が立っていた。

「もう二時間も経ったのか?」

浩志は、寝ぼけ眼で左腕の〝トレーサーP六六〇〇〟を見た。

午前一時四十八分、浩志らが就寝してまだ一時間も経っていない。

「悪いが起きてくれ。状況が変わった」

「どうした？」

浩志は、重い体を起こしてベッドに座った。

「不時着していた中国の輸送ヘリが爆撃されたようだ」

「爆撃！」

浩志は思わず声を上げて聞き返した。

「だが爆撃機は、タイの防衛レーダーでは捕捉されなかったようだ」

「レーダーに映らなかった？　爆破工作の可能性はないのか」

「現地のシャン州軍からの報告によれば、中国の輸送ヘリはまるで自爆したように突然爆発したようだが、その直前に一瞬だが東の空から、筋状の炎が伸びて来るのを見た者がいる。おそらく空対地ミサイルを目撃したのだろう」

目撃者は、飛行機から発射される瞬間のミサイルが噴出する炎を見たのだろうが、夜間の一瞬の現象を見たことになる。ジャングルで生活する民兵ならではの驚異的な視力を褒《ほ》めるべきだろう。

「レーダーに映ることもなく、ピンポイントで爆撃を成功させたのか。それなら、間違いなく米軍の仕業だな」

浩志は、肩を竦めて鼻で笑った。

「米軍は、タイ王国軍が出撃を渋っているので待ちきれなかったのだろう」

大佐も、首を振って苦笑いをしてみせた。

米国のステルス航空機は、最新鋭の戦闘機F二十二〝ラプター〟だけでなく、一九九四年から二〇〇〇年にかけて二十一機配備されたノースロップ・グラマン社製のB二A〝スピリット〟ステルス爆撃機がある。これらの航空機から、GBU三二などの精密誘導爆弾を投下すれば、レーダーに捕捉されずに爆撃は可能だ。おそらくベトナム沖で演習に参加していた空母から発進したのだろう。

「だが、ミサイルを運び出す作業をしていたシャン州軍の民兵に死傷者が大勢出た」

大佐は苦い表情で言った。

「シャン州軍は、輸送ヘリを攻略していたのか」

「彼らも武装ヘリが戻って来たら大変だと思っていたのだろう。三十分前に総攻撃をかけたらしい。詳しい情報はまだ入っていないが、ミサイルは爆撃前にいくつかはヘリの外に運び出したようだ。シャン州軍も馬鹿じゃない。爆撃したのは米軍だと分かっている。残ったミサイルを回収する手立てを米国は完全に失ったわけだ」

「馬鹿なやつらだ」

米軍の愚行により、ミサイルを回収するモチベーションはさらに低くなった。

「うん？」

廊下を人が走る気配がする。

「藤堂さん！　いいですか」

瀬川がノックをして、いきなり部屋に入って来た。

「すみません。大佐と打合せ中でしたか」

瀬川は、どうしても自衛官としての癖が抜けないようだ。慌てて直立不動の姿勢になり、大佐に敬礼してみせた。だが、その表情は青褪《あおざ》めている。

「どうした！」

瀬川のただならぬ様子にいやな予感がする。

「エリック・田辺ならびにジェイムス・本田が、亡くなりました」

「何！　どういうことだ」

浩志は、立ち上がって戸口にいる瀬川に迫った。

田辺は、三十ミリ機関砲が腹部に直撃するという怪我で、緊急手術は受けたものの夜明けまではもたないと思われていた。だが、本田の怪我は大した怪我には見えなかった。

「田辺さんは、経過が悪く三十分前に亡くなったそうです。本田さんは、病院の関係者に、病室で首を吊って死んでいるところをさきほど発見されたようです」

本田は、集中治療室の外で田辺に付き添っていたはずだ。田辺の死を悲観して自ら命を絶ったというのか。

「さきほど、アヌワットと偶然、廊下ですれ違って教えてもらいました。報告は私の口からと思いました。ワットへの連絡は、アヌワットに頼みました」

浩志が部屋を出ると、悲しげな表情のアヌワット大尉が廊下に立っていた。

「陸軍病院まで案内してくれ」

「了解しました」

アヌワットは敬礼すると、小走りに廊下を走りはじめた。浩志らは、彼に従い同じ敷地内の病院の二階にある病室に急行した。

病室のドアを開けるとワットの大きな背中が目に入った。廊下を大きな足音を立てて駆けて行ったのは、彼だったのだろう。

「悩み苦しんだはずなのに、安らかな顔をしている。まるで寝ているようだ」

ワットは振り返り、涙声で言った。

本田はベッドに寝かされていた。首に残った赤黒い筋が痛々しい。

浩志は、枕元まで進んだ。ワットの言うように穏やかな表情をしている。作戦に失敗し、その上部下を二人も失った。それで命を絶つようなら指揮官としては失格だが、軍歴を自ら抹消してまで闘いに挑んだ男の最期とはとても思えない。

「ここに来る前にドクターから聞いたんだが、本田は右肩に受けた傷で神経を切断していたそうだ。手術しても右手を動かすことは難しかったらしい」

銃を握れないということは、任務を遂行することも部下の仇すらとれないということにもなる。本田は軍人としての命運を断たれて絶望に追い込まれたのだろう。

「浩志、見てくれ。本田の遺書だ。俺とおまえ宛《あて》になっている」

ワットは、小さなメモ用紙を渡して来た。

〝ミサイルを始末してください〟

左手で書いたらしく、字が震えている。宛先は連名だが、たった一行の走り書きだ。文末のプリーズという言葉に、本田の無念が伝わって来るようだ。

「浩志、止めたって俺は今度こそ一人でも行くぜ」

メモ用紙を返すと、ワットは厳しい表情で言った。

「俺も行く。だが、二人じゃ行かせてもらえないだろうな」

浩志はワットの肩を叩き、後ろを振り向かせた。

病室の入口と廊下に仲間は全員揃っていた。

四

午前二時二十分、浩志らを乗せたUH六〇ブラックホークは、チェンマイのカーヴィラ陸軍基地を離陸した。ジェイムス・本田の死を確認して、わずか二十分後のことだ。

浩志らは、本田の遺書に従い〝ラプター〟に搭載されていた開発中のサイドワインダー〝AIM九X二〟を破壊、あるいは回収することを即座に決意した。そして各自ガバメントだけ持ち、ヘリに飛び乗った。またタイ王国軍、陸軍第三特殊部隊隊長であるスウブシン大佐と、〝大佐〟ことマジェール・佐藤も別のヘリで先行している。

二機のブラックホークは、北東に百五十キロ離れた地方都市チェンライにある陸軍基地を目指している。形としては、タイ政府から依頼を受けたことになっているが、浩志らは本田の遺書を命令書として認識している。

今回の作戦に参加する仲間は、辰也が負傷したために編成を変えていた。

浩志がリーダーとなるイーグルチームは、オペレーションのスペシャリスト〝ヘリボーイ〟こと田中俊信と、〝トレーサーマン〟こと加藤豪二、それに傭兵代理店のコマンドスタッフである瀬川里見の四名。

もう一つのパンサーチームは、辰也の替わりに〝ピッカリ〟ことヘンリー・ワットを加え、彼をチームリーダーとした。それにスナイパーの名手〝針の穴〟こと宮坂大伍、代理店のコマンドスタッフである黒川章を加えた三名だ。

午前三時、チェンライの陸軍基地に二機のブラックホークは着陸した。

街の中心部から五分という陸軍基地は、市の北を流れるコック川沿いにあり、敷地内にある十八ホールのゴルフ場は観光に一役買っているというユニークな基地だ。街は一見のどかに見えるが、ミャンマーから大量に流れて来る麻薬や覚醒剤の一部は、チェンライを経由するため、麻薬絡みの犯罪は多い。陸軍基地は国境に近いこともあり、対麻薬テロの最前線基地とも言える。

浩志らのヘリが遅れて基地に着陸すると、アヌワットが待ち受けていた。スウブシンと大佐は、すでに基地の建物に入っているらしい。

「こちらです」

アヌワットは、着陸地点に近い格納庫に浩志らを案内した。

格納庫の入口近くに大きなブルーシートが敷かれており、八人分の装備が用意されていた。アサルトライフルは、M十六A三、手榴弾は、M六七〝アップル〟を二発。水や食料に救急用品などが入れられた背のう、高性能無線機、それに時限装置とC四プラスチック爆薬が各自に用意された。爆薬は、時限装置をセットするだけで機能するように準備されている。

「手回しがいいな」

「この基地では、特殊部隊がいつでもフル装備で出撃できるように、二個小隊分の装備は常備されています。アサルトライフルも作戦により、いくつもバージョンがあります」

浩志が感心してみせると、アヌワットはにこりと笑って答えた。

「八人目の装備は、ガイドでも付けてくれるのか」

「今回は、シャン州軍の民兵との交渉に私と部下がお供をします。よろしいですか」

アヌワットは、第三特殊部隊で一チームを預かる指揮官だそうだ。シャン州軍に武器や物資を援助するため、これまで何度もミャンマーに潜入した経験があるらしい。

「もちろん大歓迎だ」

「ありがとうございます。部下のプアカオー・カウチット少尉です。彼は、私よりシャン語は堪能《たんのう》です」

アヌワットは、格納庫の隅《すみ》に立っていた兵士を呼びつけた。

プアカオーは、色が黒く小柄で一六八センチほどだが、胸板が厚く逞しい。すでに武装を完了していた。敬礼した後、両手を合わせてお辞儀をしてみせた。

浩志らが装備を点検していると大佐とスウブシン大佐が、格納庫に現れた。

「浩志。シャン州軍には、タイ王国軍が武器と米国の兵器を交換するという条件を出している。そこで、交換する武器を持って行って欲しい」

大佐はブルーシートの脇に置かれた大きな木箱を指差した。

「話はついているのか」

浩志らが移動中に交渉していたようだ。

「中身は、M十六A一と五・五六ミリNATO弾だ」

「M十六A一？」

M十六A一は米軍がベトナム戦争で制式採用した銃で、貫通力を増した五・五六ミリNATO弾を使用するM十六シリーズの初期の型だ。ちなみに浩志らが支給されたM十六A三は、M十六A一を改良したA二のさらに改良版になる。

「タイの王国軍としても、自国の武器をミャンマーの反政府組織に供給したんじゃすぐに関係がばれてしまうからな。そこ行くとM十六A一なら、米国がミャンマーの反政府組織を援助していた頃の銃で、彼らの中には未だに使っている者も大勢いるらしい。タイとしても米軍から大量に放出された中古品を格安に仕入れることができる。ミャンマーの反政府組織にも中国製の銃は大量に流れているが、不良品が多いので米国製は喜ばれるのだ」

大佐はアジアの武器シンジケートに詳しいだけあって、裏事情をよく知っている。

「今回の作戦に、我が軍のパイロットは同行しません。ヒューイをお貸ししますので、自由に使ってください。その方が小回りも利くはずです」

大佐の説明を聞いていたスウブシンは、自分の番とばかりに前に出て、格納庫の中央に置かれている真っ黒に塗装された〝ヒューイ〟を指差した。例によって機体番号も削り取られた偵察ヘリなのだろう。

米国、ベル・エアクラフト社製の汎用ヘリコプターＵＨ一イロコイスは、〝ヒューイ〟の愛称で呼ばれている。ベトナム戦争で米軍に採用され、大活躍した。世界中で軍民問わずに使用され、現在も現役として運用されている。

「点検は終わっています。もちろん燃料も満タンになっていますが、返す時はそのままで結構です。レーダーやカーナビは付いていませんが、性能は保証しますよ」

スウブシンは冗談を交《まじ》え、ウインクしてみせた。

「田中、確認してくれ」

浩志の言葉よりもはやく田中は〝ヒューイ〟に駆け寄っていた。

「藤堂さん、これはエンジンを二基に変更された改良型ＵＨ一Ｎ〝ツインヒューイ〟ですよ。ブラックホークとまでいきませんが、大して性能は変わりません。それにドアガンタイプのＭ二重機関銃まで装備されています。これはいいですね。メンテナンスも行き届いているようです」

田中はコクピットを覗き込んで嬉々としている。さすが操縦オタクだ。旧式のヘリと思っていたが、ものはいいようだ。

Ｍ二重機関銃は、各国で採用されている重機関銃で口径が五十口径あり、陸自では十二・七ミリ重機関銃M二と呼んでいる。戦車や装甲車、それにトラックやジープなどの陸上だけでなく、ヘリコプターや船舶など様々な場面を想定された三脚がある。

「いつでも飛べます」

五分とかからず田中が点検を終える頃には、浩志らも武装を完了させていた。

五

オペレーションのプロフェッショナル〝ヘリボーイ〟こと田中が操縦するUH—N〝ツインヒューイ〟は、ジャングルの木々に触れるかと思うほど低空で飛んでいる。

目的地は、中国の大型輸送ヘリが不時着したミャンマーの北東部シャン州ケン・トゥンだ。チェンライの陸軍基地から午前三時十六分に離陸して三十分経つが、エンジンの騒音は別として揺りかごのように安定した飛行を続けていた。

田中は、動くものならなんでも操縦してしまう、オペレーションのプロと言うよりオタクだ。ヘリの操縦から大型の飛行機まで操縦できるが、唯一彼が操縦したことがないのは、ジェット戦闘機ぐらいらしい。

「藤堂さん、間もなく到着します」

副操縦席に座っているアヌワットが身を乗り出して知らせて来た。

浩志は首をぐるりと回し、両腕を伸ばして強《こわ》ばった筋肉をほぐした。

「合図が見えました」

田中が声を上げたので、浩志はコクピットを覗き込んだ。

前方のジャングルから、ライトが点滅しているのが見える。シャン州軍の民兵が着陸地点で合図を送って来ることになっていた。

平らな草むらなのだろう、高い木はなく、二十メートル四方の四隅にライトを天に向けて民兵が立っているようだ。

田中は、簡易ヘリポートの中心に着陸させた。

一番先に降りたのは、アヌワットと通訳として同行してきた彼の部下であるプアカオー・カウチット少尉だ。彼らがローターの風圧を避《さ》けながら草むらに進むと、ジャングルから数人の武装民兵が現れた。軍帽には、赤、黄、緑の三角形で構成されたSSAの印がある。シャン州軍の民兵だ。彼らは、常に存在を知られないように行動するという。そのため、未だにミャンマーの国軍はシャン州軍の基地を特定できず、無関係なシャン族の住民を殺害、拷問《ごうもん》、拉致、恐喝《きょうかつ》などあらゆる非道な手段で情報を得ようとしている。

浩志は、敵意がないことを民兵に伝えるためにM十六A三を構えずに肩からかけたままの状態でアヌワットらに近づいた。また、仲間にはもしもの場合を考え、ヘリから出ないように指示をした。

「藤堂さん、ご紹介します。こちらは、今回協力してくれるシャン州軍第四旅団の指揮官、ターソン中佐です」

ターソンは、浩志の前に進み出て敬礼し、そして右手を差し出して来た。痩せてはいるが、身長は浩志と大して変わらない。窪《くぼ》んだ眼を浩志に向け、白い歯を見せて笑った。

「あなたは、死んだと聞かされていた。あのニュースは、汚い政府軍のデマだったんですね。我々にはショックでしたよ」

ターソンは、たどたどしい英語で話しかけて来た。

「いや、ミャンマーから脱出するために俺がわざと政府軍にリークしたのだ」

浩志も右手を差し出すと、ターソンは力強く握り締めて来た。闘いしか知らない無骨な男の手だ。

「藤堂さん、あなたは、ミャンマー国軍の指揮官であるタン・ウイン准将を暗殺したことにより、反政府組織では一躍《いちやく》有名人になりました」

アヌワットが説明してくれた。

「あれは、友人であるトポイの遺言に従ったまでだ。俺に政治的な問題は関係ない」

一緒に闘ったタイ王国軍のトポイ少佐の死に際の言葉に忠実に従った。男の約束を守ったに過ぎない。

「ターソン中佐、例の武器はどこにありますか」

挨拶が終わったところで、アヌワットが英語で話しかけ、プアカオーがシャン語に翻訳《ほんやく》してターソンに伝えた。浩志に分かるようにとの配慮なのだろう。

「こちらです」

ターソンに従いジャングルを五十メートルほど北に進むと、また開けた場所に出た。焼《こ》け焦げた嫌な匂いがする。二十メートルほど離れたところにヘリの残骸《ざんがい》が見える。米軍の爆撃の跡だ。ターソンは、拳を上げて激しい口調で何かしゃべった。

「爆撃により、作業中の民兵が八人死亡し、六人が負傷したようです」

ターソンは米国を罵《ののし》る言葉を言っていたはずだが、アヌワットは軍人らしく事務的なことだけ伝えてきた。

「木箱は三つだけ運び出しましたが、残りの三箱は、跡形もなく吹き飛んだそうです」

アヌワットはターソンから場所を聞き出し、十メートルほど離れた所にあるこんもりとした茂みのように偽装された木の枝をどかした。すると下から長方形の木箱が三つ現れた。

「輸送ヘリに乗っていた、中国の兵隊はどうした?」

中国陸軍の大型輸送ヘリ、Z八には、襲撃してきた中国兵と乗員併《あわ》せて、二十人近く搭乗していたはずだ。

「捕虜《ほりよ》は一人もいないそうです」

どうやら総攻撃で皆殺しにしたらしい。

浩志は、無線機のスイッチを確認して田中に連絡をした。

「こちら、リベンジャー。ヘリボーイ応答せよ。〝ロストボール〟を確認してくれ。イーグルのメンバーは、ヘリボーイと行動を共にせよ」

〝ロストボール〟は、強奪されたサイドワインダー〝ＡＩＭ九Ｘ二〟に付けられたコードネームだ。

「ヘリボーイ、了解。すぐに行きます」

機械オタクの田中が見れば、すくなくとも〝ＡＩＭ九Ｘ〟の改良版であることは分かるはずだ。

「ピッカリ、応答せよ」

「こちら、ピッカリ、俺たちはどうしたらいい」

「ヘリを守るために残ってくれ。歩いて帰りたくないからな」

「任せとけ。俺もジャングルを彷徨うのは、ごめんだ」

負傷した辰也の替わりにワットをパンサーのリーダーにしたのは、彼の経験と人望だ。

本来は、副リーダーである宮坂がなるべきなのだが、彼はプロのスナイパーという職業柄か、職人気質なところがあり、人をまとめるのはあまりうまくない。また本人もリーダーになることを嫌っていた。

田中と瀬川と加藤の三人は、ジャングルを走り抜けて浩志の目の前に現れた。指示されるまでもなく彼らは〝ＡＩＭ九Ｘ二〟を納めた木箱の蓋を外して、調べはじめた。

「藤堂さん、これは間違いなく、〝ＡＩＭ九Ｘ二〟です。爆破しますか。それとも、持ち帰りますか？」

田中は、ミサイルの弾頭と噴射口の形状を見てすばやく判断した。

「アヌワット、タイとしてはどうして欲しいんだ？」

亡くなった本田からは、回収か破壊のどちらかと頼まれているが、協力しているタイの意向を聞いた。

「ここで爆破するのは簡単ですが、証拠もなくなりますので、できれば基地に持ち帰りたいと思っています」

浩志の傍らに立っていたアヌワットが答えた。もっともな話だ。すべて破壊して正直に言ったとしても、米国に疑われる可能性がある。

「分かった。田中、持ち帰れるか？」

「実戦配備されている〝ＡＩＭ九Ｘ〟の重量は、八十五・三キロです。〝Ｘ二〟でもさほど変わらないでしょう。木箱をいれても百キロはないと思います。三発で三百キロとしても余裕で吊り下げられますね」

田中は、即答した。

「瀬川、加藤、木箱を固定し、吊り下げられるように準備してくれ。田中、俺と一緒に中国のヘリの残骸を調べて、〝AIM九X二〟が完全に破壊されたかどうか調べてくれ」

シャン州軍の民兵を疑うわけではないが、念のため調べた方がいいだろう。

瀬川と加藤は、ヘリに鋼製ワイヤーや道具を取りに行った。これで回収したミサイルを吊り下げたヘリでチェンライの基地まで帰れば、任務は終わる。

六

米国に爆撃された中国陸軍の大型輸送ヘリ〝Z八〟は、機体の一部が地面に空いた大きなクレーターに残されているだけで、原形を全く留めていなかった。

「これは、酷《ひど》いですね。航続距離から考えてステルス爆撃機〝スピリット〟が、爆撃したのでしょう。正確な爆撃からして使われたのは、精密誘導爆弾のGBU三十二だと思います。しかも、二発投下されている。これでは、ヘリに残されていた〝AIM九X二〟は跡《あと》形《かた》もありませんよ」

浩志と一緒に爆撃跡を調べていた田中は、クレーターや機体の破片から、使用された爆弾を予測してみせた。

「シャン州軍の民兵も八人死亡したと言っていたが、死体も残らなかったということか」

爆心地のクレーターは、直径十五メートル、深さも一メートル以上ある。爆撃の凄まじさが分かる。雨期には、ここに新しく池ができることだろう。

浩志は、ふと首筋にいやな気配を感じた。

「こちら、リベンジャー。コマンド一、応答せよ」

「コマンド一です」

「異常はないか」

「ありません。作業は間もなく終わります」

瀬川に確認してみたが、浩志の不安は消えなかった。

午前四時二十二分、東の空は明るくなってきた。夜明けは近い。だが、ジャングルの木々は深い闇を孕《はら》んだままだ。

「田中、瀬川たちのところに戻るぞ」

浩志は急いでクレーターから出た。

北側のジャングルで単発の銃声がした。

「田中、急げ！」

浩志と田中は、瀬川たちがミサイルの荷造り作業をしている場所まで走った。

ジャングルでまた銃声が立て続けに聞こえて来た。おそらくシャン州軍の民兵と何者かが闘っているのだろう。距離は、二百メートルもない。敵はヘリで離れたところに降下したのか、あるいは、パラシュート降下したかのどちらかだろう。

「田中、ヘリの用意をしてこい。加藤、田中をサポートしろ」

「了解！」

田中と加藤は、ジャングルの闇に消えた。

浩志は、瀬川とアヌワットらにハンドシグナルでミサイルを梱包した木箱の陰に隠れるように指示をした。

「ピッカリ、応答せよ。リベンジャーだ」

「こちら、ピッカリ。敵襲らしいな」

「おそらく中国の特殊部隊だろう。そっちにヘリボーイとトレーサーマンを向かわせた。ヘリを頼んだぞ」

「こっちは、いいが、応援を出さなくていいのか？」

「今はいい。シャン州軍の民兵は、かなり大勢いるようだ。その防衛網が破られるかどうかで見極める。逆に簡単に破られるようなら、俺たちでも防ぎきれないだろう。その時は、撤退する」

本田の遺言である〝死の命令書〟に従ってここまで来た。だが、ミサイルを死守するつもりはない。

「分かった」

さすがにワットも、今度ばかりは一人でもとは言わなかった。

ポン！

北の方角で破裂音がしたかと思うと、足下に煙を吐く弾頭が転がって来た。

「くそっ！　またか」

浩志らは、風向きを考えて北に二十メートル移動した。その間も次々と催涙弾が撃ち込まれ、あたりは濃霧が発生したかのように視界が悪くなった。

今度は、ヘリの爆音が北の方角から聞こえて来た。

「来たな」

夜空を透《す》かしてみると中国の武装戦闘ヘリ〝Z十〟の姿が見えて来た。やはり、燃料補給をして戻って来たのだろう。

〝Z十〟が低空飛行をして、先端の三十ミリ機関砲で掃射をはじめた。夜間の赤外線モードでシャン州軍の民兵を識別して攻撃しているのだろう。

「くそっ！　これじゃ、民兵の防衛網はひとたまりもありませんよ」

瀬川が拳を握りしめて悔しがっている。

三十ミリ機関砲が唸りを上げる度に、ジャングルから必死の形相で南の方角に逃げて行くシャン州軍の民兵が続出した。

「ここまでか。俺たちも退却するしかないな」

浩志は腰を浮かしかけた。

「リベンジャー、応答せよ。こちらピッカリ」

ワットからの連絡だ。

「リベンジャーだ。どうした？」

「糞野郎を叩き落とす。〝ヒューイ〟の二十メートル手前まで誘《おび》き寄せてくれないか」

「どうするんだ？」

「こっちには、やつを撃ち落とす武器があるんだぜ」

「了解！」

浩志はにやりと笑って、瀬川の肩を叩き、比較的催涙ガスの影響のない西側を迂回《うかい》し、〝Z十〟に近づいた。

「瀬川、〝Z十〟にヒットエンドランで、ヒューイの方角に走るぞ」

「了解！」

瀬川は何をするべきか、もう理解している。親指を立ててみせた。

浩志らは、M十六A三を連射モードにして構えた。

「なるべくキャノピーを狙え。貫通しなくてもヒビは入れられるかもしれないからな」

「任せてください」

「撃て！」

二人は、M十六A三を連射させた。〝Z十〟のキャノピーやボディーに小さな火花が散った。〝Z十〟は、一瞬上昇し、機首をゆっくりと回転しはじめた。浩志らを探しているのだ。

再び銃撃した。今度はローター近くの装甲で火花が散った。打撃を与えることはできないが、パイロットは狙撃されて頭にきているだろう。機首が完全に浩志らの方に向いた。どうやら赤外線探知機で浩志らを確認したようだ。

「走れ！」

浩志の言葉が終わらないうちに、足下に三十ミリ機関砲の銃弾が砂煙を上げた。

二人は、夢中で走った。ワットが指定した場所までは、およそ五十メートル。だが、暗闇のジャングルを駆け抜けなくてはならない。足下を取られ、顔面に枝が当たりながらも必死で走った。

三十ミリ弾は、浩志らのすぐ後ろのジャングルの木々を破壊しながら迫って来た。たとえ擦《かす》ったほどでも命に関わる怪我を負うことになる。たかが五十メートルが、百メートルにも二百メートルにも感じる。

「くそっ！　まだか」

浩志は思わず叫んでいた。その瞬間、前方で凄まじい銃撃音がした。

ヒューイに装備されていたM二重機関銃が炸裂《さくれつ》したのだ。振り返ると〝Z十〟のコックピットを粉砕《ふんさい》し、間髪を入れずにローターにも命中した。戦闘ヘリの装甲なら、徹甲弾でなくてもM二重機関銃の十二・七ミリの通常弾は貫通炸裂する。

回避する間もなく〝Z十〟は、エンジンから激しい炎を上げて墜落した。

「やったぜ！」

ヒューイの方角から歓声が上がった。だが、それもつかの間、別のヘリの爆音が、ミサイルの方角から聞こえて来た。

「いかん！」

浩志と瀬川は、ジャングルを駆け戻った。

ブラックホークに似たヘリが、上空でホバリングしながらロープを垂らしている。

「あれは、中国の攻撃ヘリ、〝Z―九W〟ですよ」

瀬川が叫んだ。

ヘリの下では、ミサイルの梱包を吊り下げるための作業を数人の中国兵がしているところだった。中国は何が何でも最新のミサイルテクノロジーが欲しいらしい。

本田の遺言状が脳裏を過り、頭にかっと血が上った。

「瀬川、ミサイルを破壊するぞ」

浩志と瀬川は、作業をしている兵士に向かってM十六A三を乱射しながら走った。

作業兵たちは、突然の襲撃に慌てて梱包から離れたが、左前方から猛烈な反撃を喰らい、二人は咄嗟《とっさ》に目の前の窪地に身を隠した。作業兵たちを警護する兵士が何人もいるようだ。頭上に敵の銃弾が間断なく撃ち込まれ、身動きが取れなくなった。

「瀬川、〝アップル〟だ」

二人は、M六七〝アップル〟の安全ピンを抜くと同時に左前方に投げた。爆発音とともに敵の銃撃が止んだが、すぐに右前方から激しく撃ち込まれた。

「くそっ、まだいたのか」

浩志は、瀬川のポケットから衛星携帯を取り出し、右胸のポケットに入れた。

「瀬川、〝アップル〟を投げたら俺は走る。援護しろ!」

「藤堂さん、何をするつもりですか!」

「いいから援護しろ!」

浩志が右前方に〝アップル〟を投げると、瀬川も遅れて投げた。

時間差で爆発した〝アップル〟で敵の攻撃が一旦引いたところで、浩志は飛び出した。

だが、それはほんの数秒のことだった。

敵の弾丸が足下を飛び跳ね、耳元をかすめた。

瀬川の銃撃が背中越しに歯向かう敵を倒して行く。

浩志は、敵の攻撃が緩んだ隙に梱包に飛び乗った。腰のホルダーからナイフを抜き、一番上の梱包の隙間にナイフを差し込んだ。蓋を開けようと力を入れたが開かない。

「くそったれ！」

ナイフの柄に足をかけて踏んだ。梱包の蓋がバキッと音を立てて開いた。その途端、梱包が揺れ、浩志はバランスを崩して転がり落ちた。

「くっ！」

なんとか梱包のロープにつかまり、足をかけてよじ登った。ヘリが上昇しはじめたのだ。浩志は蓋の隙間から手を突っ込み、瀬川の衛星携帯をミサイルの噴射口に突っ込んだ。ミサイルの直径は十三センチほどだが、噴射口の直径は十センチ弱で四枚の方向舵（噴射制御弁）が内部に付いている。そのすぐ奥に入れたので、抜け落ちることはないだろう。

キュイン！

弾丸が、耳元をかすめた。浩志に気が付いた乗務員が身を乗り出して、撃って来たのだ。すかさず浩志はM十六A三で反撃し、乗務員を銃撃した。

ヘリはすでに十メートル近く上昇している。

考えている暇はなかった。浩志はM十六A三を捨て、思い切って飛び下りた。浩志はジャングルの木々に引っ掛かりながら落下し、地面に背中から叩き付けられた。

たかが米国の武器のために命をかけるのは馬鹿馬鹿しいと思っていた。だが、自殺した本田の走り書きが脳裏を過《よぎ》った途端、無我夢中で行動していた。

体中が酷く痛む。軍服が裂けて剝き出しになった腕から血が流れていた。おそらく体中こんな調子なのだろう。次第に意識が薄れて来た。

「馬鹿なことをしたものだ」

浩志は苦笑すると気絶した。

辺境の地へ

一

メソートの中央病院に京介が担ぎ込まれて二日になる。

京介は依然として意識を取り戻していない。担当の医師によれば、出血が多かったために一時的にショック状態になったらしく、常人なら死んでもおかしくなかったらしい。また、頭部に受けた傷では脳に深刻なダメージは受けていないらしいが、医師から数日のうちに目覚めなければ、植物状態になる可能性はあると宣告されてしまった。

午後一時を過ぎたが、今日は昨日と違い、室内のエアコンが効いている。美香が言っていたとおり、昨日のうちに修理されたらしく昨夜から快適な室温になっていた。

柊真は病院に無理を言って集中治療室の近くの病室にしてもらったが、二、三時間仮眠をとっただけでほとんどの時間を京介の病室で過ごしていた。

ドアがノックされた。

柊真がドアを開けて覗くと、廊下に美香が立っていた。柊真は、音を立てないようにドアを閉めて廊下に出た。

美香は、何も言わずに廊下を歩きはじめた。

「美香さん、日本に帰ったとばかり思っていました」

柊真は、先を歩く美香の背中越しに言った。彼女は妙仁から託された現金を柊真に渡した後、行く先を告げずに姿を消していた。

「こう見えても忙しいのよ。昨日はあなたの無事を確認した後で、すぐにNGOの事務所と難民キャンプ村に行って来たわ」

美香は振り返ってさらりと言ってのけたが、メソートの街にあるNGOの事務所はともかく、難民キャンプ村は六十キロも離れた山の中にある。

「えっ、難民キャンプ村まで行かれたのですか」

柊真は思わず声を上げて右手を口に押し当てた。

「医師の松井さんが亡くなっているから、日本からメディアが来る可能性があるでしょう。あなたのことが知られないように、現地のスタッフに口止めしてきたの。でも取り越し苦労だったみたい。フリーのジャーナリストならともかく、日本のメディアは危険な場所にレポーターを派遣するような根性はないみたいだから」

美香は、低い声で笑った。

「すみません。俺のためにそんなことまでしてもらって」

柊真は、歩きながら頭を下げた。

「あなたに日本のＮＧＯを紹介した手前、私は自分の責任を果たしたまでよ。ところで、柊真君、お昼ご飯食べてないんですって？　このフロアーを担当している看護師さんが怒っていたわよ」

朝飯は食べたのだが、昼飯は睡眠不足のせいもあり、食欲がなかった。まして病院食ははっきり言ってまずくて食えたものではなかったのだ。

「これから、遅めの昼ご飯を食べにいくけど、付き合いなさい」

「えっ、いえ、俺は京介さんを見ていないと……」

「見ていても看護にはならないわ。それに付き添いが先に倒れたら、迷惑するのは病人の方でしょう」

美香の有無を言わさない口調に柊真は渋々頷いた。

二人は病院を抜け出し、メソートの目抜き通りに向かった。

メインストリートには様々な店があり、活気がある。特に宝石商が集まる一角は宝石市場と呼ばれ、売人や仲買人などが多数出入りし独特の雰囲気を持っている。中には、店の外にテーブルを出して、買い手を待っている宝石ブローカーもいる。

「この街に宝石商が多いのは、どうしてですか?」

柊真は、道端に布を敷いてその上でヒスイやメノウを売っている若い女性を見て言った。

「この街に宝石を売りに来ているのは、ミャンマーから来たビルマ人やミャンマーで買い付けて売買しているタイ人のブローカーなの。国境が夕方には閉まるから、それまでにはほとんどいなくなるわよ」

「それじゃ、ミャンマーで採《と》れた宝石を売っているんだ」

「ミャンマーの軍事政権の下では一般市民はまともに生活できない。だから、誰もが何か工夫《くふう》して生きて行くほかないの。もっとも、軍関係者や政治家は、市民から搾《しぼ》り取った血税や賄賂で贅沢しているけど」

美香は溜息混じりに答えた。

「軍関係者って、あのDKBAもそうなんですか?」

カレン族の難民キャンプを襲撃してきたDKBA(民主カレン仏教徒軍)のことが、柊真の頭から離れないらしい。

「そうね。彼らは、軍政権から様々な利権を与えられて闇の資金は豊富にある。それに彼らは、強盗団と同じで、カレン族の村を襲撃しては金品を奪ったり、北部では麻薬の売買にも加担しているらしいわ。ある情報筋から聞いた話だけど、DKBAの幹部が二〇一〇年の四月に新築祝いのパーティーを開いて三日間で一億チャット、日本円で十八億円以上使ったらしいわ」

美香は、計算しながら首を横に振った。

「十八億？　くそっ！　なんてやつらだ。ご飯も満足に食べられない難民を殺して金品を強奪しておきながら、そんな贅沢をするなんて」

柊真は、握り締めた拳を震わせた。

美香は柊真の様子を見て顔を曇らせた。

二人は、宝石市場の外れにあるタイ料理の店に入った。

店内は込み合っているが、観光客の姿はない。周囲の客が、場違いな二人をじろじろと見ている。店の中年の女に美香はメニューも見ないでタイ語で注文して驚かせていた。

「柊真君、あなたは将来、何になるつもり？」

美香は、ふさぎ込む柊真に藪から棒に聞いた。

「将来ですか？」

柊真は、タイ風チャーハンを食べる手を止めて、首を捻った。

「私は、渋谷でスナックの経営をしている傍ら、学生時代東南アジアでボランティア活動をしていた関係で、アジアの情報を集めて政府に報告する仕事もしているの」

「それってボランティアじゃなくて政府の情報員みたいなものですか」

美香のことをただものではないとは分かっていたので、柊真は思い切って尋ねた。

「情報員は大げさだけど、各国の民間企業やボランティア団体から地域の情報を吸い上げて報告する作業をしている。私の情報で、政府は海外への融資を決めることもあるわね」

さすがに内調の特別捜査官とは言えないので、美香は差し障《さわ》りのない程度に仕事の一部を教えた。

「そうなんだ」

柊真は、美香の答えがあまりにも地味なので気のない返事をした。

「日本は、ミャンマーに対してODAで中国に次ぐ融資国だということを知っている?」

「馬鹿な! あんな国に融資したって、まともに使われるはずがないじゃないですか」

柊真は、はげしく首を振った。

「あなたの言うとおり。欧米諸国の批判を受けて、額は年々少なくなっているけど、日本は、中国が台頭してきたことに危機感を持って、額を減らすことに二の足を踏んでいる。でも中国の融資は確かに額面で多いけど、融資したお金で今度は武器を買わせているの。日本の農業を振興させようとする融資とは全然違うのに、政府のお役人は分かってはくれない」

「なんて馬鹿げているんですか、日本の官僚は」

「官僚ばかりのせいじゃないけど、私は少しでも正しい情報を出して、日本を変えようとがんばっているし、それなりに成果は出しているのよ。柊真君、興味ないかな？」

「俺は、はっきり言って政府と関わるような仕事は嫌ですね。それより、フランスに行こうかと思っています」

「フランスで何をするの？」

「フランスの外人部隊は、国籍は問わないって雑誌で読んだことがあるんです」

柊真の答えに、美香は大きな溜息をついた。

彼女は、柊真が危険な行動をしないように広い視野で物事を見て欲しいと話をしてみたのだが、目論見は外れたようだ。

二

ミャンマーの北東部シャン州ケン・トゥンの山岳地帯に不時着した中国陸軍の大型輸送ヘリは、米軍の爆撃により、跡形もなく消えていた。この攻撃により、強奪された六発の空対空ミサイル〝ＡＩＭ九Ｘ二〟のうち三発はヘリとともに消滅していたが、残る三発は、シャン州軍の民兵により機外に運び出されていたために無傷で残った。だが、またしても中国の攻撃ヘリ〝Ｚ—九Ｗ〟により強奪されてしまった。

一方、ミサイルの梱包を吊り下げて上昇中だったヘリから飛び降りた浩志は、落下した地点が腐葉土《ふようど》だったために奇跡的に軽傷ですみ、気絶しているところを仲間にすぐに発見され、ことなきを得た。浩志らは一旦チェンライに帰還し、午前六時過ぎにはチェンマイのカーヴィラ陸軍基地まで戻っていた。

「浩志、おまえがあんなクレイジーだとはな。それにしても米国嫌いのおまえがあんな活躍をするとは思わなかったぜ。大統領から表彰されるぞ」

ワットは、陸軍病院で怪我の治療を受けている浩志に付き添うと言って診察室まで入ってきたのだが、付き添いというより冷やかしと言った方があてはまる。

「糞《くそ》くらえ。俺の米国嫌いは筋金《すじがね》入りだ」

夢中だったとはいえ、瀬川の衛星携帯をミサイルに隠す作業は、攻撃ヘリが飛び立つ前に終える自信があった。だが、自分の予測を外れて作業に手間取った。梱包が揺れて落ちたのが原因だが、それ以前に歳のせいだということは分かっていた。数年前の自分なら落ちなかったはずだ。

「だが、あんな高度から飛び降りて大した怪我をしなかったのは、ミラクルだ。あれでマントをつけていればバットマンのようだったぞ。もっともバットマンは怪我をしないがな」

ワットは、バットマンの真似をして膝を叩いて笑い、浩志の診察をしている軍医に睨まれた。

怪我は、左腕を四針、右腿《もも》を五針、二本の肋骨《ろっこつ》にヒビが入っていた。あとは体中に大小の擦《す》り傷が無数にあるだけで、安静にしなければいけないような怪我は一つもない。銃が撃てて歩ければ何の問題もないのだ。

診察室を出ると廊下に瀬川が待っていた。

「藤堂さん、怪我は大丈夫ですか？」

「見てのとおりだ。大したことはない」

息を吸う度に左の脇腹が痛むが、手足の怪我が比較的浅かったのは幸いだ。もっともアサルトライフルを撃つ時は、そうとう肋骨の痛みを覚悟しなければいけないだろう。

「大佐とスウブシン大佐が、お待ちです。ワット、君も呼ばれている」

呼ばれたワットは、肩を竦めて頷いた。

「それで、おまえの携帯は動いているのか」

中国国内にミサイルの梱包が持ち込まれた場合、どんな輸送手段で運ばれるのか予想はつかない。積み替えがされた時点で、軍事衛星からの監視は難しくなる。浩志は、追跡装置の替わりにミサイルの噴射口に隠した衛星携帯が気になっていた。

「藤堂さんが仕込んだ携帯は無事に作動しています。連中は、田中さんが予測したとおり、雲南省のモンハイに着陸したようです」

「怪我をしたかいがあったな」

浩志は安堵の溜息を漏らした。

「何を言っているんですか、藤堂さん。今度は、私に命じてください。危険な行為を指揮《しき》官はしないでください」

「そうする」

まじめな顔をして忠告する瀬川の肩を叩き、浩志は廊下を歩き出した。

陸軍基地の中央にある大きな建物がこの地域の陸軍の司令部となっている。首都バンコクから北東に約五百八十キロ離れた地に、王国軍最強の対テロ軍団である特殊部隊を擁するのは、麻薬が流入するミャンマーの国境地帯が未だに最前線だからだろう。

浩志は瀬川に案内され、司令部の建物にあるスウブシン大佐の部屋に入った。

執務机に向かって座っているスウブシン大佐の前には、大佐ことマジェール・佐藤も革の椅子に座っていた。

二人ともチェンライの陸軍基地で浩志らの帰還を待ち受け、チェンマイまで一緒に帰って来た。彼らも一睡もしていないはずだが、疲れた素振りも見せない。それが指揮官、上官としてあるべき姿なのだろう。

「朝飯は食べたか？」

大佐は浩志の顔を見て唐突に聞いて来た。

「まだだ。俺の顔色がそんなに悪いか？」

午前七時、基地に到着してまだ四十分ほど経ったに過ぎない。武器を返却した後で怪我の治療をしていたので、食事をする暇はなかった。

「いいとは言えない。まあおまえのことだ、飯を食えば治るだろう」

「腹が減って倒れそうだ」

心配するとは思えないが、怪我のことは言わなかった。

「瀬川とワットも入ってかけてくれ」

大佐は、自分が座っている椅子の横にある三人掛けのソファーを勧《すす》めた。

浩志は、大佐の向かいにある一人掛けのソファーに座った。

入口近くで待っていた瀬川とワットは、二人の大佐に敬礼をして、座る時もまるで号令をかけられたように同時に腰を降ろした。長年軍隊で過ごした習性がなせる業だろう。

「浩志のおかげでミサイルの行方はまだ追うことができる。だが、すでに中国国内に持ち込まれてしまった。この時点でタイ王国軍の援助は終わる」

大佐は、浩志らに確認を取るように言葉を切ったが、異論の余地などないことだ。

「米軍もこれ以上の作戦行動は取れないだろう。一応、彼らには浩志らの活躍を伝え、ミサイルの現在位置だけは教えておいた。米国は、面と向かって秘密兵器を返してくれとは中国に言えないだろう。中国も正直に盗みましたとは言わない。ただ、米国はなんらかの政治的な圧力はかけると思うが、よほどのことがないかぎり奪回は不可能だと私は思う」

「大佐、回りくどい話は止めてくれ」

大佐の言いたいことは分かっていた。浩志らにもう諦めろと言いたいのだろう。

「まあ、そう勘ぐるな。先ほど、この基地に米軍の客が来て別室で待たせてある」

おそらくチェンマイ国際空港から移動してきたのだろう。

「浩志のチームにワットが参加していると聞いてやって来たらしい。ワット、おまえに相談したいことがあると言っている」

「俺に？ 俺はチームの指揮官じゃない。もし、話があるのなら、浩志を通すべきだ。第一、俺はもう米軍の将校じゃない」

ワットは、腹立たしげに言った。

「そう言うと思ったが、一応確認した。先方には君の意思を伝えよう」

大佐は、スウブシンに目配せをした。

スウブシンは、にこりと笑って頷き、執務机の電話をとった。

三

長年傭兵という世間擦れした仕事を生業《なりわい》にしていると、世界中で起きている紛争の多くに大国の影があることに気が付く。

今回の米国最新鋭戦闘機F二十二〝ラプター〟の遭難に端を発する争奪戦は、米国とミャンマー間の問題だったものが、いつの間にか、ロシア、中国までも関係する事件となった。少しでも軍事的に他国より優位に立とうとする浅ましさゆえの行動だ。彼らが、拒否権を持った常任理事国として国連にのさばっている限り、世界に平和が訪れることはないだろう。

スウブシン大佐の執務室で大佐から米軍の客が来たことを知らされてから、五分が経過した。浩志とワットと瀬川は、米軍の出方をソファーに座ったまま待っていた。

「どんなお偉いさんが来ているのか知らないが、いつまで待たせるんだ」

足を何度も組み直して座っているワットが、大きな溜息をついた。米軍が関係していることだけに苛立っているのだろう。

「死んだ本田は、米軍から俺のチームに要請があったと言っていたが、本当はおまえが俺のチームに参加しているから仕事を依頼してきたんだ。だから、俺がいると話し辛いこともあるのだろう。上官に確認を取るのに時間が掛かっているのじゃないか」

浩志は、ワットを落ち着かせようと思って解説してやった。

「さっきも言っただろう。俺はもう米軍の指揮官でも将校でもないんだ」

「それは軍の記録上の問題で、やつらはそう思っていないということだ」

ワットは、中佐の肩書きを持っていた。米国陸軍の最強の特殊部隊といわれるデルタフォースのトップである司令官の階級は、大佐である。それゆえ、ワットが副司令官に準ずる位置にいたと浩志は思っている。

「馬鹿言うな。浩志、おまえもそう思っているのか」

「ワットは、ワット、それ以上でもそれ以下でもない。米軍兵士は、俺のチームに参加できない。おまえが最初に俺のチームに入って闘った時も、現役の米兵として参加を許したわけじゃないぞ」

浩志は、淡々と言った。

ワットが、デルタフォースの脱走兵を追っていた時、浩志のチームに参加を許したことがある。だが、それはワット個人の人格を見込んでのことだった。

「そっ、そうだよな。……すまん、俺は、米軍が浩志をないがしろにしているようで腹が立っていたんだ」

ワットは、坊主頭をつるりと右手で触り苦笑いをした。

執務机の電話が鳴り、スウブシンが受話器を取った。

「客が決心をしたようだ。ミスター・藤堂とミスター・ワットに会うと言っている。第二会議室に客を待たせている。今、案内させるよ」

スウブシンがどこかに電話をすると、アヌワット大尉が執務室に出頭してきた。会議室への案内という雑用を大尉クラスにさせるということは、浩志らを歓迎しているというより、一般の兵士と接触させないためだろう。

　司令部として使われている建物の二階にある会議室のドアの前には、タイの兵士ではなく、屈強な米兵が二人立っていた。兵士らは浩志とワットに敬礼してみせた。

「浩志、先に入ってくれ。あんたが指揮官だからな」

　ワットの言葉に従い部屋に入ると、三十平米はある部屋に銀髪の背の高い男が一人だけ立っていた。身長は一八六センチほど、年齢は五十代前半か。階級や所属を示すものは何も付けていない。なんの変哲もない陸軍のベージュの制服を着ているが、長年鍛え抜かれた軍人の貫禄《かんろく》がある。

　男は浩志の顔を見て、にこりと笑い、気さくに右手を差し出して来た。

「はじめまして、ジョナサン・マーティンです。ワット君に話を通そうとしたのは、けっしてあなたを軽《かろ》んじているわけではなく、旧知の人間に話した方が早いと思ったからだ。悪く思わないでくれ。連絡が遅くなったのは、確認事項があったためで他意はない」

　マーティンは階級を名乗らなかった。この場に来ていることが機密ということもあるのだろうが、所属自体も特殊な部隊なのだろう。

　浩志は、マーティンと握手を交わした。大きな手には暖かみがあり、浩志の視線を外すことなく見返す目には、謙虚な光があった。

　あとから入って来たワットは、さきほどまでの剣幕はどこかに失せ、敬礼したまま固まっている。彼も知っている米陸軍の大物のようだ。

「ワット君、楽にしてくれ。私は、ここに軍人としてではなく、一人の友人として来た」

「イエッ、サー」

ワットは右手を降ろし、直立不動の姿勢になった。

「座って話そうか」

ワットの様子にマーティンは苦笑を漏らし、浩志とワットに手を差しのべて座るように勧めてきた。

「今回の〝ラプター〟の遭難という不始末を、我々はうまく対処できなかった。しかも、ジェイムス・本田大尉、エリック・田辺中尉、並びにクレイトン・ヨー少尉の三名の尊《とうと》い命まで失ってしまった。ミスター・藤堂のチームの活躍がなければ、あやうく彼らの死は無駄になるところだった。あなたの活躍には感謝しています」

「我々は、本田の命令書に応えたかっただけだ」

「命令書?」

首を傾げたマーティンに、浩志は本田の死に際の走り書きについて話した。

「あなたは、彼の遺書で決死の作戦をしたというのか」

マーティンは、天井を見上げ大きく息を吐いた。

「俺たち傭兵は、金よりも感情で動くこともある。雇い主を選ぶ権利がある俺たちにとって不思議なことじゃない」

浩志は、今さらと思ったが、傭兵の気質を説明してやった。

「無謀な爆撃を黙認するしかなかった無能な軍隊に属していないということか。同じ軍人として、うらやましく思うよ。ワット君が君と一緒にいる理由が分かった」

マーティンは、自嘲《じちょう》するように笑ってみせた。暗に中国の輸送ヘリの爆撃は意に反する作戦だったことを言っているようだ。おそらく大統領あるいは側近の命令で直接、爆撃機が発進したのだろう。

「本題に入ろうか。タイの陸軍からの報告で、我が軍のミサイルが三発も強奪され、中国国内に持ち込まれたことに我々は正直言って戸惑っている。政府は、非公式に抗議をし、中国政府に返還を要求することになった。もっとも素直に応じるとは思わないがね」

「米国に返せば強奪したことを認めるようなものだ。いまさらそれはないだろう。それにやつらは、大きな犠牲を払っている。返還は敗北を意味する。彼らのプライドが許さない」

浩志は、首を振って苦笑いをした。

中国政府にとってのプライドとは、国民の尊厳を傷つけないようにすることだ。当たり前のことだが、中国の場合、国民の不満が政府に向かないようにする必要があるためで、そのためには、嘘の情報を流したり、一方的に他国の責任だと非難したりして、国民に被害者意識を植え付け、政府への不満のはけ口を作る。

良い例は、二〇〇八年一月に起きた〝中国製毒入り冷凍餃子《ぎょうざ》事件〟での中国政府の対応だ。中国の天洋《てんよう》食品が製造した冷凍餃子を食べた日本人が食中毒となり、製品から有機リン系殺虫剤のメタミドホスが検出された。中国政府は、満足な捜査をすることもなく国内での混入はないと日本に責任をなすりつけた。そのため、中国国民は日本政府の陰謀と信じ込み、反日感情は爆発した。もっとも、二〇一〇年四月になってようやく中国で犯人は逮捕された。中国政府は事件の風化を待って処理をしたのだろう。

「君の言うとおりだ。彼らはほとぼりがさめた頃、ミサイルを研究施設に移送するはずだ。そうなると我が国の情報機関の手に委《ゆだ》ねられることになる」

「軍は、動かないのか」

「海の迷子を追って、陸が動き、その後に空が動いて、獲物《えもの》を逃した。これ以上、動いてはならないと命令が下された」

極秘情報ということもあるが、マーティンは屈辱を押し殺して比喩《ひゆ》的な言い方をしたのだろう。

ベトナム沖の演習に参加していた海軍所属の〝ラプター〟が行方不明になった。本田が率いる陸軍の特殊部隊デルタフォースが、その破壊に失敗し、空軍の爆撃機が盗まれたミサイルの爆撃をしたが、取り逃がしたという意味だろう。

「ここから先の話は、友人として耳を貸してもらえればありがたい」

マーティンは、じっと見つめて来た。浩志は小さく頷いた。

「ありがとう、感謝するよ。盗まれた最先端の技術を用いたミサイルを分解して研究できる機関は中国にはそんなにない。ほとんど大都市の国や軍の施設に限られる。そうなれば、中国の大都市に浸透《しんとう》している我が国の情報機関の破壊工作チームが、作戦を遂行させるだろう。政府はそう考えている」

大都市での作戦に確かに軍は投入できない。

「これは私の勘だが、中国はミサイルを北京《ペキン》などの大都市には持って行かないだろう。もし発覚した場合は、中国政府の信頼を失墜させることになるからだ」

「俺もそう思う」

浩志も相槌を打った。

「本田の命令書はまだ生きているのですか？」

「少なくとも、俺の中では生きている。それに俺の仲間で生死を彷徨っている者もいる。その借りも返したい」

「もし、あなた方が中国にまで潜入することになるようなら、声をかけて欲しい。私は全力でサポートするつもりだ」

「フォート・ブラッグの連中は、よほど、政府に盾をつくのが好きらしい」

浩志は皮肉っぽく言って笑った。

「えっ！」

マーティンは、右眉をするどく上げた。

米国陸軍特殊部隊のデルタフォースは、ノースカロライナ州フォート・ブラッグに基地がある。所属基地を浩志に当てられてマーティンは表情を変えたのだ。

ミャンマーに潜入した時の実質的なサポートはタイの陸軍だったが、その裏に米軍のサポートがあると聞いていた。その指揮をとっていたのは、おそらくマーティンだろう。だが、それはけっして政府の意向に添ったものではなかったはずだ。

「どうやら、お見通しのようだな。私は、情報機関の誤った情報で死んで行った者たちの名誉を守りたい。彼らの死を無駄にしたくはないのだ」

マーティンは強い口調で言った。

「分かった。力を借りることになるかもしれない。今言えることはそれだけだ」

「ありがとう、それだけ聞けば充分だ。私への連絡先は、ワットが知っている。彼に伝言を頼んでくれ」

浩志は、マーティンと固い握手をした。

ワットは、例のごとく恭《うやうや》しく敬礼をして別れを告げた。彼らは敬礼を交わしただけだが、互いの視線には厚い友情と信頼が感じられた。

「ワット。マーティンはおまえが部隊を辞めたことが、よっぽと堪《こた》えているらしいな」

「なっ、なに！」

ちょっとひっかけただけでワットはえらく反応した。実に分かりやすい男だ。ワットは中佐だった。彼が直立不動の姿勢をとるのなら、マーティンはワットの上官、階級はおそらく大佐であり、デルタフォースの司令官なのだろう。わざわざタイまで来ていたのでワットは驚いたに違いない。また、政府の対応に危機感を覚えた軍は独自に行動していたと見て間違いないだろう。

「おまえは、緊張するタイプじゃないからな。借りてきた猫のようだったぞ」

「何とでも言え。俺には、死ぬまで守秘義務がある。悪いが何も答えないぞ」

ワットは、ぶっきらぼうに答えた。

浩志はワットの筋肉で盛り上がった肩を叩き、兵舎に引き上げた。

四

チェンマイの陸軍基地が夕陽に染まり出した。

午後五時二十分、浩志らはたっぷりと休息を取り、司令部が入っている建物の会議室に集合していた。三十平米はある会議室の机はすべて壁際に片付けられており、出席者は全員折り畳みの椅子に座っていた。

　会議室の前には、タイ南部から中国の雲南省まで記載されている大きな地図がホワイトボードに貼り付けてある。

　ホワイトボードの前には、浩志が立っており、仲間は学生のように浩志を中心に座っている。その中で松葉杖を足下に置いて座っている辰也の姿もあった。作戦行動はできないが、せめてブリーフィングだけでもと参加したようだ。

「強奪された空対空ミサイル〝ＡＩＭ九Ｘ二〟を積んだ中国の攻撃ヘリ〝Ｚ—九Ｗ〟は、九時間前に中国雲南省モンハイに着陸したまま、動こうとしない」

　浩志は、右手に持ったボールペンの先で地図上の点を示し、現状を告げた。

　情報は、軍事衛星の監視と同時にミサイルに仕掛けた衛星携帯の信号を追尾している、傭兵代理店の情報スタッフである土屋友恵から得たもので、瀬川は黒川から衛星携帯を譲り受けて代理店と頻繁に連絡を取っていた。会議に先立ち浩志は、大佐と瀬川とワットの四人で最新の情報を分析し、作戦を立てていた。

「ヘリが、どうして離陸しないのか理由は分からない。考えられることは、ヘリが故障したのか、あるいは、補給するべき燃料がないのかいずれかだろう。地理的に、中国の辺境の地であるため、中国軍にとっても補給等の手段が大変だということは想像できる。だが、すでに九時間も経っていることから考えて、別のヘリかトラックなどの輸送手段に変更される可能性はある。我々が、このポイントを襲撃するとしたら、今夜しかない」

「襲撃の方法は？」

辰也が勢いよく手を挙げて質問をした。松葉杖を突いているにもかかわらず、参加するつもりでいるのだろう。他の仲間から失笑が漏れた。

「〝オスプレイ〟からパラシュート降下することになる」

「米軍の〝オスプレイ〟！　……ですか」

辰也が驚きの声を上げた後、がっくりと肩を落とした。さすがにパラシュート降下では参加できるものではないからだ。

中型輸送機であるＶ二十二〝オスプレイ〟は、ヘリと飛行機の中間的な存在であるティルトローター機で、固定主翼の両端に大型のローターを装着したターボシャフトエンジンを装備している。このメインエンジンの角度を変えることにより、垂直の離着陸から水平飛行まで自由にできるという優《すぐ》れものだ。二〇一〇年の段階では米軍にしか配備されていない。支援すると約束していたジョナサン・マーティンにワットが連絡をとって手配していた。

「チェンマイからモンハイまでは、およそ三百七十キロ、〝オスプレイ〟なら四十分で到達できる」

〝オスプレイ〟は、水平飛行時は時速五百六十五キロと高速ヘリの一・五倍、航続距離は三千七百キロメートルとヘリの数倍はある。

「ただし、米軍のバックアップは、ここまでだ。出撃チームの回収は、田中が操縦するヘリが行なう」

マーティンから得られたものは、武器と出撃時の航空機までだった。

彼の話では、軍はベトナム沖で演習していた艦隊から、武器や航空機を政府の目を盗んでやりくりしているそうだ。だが、回収作業は、リスクが高いのでどこの部隊からも応援は得られなかったらしい。その代わり、偵察用のブラックホークを一機、借り受けることになった。軍の幹部は、これ以上の作戦行動をとればＮＳＡ（米国国家安全保障局）に知られるところとなり、反逆罪で処罰されることを恐れているらしい。

「出撃チームは、俺と瀬川、ワット、加藤、黒川の五名。宮坂はバックアップとなり、すでに別行動をとっている」

宮坂は作戦が失敗した時のサポートをするという任務を与えられ、その準備をするために大佐とともにマレーシアに向かっている。それなりに重要な任務だが、宮坂はパラシュート降下の経験がまったくないため、メンバーから外したのだ。同じく軍隊での降下訓練は受けてないが、加藤は独自にスカイダイビングの訓練を積み、今ではインストラクターの資格を持つまで修練しているため、メンバーに加えた。

浩志は、中国国内に潜入することに警戒感を持っていた。これまでの戦地と違って戦闘で強引に切り抜けられるとは思っていない。中国の情勢をあまり知らないということもあるが、田中のヘリで脱出できなかった最悪の状態も考えて、作戦を立てていた。

「藤堂さん、俺にできることはありませんか！　確かに速くは歩けませんが、銃は撃てますよ」

辰也は、自分の名前が呼ばれなかったために立ち上がって抗議をした。

「〝オスプレイ〟は、今から二時間後に到着する。二時間以内に三発のミサイルを跡形もなく破壊できるだけの時限爆弾を予備も含めて五つ、作ってくれ」

「時限爆弾……ですか」

「できるか？」

「……分かりました。ちょろいですよ」

浩志が念を押すと、大きな溜息をつきながら辰也は返事をした。

五

米軍の〝オスプレイ〟は、予定通り作戦会議が開かれた二時間後の午後七時四十分にチエンマイの陸軍基地の中庭に着陸し、浩志ら出撃チームを乗せてわずか二分後には離陸していた。

機内に用意されていた装備は、アサルトカービン銃の〝M四A一〟、M六七〝アップル〟を二発、ハンドガンは浩志たちの希望でタイ陸軍から支給されたガバメントをそのまま使うことになった。また、ナイフはクリス・リーヴのシースナイフが支給されている。シースナイフは刃が固定されているため、強度が高い。折りたたみのタクティカルナイフよりも、ジャングルでは実用的といえる。特注品らしく、十八センチある刀身は市販のグレーのものと違い、黒くコーティングされていた。その他にヘッドセット付きの高性能無線機と辰也が用意したC四爆薬で作った高性能時限爆弾だ。

米軍の背のうも各自支給されており、中を調べると、カラフルなリュックサックと中国貨幣《かへい》で三十万元、日本円にして約四十一万円が入っていた。バックパッカーに扮装する用意だ。これは潜入する特殊部隊が回収できなかった場合を想定してあらかじめ用意されているものなのだろう。秘密作戦に慣れている米軍ならではの装備と言える。浩志らは、各自が持参してきた個人装備を米軍が用意してくれた背のうに入れ替えた。

また、〝M四A一〟は、改良型M二〇三、グレネードランチャーが装着されており、二丁は昼と夜の照準が切り替えできる高精度ナイトビジョン付きトリジコン社のレフレックススコープだったが、三丁は、近接戦闘用の悪条件でも確実な照準ができるイオテック社のホロサイトに変更され、なおかつ使い込まれていた。

これは、亡くなったジェイムス・本田とエリック・田辺、それにクレイトン・ヨーの銃で、ワットが元の上官であるジョナサン・マーティンに頼んで取り寄せてもらったものだ。彼らの無念を晴らしたいと言うワットの配慮で、浩志とワットと瀬川が使うことになった。

「それにしても、どうして攻撃ヘリ〝Z―九W〟は、モンハイから移動しようとしないのですかね」

瀬川は、〝オスプレイ〟に乗り込む直前まで日本で監視活動を続ける土屋友恵と連絡を取り合っていた。

「分からない。だが、少しでも異変を感じたら、作戦は中止する」

浩志も強奪したミサイルを積載したまま動こうとしないヘリを不審に思っていた。だが、判断する材料は現時点では何もない。分かっているのは、国境に近い街の郊外に着陸したヘリが動かないという事実だけだ。

機内のライトが赤に変わった。

「間もなく高度八千メートル。降下ポイントに到達する。準備せよ」

機長から指示を受けた米兵が大声を張り上げた。

浩志を先頭に〝オスプレイ〟の後部に移動した。

後部ハッチが開き、すさまじい風切り音がしてきた。

目標は、モンハイの八キロ南の草原で、脱出ポイントも同じ場所になっている。

「ゴー！」

米兵の号令に従って、次々と降下し、最後に浩志は墨を流したような夜空に飛び出した。

高度八千メートルから三百メートルまでフリーフォールし、目標地点に近づくのだ。南西の風は数メートルと降下に影響はない。

仲間は体のバランスを取り、互いに離れないように降下している。

浩志は左腕にはめた高度計をチェックした。高度二千メートルを切った頃から風が強くなって来た。谷間を抜ける風だろう。高高度でパラシュートを開けば、風に流される可能性もある。

「加藤、俺に付いて来い！」

浩志は、無線機に怒鳴った。

加藤は、スカイダイビングの経験は豊富だが、夜間での経験はないはずだ。浩志はフランス外人部隊の第二外人落下傘連隊、いわゆるパラシュート部隊出身だが、十年近くパラシュート降下をしていない。フリーランスの傭兵で、それほど高度な作戦を要求されることがないからだ。だが、五年間も部隊で叩き込まれた技は、おいそれと忘れるものではない。

「了解！」

加藤は、バランスを取って浩志に接近してきた。手足の使い方もうまい。地上が急接近する。昼間と違い眼下は真っ黒く塗り潰されたような地表が迫って来るのだ。夜間訓練を受けた者でもかなりの恐怖心をともなう。

加藤がもたつき出した。まもなく高度は三百メートルに到達する。

「加藤、落ち着け！」

浩志が叫んだ。

ワットや瀬川、続いて黒川がパラシュートを開き、上空に残った。

加藤が、パニック状態になっている。

「開かない！」

浩志は加藤の背面にすばやく近づき、絡まっているメインリップコードを引いた。パラシュートは開き、加藤は上空に引っ張られるように速度を落とした。この間、二、三秒の出来事だが、浩志が自分のメインリップコードを引いた時には、高度は二百メートルを切っていた。

無事パラシュートを開くことはできたが、着地する際の衝撃が大きく、右の太腿と脇腹に激痛が走った。それでもすぐさま起き上がって数秒でパラシュートを折りたたみ、背のうに仕舞った。だが、作業を終えるとしばらく痛みで動くことができなかった。

迷彩のズボンの右太腿に血が滲んでいる。縫《ぬ》ってあった傷口が衝撃で開いたようだ。

「大丈夫ですか？」

瀬川が走り寄って来た。

「大丈夫だ。足の傷口が開いただけだ。落ち着いたら、縫ってくれ」

浩志は、ポケットからバンダナを取り出し、太腿を縛った。

瀬川と黒川は自衛隊の空挺部隊のエリートで、しかも救急治療の腕もへたな外科医よりもうまいかもしれない。以前肩を撃たれた時も瀬川にナイフで弾丸を摘出し、傷口を縫合してもらったことがある。

他のメンバーも待つこともなく集結した。加藤は風に流されたらしく、一番遅れて来た。

迂《う》闊《かつ》だった。スカイダイビングはあくまでもスポーツだ。軍事訓練ではない。はじめから加藤のメインリップコードを他の者が引けるように、タンデムで降下させるべきだった。指揮官の判断ミスは事故に繋がる。怪我をしたのが自分でよかった。

「藤堂さん、申しわけございません」

加藤はすまなそうな顔をして頭を下げた。

「日本に戻ったら、宮坂と一緒に俺が鍛え直してやる」

浩志は、笑って加藤の背中を叩いた。

スペシャリストの集まりで、しかもチームは自主参加だからと、これまで訓練も各自に任されていた。これからは、チーム全体の技術の向上も目指す必要があるようだ。

「ありがとうございます」

神妙な顔で加藤が返事をした。

「加藤、先頭に立ってヘリまで案内しろ」

浩志は、右足を踏みしめて足の状態を確かめると歩き出した。

六

午後五時二十八分、浩志らがチェンマイの陸軍基地で作戦会議を開いている頃、大佐と宮坂は、クアラルンプール市内のチャイナタウンにある雑居ビルの最上階にいた。

ビルは、五階建てで築二十年以上経っており、エレベーターは湿気臭かった。一階は、中華料理の店で、地下はもぐりのカジノが入っており、二階から上は、事務所になっている。エレベーターのドアが五階で開くなり、数名の人相の悪い男たちにいきなり囲まれたが、宮坂の後ろに大佐がいることに気が付くと掌を返したように二人は毛足の長い絨毯《じゅうたん》が敷き詰められた応接室に通された。

部屋の中央には贅沢な革製のソファーと大理石のテーブルが置かれていた。大佐はソファーに座るなり、テーブルに用意されていたシガーケースから葉巻を取り出し、慣れた手つきで葉巻の先をカットして火を点けると煙をゆっくりと吐き出した。

一方、一八二センチと大柄な宮坂は、壁に飾られた絵画や天井から吊るされたシャンデリアをきょろきょろと見て落ち着きがない。

「宮坂、落ち着け。浩志のチームにいる傭兵らしくないぞ。作戦中は、私のボディーガードなんだ。しっかりしてくれ」

葉巻の煙をくゆらせながら、大佐は低い声で笑った。

「大佐、本当に大丈夫なんですか。中国マフィアに頼んでも」

宮坂は、大佐の耳元で囁くように聞いた。

中国の特殊部隊と思われる兵士らによって強奪されたミサイルを奪回するために、浩志らは潜入作戦をする。敵陣を制圧するというような作戦とは違い、敵地への潜入は、脱出も大きな問題になる。また脱出が保証されなければ、作戦とはいえない。

今回の作戦では、潜入は米軍の協力が得られたが、帰りは田中の操縦するヘリにより、自力で脱出することになっている。だが、浩志はそれでは不十分として、田中のヘリのトラブルも想定した作戦も立てた。

ヘリでの脱出が不可能になった場合は、移動手段を確保するか、最悪徒歩で移動することにもなる。いずれにせよ、国境は越えなければならない。だが銃撃戦で国境を突破したところでパスポートがなければ動きはとれない。それよりもバックパッカーにでも変装して、堂々と第三国へ移動する方が安全だ。それには、中国に入国した検印が押されたパスポートが必要になる。大佐と宮坂は、浩志ら出撃チームのメンバーのパスポートに検印を押して、中国の雲南省の省都である昆明《こんめい》で待機することになっている。そのため偽造パスポートを手がける中国マフィアに頼みに来たのだ。

「心配するな。クアラルンプールの中国マフィアのボス、陳鵬宇《ちんほうう》も彼の父親の陳鵬軍《ほうぐん》も古くからの付き合いだ。チェンマイの基地を出る時に連絡をしておいたからな」

大佐は、東南アジアの武器シンジケートをはじめとして裏社会にも顔が利く。特にマレーシア産業振興財団の影の会長というポストに就いているため、同国では政財界にも影響力を持つ。

「それは、知っています。噂に聞いたのですが、世界中の華僑《かきょう》や中国マフィアは、中国政府と繋がりがあって情報を流す、いわばスパイとして働いていると聞いたことがあるんです。陳鵬宇に頼むことにより、中国政府に目をつけられるようなことはありませんか」

「その心配か。確かに華僑の中には中国の公安局と繋がっている者や、公安局の情報員が混じっているという噂は私も聞いたことがある。だが、陳親子に限ってそれはない。なぜなら、父親の鵬軍は、〝文化大革命〟で強制労働の末、処刑されるところを脱出して、マレーシアに逃れて来た口だからな。間違っても中国政府に協力することはない。それにまだパスポートは渡していない。目の前で偽の検印は押させる。私も浩志らのパスポートを彼らに預けるつもりはない」

大佐は言い切った。

中華人民共和国で一九六〇年代後半から一九七〇年代前半まで続いた〝文化大革命〟は、〝反封建主義、反資本主義〟のスローガンの下に社会主義文化を創生しようという名目で行なわれた運動である。だが、実質的には、共産党内の大規模な権力闘争を軸にした文化の破壊活動だった。国内においては知識人を中心に数千万人の人民が粛清された。一節によるとチベット自治区、新疆《しんきょう》ウイグル自治区、内モンゴル自治区など中国支配下の地域も含めると、その犠牲者の数は二億人に達すると言われている。

「それにしても、遅いですね。この部屋に通されて、もう二十分以上経ちますよ」

「日本人は気が短くていかん。おまえさんも葉巻を吸ってみたらどうだ。キューバ産のプレミアムシガーだぞ」

「私は、結構です。チームに入る時煙草は止めたんです」

浩志が煙草を吸わないため、仲間も煙草を止める者が多い。ワットも煙草は吸わないが、葉巻は吸うようだ。

「葉巻は煙草とは違うがな。……おっ、来たようだぞ」

廊下で音がし、ドアが開けられた。入って来たのは、四十代後半の麻のジャケットを着た陳鵬宇と、黒い鞄を持った小柄な中国人だった。

「佐藤先生、お待たせしてすみませんでした。シンガポールに所用で出かけていたもので遅くなりました」

陳は軽く頭を下げて、大佐と握手を交わしてソファーに座った。

一緒に入って来た男も陳の横に座り、鞄の中からスタンプ台を出してテーブル上に置いた。

「電話では、五人分のパスポートに中国の入国検印を押すとお聞きしましたので、とりあえず北京と上海《シャンハイ》と天津《テンシン》の三つの空港の検印を用意させましたが、どうしますか」

「北京でかまわない」

大佐は、バッグの中から五人分のパスポートを取り出してテーブルの上に置いた。

陳はパスポートを手に取り、一つずつ中を確認しては、隣に座る中国人に渡して行った。

「こっ、これは、ミスター・藤堂じゃないですか。生きていたんですね」

浩志のパスポートを開いた途端、陳は声を上げた。浩志が生きていることを知っているのは、仲間と一部の政府関係者だけだ。

「あれは、ミャンマー軍を欺《あざむ》くための偽情報だ。浩志が生きていることを漏らすなよ」

「もちろんです。ミスター・藤堂は父を救っていただいた大恩人です。中国国内で何か活動をされるのですね」

浩志は、行きがかり上、国際犯罪組織ブラックナイトに拘束された陳の父親である鵬軍を救い出したことがある。

「詳しくは教えられないが、そういうことだ」

「中国国内は、うちの組織だけじゃなく、仲間も沢山います。お困りの時は連絡してください。いつでもご紹介しますよ」

「あの男のことだから、誰の手助けも必要ないとは思うが、その時はよろしくな」

大佐は出来上がったパスポートを確認しながら返事をした。

執念の追撃

一

中国の攻撃ヘリ〝Z―九W〟は、浩志らが着地した地点から、二キロ北東にある荒れ地に着陸していた。正確に言えば、不時着したのだろう。

浩志らは、ヘリから三百メートルほど離れた高台から様子を窺っていた。

ヘリの右車輪が地面にめり込んでおり、機体が傾いている。着陸時、ローターが正常に回転していなかった可能性もある。また、ミサイルを梱包していた木箱も大きく破損していた。着陸時に壊れたのだろう。

〝Z―九W〟の周囲には、少数の中国兵と大勢の一般人が取り囲んでいた。一般人は着の身着のままの格好をしている。おそらくモンハイ近郊の村人たちが兵士に強制的に駆り出されて来たに違いない。

村人の数は五十名ほどで、対する中国兵は八名。二人の兵士が村人たちを小突きながら壊れたミサイルの梱包の修理をさせたり、地面にめり込んだヘリを持ち上げようと働かせている。ミサイルの近くには修復された梱包が一つだけ軍用トラックの荷台に載せられているので、トラックで近くの基地まで移動させるのかもしれない。だが、型が古くスピードは大して出そうにもない。

一番近いといっても北東に四百三十キロの地点にある昆明空軍基地だ。四十四空挺師団に属し、J十A〝猛龍〟戦闘攻撃機、MiG十九戦闘機などを配備している。そこに持ち込み、他の基地からの輸送機を待つのかもしれない。

トラックは五トン車ほどの大きさがあり、荷台にはヘリの燃料と思われるドラム缶が四本載せられていたが、梱包を載せるために途中で降ろされた。本来ならここで燃料の補給をして、また別の場所に行く予定だったのだろう。

働かされている村人らは二十名ほどで、大半は、自動小銃を構えて見張りをしている五名の中国兵のさらに外側に並ばされている。あきらかに人の盾にさせられているのだ。兵士らは、浩志らの追撃を神経質なまでに警戒しているようだ。もっとも人民解放軍の兵士は、自治区や周辺地域では目の敵にされている。テロを警戒しているのかもしれない。

「これじゃ、いつまでたっても襲撃はできないな」

監視をはじめて三十分近く経つ。ワットが苛立ち気味に言った。だが、おかげで浩志は、太腿の傷を瀬川に縫合してもらったので出血も止まった。

狙撃のプロフェッショナルである宮坂がいれば強襲するのだが、強行すれば村人は間違いなく犠牲になる。

浩志は左腕の〝トレーサーP六六〇〇〟を見た。午後九時二十九分、本来なら襲撃を完了させ、撤収している時間だ。午後十時に、田中の操縦するヘリが脱出ポイントに来る。何もせずに帰るかどうかを早急に決めなければならない。

「浩志、帰りのフライトはキャンセルするんだろうな」

ワットが冗談混じりに尋ねて来た。

「分かっている。俺と加藤を残して、全員脱出ポイントに向かってくれ」

「どういうことだ。たった二人で作戦を遂行させるつもりか」

ワットが肩を怒らせて近寄って来た。

「連中の作業の進み具合からして、あと二、三十分もすればミサイルを積み込んだトラックは出発するだろう。村人たちがいないところに先回りしてトラックを襲う。それには、足がいる」

「……なるほど、俺たちが田中のヘリに乗って浩志たちを回収し、トラックの先回りをするのか。それなら一般人を巻き込まずに攻撃してヘリで脱出できるな」

ワットは口笛を吹く真似をしてみせた。

「俺たちは、ここで見張っている。ワット、急いで仲間と一緒に脱出ポイントに戻れ」

「了解！」

ワットが立ち上がると、ハンドシグナルで前進を示し、仲間を引き連れて南西の方角に走って行った。

「ワットさんはいつの間にか、チームの一員になりましたね」

彼らの後ろ姿を見て、加藤が感心したように呟いた。

「俺たちは、兵士としての確かな知識と技術は要求されるが、その前に互いの関係を〝信頼〟という一言で言い切れるかどうかが問題になる。やつは、俺たちの仲間になる条件を完全に満たしている」

「そうですよね」

加藤はまるで、自分に言われたかのようにうれしそうに相槌を打った。


「こちら、ピッカリ、リベンジャー、応答せよ」

およそ三十分後、ワットからの連絡が入った。

「こちら、リベンジャーだ」

「たった今、ヘリに乗り込んだ」

「トラックは、間もなく出発するはずだ。指示を待て」

「了解!」

通信を終えて監視を続けたが、ミサイルを梱包した木箱の修理は、途中で滞《とどこお》っていた。というのも修理するための木材が足りなくなったためだ。十分ほど前に兵士に付き添われた村人たちが木材を補充し、作業は再開した。材料は建築廃材らしく、村人の家を壊して持ち出して来たに違いない。

「それにしても、村人に対する兵士の扱いは酷いですね」

監視している兵は、村人が休もうものなら、容赦なく殴りつけている。

「この地域は、シーサンパンナ・タイ族自治州で、タイ族が多く住んでいる。兵士にとっては、所詮、少数民族に過ぎないからな」

シーサンパンナ・タイ族自治州の歴史は、十二世紀に起源があるシップソーンパンナーという王国からはじまる。清朝時代には中国に隷属する体制になり、一九五六年の中国の社会改造により国家組織は解体されて王国は滅亡し、雲南省の一自治区となった。

中国は多民族国家と言われ、北京オリンピックの時のオープニングセレモニーでも様々な民族衣装を着飾った子供たちがパレードをした。だがその実態は、中国の支配階級である漢民族の子供たちが扮装したことが後に分かり、批判を浴びた。

少数民族は、自分たちが中国人だと思ってはいないし、喜んでセレモニーに参加しないということを当局が一番よく分かっていたために、漢族の子供に代役をさせたのか、少数民族に旅費を払ってまで呼び寄せる必要はないということもあったに違いない。当時は、些末《さまつ》なことのように扱われたが、現在の中国国家の縮図がそこにあった。

最後の梱包がいよいよ載せられる。村人らが、長さ三メートルの木箱をトラックの荷台に積み込んだ。百キロ近くあるので三人の村人が荷台で引っぱり、別の三人が下から木箱を押し上げた。

「なっ、何だ？」

加藤が驚きの声を上げた。

兵士が、銃を突きつけて木箱を運んでいた村人たちを荷台に乗せたのだ。

「人間の盾なのか、あるいは、着いた場所でも働かせようとしているのだろう」

浩志は舌打ちをした。

いずれにしても、村人たちは人質になったようなものだ。単純なアンブッシュ（待ち伏せ攻撃）ではトラックを襲撃することはできなくなった。

二

モンハイの郊外に不時着した中国の攻撃ヘリ〝Z―九W〟が運んで来たミサイルの梱包は軍用トラックに載せられた。荷台には、三人の兵士に銃を突きつけられた六人の村人の姿もある。トラックは土煙を上げながら闇に閉ざされた山道に消えたが、ミサイルには衛星携帯が仕込んであるのでGPSでの追跡は可能だ。浩志は焦ることなく、村人を巻き込む襲撃は避けた。

トラックが出発したあとに、駆り出された村人たちは解散させられた。攻撃ヘリにはヘリの乗員と思われる二名の兵士が残された。

浩志と加藤は左右に分かれ、ヘリに近づいていた。

見張りをしている兵士らは、ヘリの後部ドアを開けて腰をかけ、銃を足元に置いて呑気《のんき》に煙草を吸っている。自国にいるということで緊張感がないのだろう。あるいは、ミサイルを輸送する重責から解放されたということもあるのかもしれない。浩志らは、苦もなく二人の兵士を昏倒《こんとう》させた。

「こちらリベンジャー、ピッカリ、応答せよ」

「こちら、ピッカリ」

「トラックは、出発した。俺たちを回収してくれ、中国のヘリのすぐ近くにいる」

「了解！」

数分とかからず、田中の操縦する偵察用のUH六〇ブラックホークが浩志らの待つ荒れ地に着陸した。だが、ブラックホークが着陸する際の照明で分かったことだが、荒れ地と思われていた場所は、痩せた畑だった。

浩志は、着陸したブラックホークに駆け寄り、後部ユニットに座っているワットをローターの騒音に負けないような大声で呼んだ。

「どうした。すぐ追跡しないのか」

ワットは、怪訝な顔でヘリから下りて来た。

「トラックには、まだ村人が乗っている。当分攻撃できない。それより、捕虜に尋問したい。おまえは、以前敵国の言語は話せると言っていたな」

昨年ソマリア沖の海賊対策で浩志らは、海自の特殊艦艇に乗り込んで作戦活動をしていた。現地で再会したワットを加え、ロシアのミサイル艦に潜入した際、ワットは敵国の言語は話せると言ってロシア語の表示を読み、艦内を先導したということがあった。

「俺に北京語が話せるのかと聞いているのか？　読み書きはだめだが、もちろん話せる。漢字は苦手なんだ」

ワットは、頭をかいて笑ってみせた。

「付いて来てくれ」

浩志は、中国のヘリの中に眠らせている兵士の一人を引きずり降ろして叩き起こした。

「村人をどこまで連れて行くのか聞いてくれ」

村人を内地に連れて行くようなら、攻撃のチャンスはないかもしれない。だが、彼らに危害を加えるようなら、村人の救出を兼ねて強行する必要があった。

ワットは、男に北京語で聞いたが、男はそっぽを向いて無視をした。

「死にたいのかと言ってやれ」

浩志は強い口調で言った。

男は、浩志が話す英語が分かるらしく、ワットが訳す前に鼻で笑ってみせた。

「死にたいらしいな」

浩志は、腰のホルダーからガバメントを取り出すと、いきなり男の太腿を撃った。男は、叫び声を上げて地面に倒れた。

「おい、浩志、無茶をするな」

浩志の腕をワットが押さえて来た。

「離せ！　ワット、こいつの希望通りにしてやるまでだ」

浩志の激しい口調にワットが手を離すと、男は悲鳴を上げた。

「村人をどこに連れて行った！」

浩志がガバメントを男の額に押し当てると、男は北京語で何かを口走った。

「ヘリが迎えに来るから、荷物を下ろしたら解放するそうだ。トラックはヘリが来る方向にとりあえず進んでいるようだ」

男の北京語を訳したワットが首を捻った。足の遅い軍用トラックにミサイルを積み替えなくとも、救援のヘリを待てばいいはずだ。

「どうして、救援を待たずにミサイルを積み替えた」

「ヘリは、二、三日中に修理のための部隊がやってくる。ここにいては、空軍に発見される恐れがある。上官は手柄を横取りされたくないと言っていたらしい」

「手柄？　何のことだ」

ワットがまた北京語で問いただすと、男はうめき声を交えながら話しはじめた。

「夜が明けて、昆明の空軍が巡回する哨戒機《しょうかいき》に発見されるのを避けたようだ。もしミサイルの梱包が見つけられたら、空軍に持ち去られると言っている」

「所属と任務を聞き出してくれ」

ワットは、男の胸ぐらを荒っぽく摑んで問いただした。

「チベット軍区の兵士だと言っている。強奪した物をチベット自治区に持ち込むように命令されていた。ミサイルということも、梱包が壊れたためにはじめて知ったようだな。最終目的地は教えられていないらしいが、とりあえずチベットを目指せば、夜明けまでにはヘリがどこかで拾ってくれるはずだと言っている」

ワットが手荒く手を離すと、男は尻餅をついて座り込んだ。

チベット軍区は司令部を四川《しせん》省の成都《せいと》に置く成都軍区の管轄《かんかつ》下にある。成都軍区は、中国七大軍管区の一つで、四川省、貴州《きしゅう》省、雲南省、チベット自治区および、重慶《じゅうけい》の直轄市の軍区を管轄し、公式には十九万の兵力を要する。だが、チベット自治区だけで二十五万前後の兵力を集結させているという現地からの情報もある。

「なるほど、死にものぐるいで強奪した秘密兵器を、同じ国の軍隊だろうが横取りされたくないと言うわけか」

ワットは、鼻で笑った。

背後のヘリから微《かす》かな物音が聞こえた。

浩志の斜め横に立っているワットが、目配せをして来た。

背中に痛いほど殺気がみなぎって来た。後頭部を殴りつけて昏倒させていたため当分目覚めることはないと思っていたが、思いの外タフな兵士らしい。

浩志は、咄嗟に身をひるがえした。ヘリの後部から襲い掛かって来た兵士が、浩志の頭部を掠めるようにナイフを振り下ろして来た。刃渡り十五センチほどの折りたたみのアーミーナイフだ。ブーツにでも隠し持っていたに違いない。

兵士は振り向きざまに浩志の銃を狙って鋭い蹴りを見せ、それを避けると今度は仲間にナイフを突き出した。寸前のところをワットが尻餅を突いている男の背後から抱きかかえて救った。

兵士がまた浩志に向き直ると、浩志はあえてガバメントをホルダーに収めた。

「手伝おうか？」

ワットが声をかけてきた。異変に気が付いた仲間もヘリから飛び降りて来たが、浩志は左手を上げて制した。

男の攻撃は、カンフーを交えた独特の攻撃をしてくる。スピードも威力もあった。だが、経験は足りないようだ。

浩志は突き出されたナイフをかいくぐり、右手で男の手首を摑んで引き崩し、左腕を男の肘に絡ませて男の肘を曲げると同時に、ナイフを持った手首を内側に捻って男の首に深々と突き入れていた。浩志の古武道の技は冴《さ》え渡り、容赦なかった。

首筋から大量に血を流しながら痙攣する男を突き放すと、

「黒川、そっちの男の応急処置をして縛り上げておけ！」

浩志は、近くで銃を構えていた黒川に不機嫌な声で命じた。

黒川はすぐさま浩志に撃たれた男の足の止血処理をし、ヘリの後部座席に縛り付けた。

「もう一人は、あのままでいいのか？」

浩志の冷酷とも言える行動を呆然と見ていたワットは、ようやく口を開いた。

「あの男は、俺たちが襲ったという証人だ。あいつまで殺せば、村人が兵士を襲ったことになり、人民解放軍から報復を受ける。あいつの命は、情報を提供した報酬だ」

「なるほど、考えたな」

ワットは、非情とも思える浩志の行動に首を傾げていたようだが、意図が分かったらしく大きく頷いてみせた。

襲って来た男を躊躇なく殺したのは、生かしておけば、情報を提供した仲間を必ず殺したからだ。また、最初の男を銃で撃ったのは、村人の仕業でないことを人民軍に分からせるためだった。この地域の住民に四十五口径の銃を持つ者などいないからだ。

三

ミサイルの梱包を積み込んだトラックは、北東にある最寄りの昆明空軍基地ではなくチベットを目指していた。

浩志らは、トラックを追い越し、十五キロ先の山の中で襲撃することにした。それ以上、遠くに行けばヘリの帰りの燃料が不足し、その手前では途中に村があるため着陸することはできなかった。

浩志らは、幅四メートル弱の山道の両側に光を拒むかのように生い茂る木々の闇に身を潜めている。この辺りの地形は複雑で亜熱帯性気候のため緑も多い。

「たった今、トラックが通過しました。まだ六人の村人は荷台に乗せられています」

午後十一時二十二分、加藤から無線連絡が入った。

アンブッシュするポイントから二キロ手前で加藤に見張りをさせていた。

「ヘリボーイ、準備せよ」

「こちらヘリボーイ、了解」

浩志はすぐさまUH六〇ブラックホークを操縦する田中に連絡をした。

田中は、トラックを上空からライトで照らし出し、停めることになっている。トラックに乗っている兵士らは、夜間のため上空のヘリを特定できない。迎えのヘリと勘違いして停止するはずだ。間違ってもタイから国境を越えて来た米軍の偵察用ブラックホークだとは思わないだろう。

西の方角から一筋のライトを地面に当てながらヘリが近づいて来る。ほぼ同時に東の方角からトラックのヘッドライトが近づき、浩志らの三十メートル東で停止した。

「移動せよ」

浩志の命令で、チームのメンバーは藪の中を東に進みはじめた。

停止したトラックから、兵士が下りて上空を眺めている。もし、彼らが村人から離れていれば狙撃の命令を出し、近くにいるようならハンドガンで近接戦になる。

「メイデイ、メイデイ！　敵機接近！　回避行動を取ります」

田中から緊急連絡が入った。

ブラックホークが浩志らの上空を通過し、南東の方角に飛んで行った。その数百メートル後方を中国の攻撃ヘリ〝Z―九WA〟が猛スピードで追いかけて行った。

〝Z―九WA〟は、〝Z―九W〟に夜間攻撃能力を付加した改良型の攻撃ヘリで、塗装も違うが外見的には、より多くの武器を装塡するために両脇のパイロンが水平ではなく上に湾曲した形になっているのが特徴だ。

遠くの闇の中で激しい銃撃音がする。偵察ヘリであるブラックホークは、一切の武器を帯びていないが、〝Z―九WA〟は機銃ポッドを装備しているようだ。

ブラックホークが旋回し、戻って来た。

「逃げ切れません！」

田中が叫ぶように無線を入れてきた。

「俺たちのことには構わず、国境を越えろ！」

「しかし！」

田中は、浩志らの回収に固執しているようだ。

「命令だ。ただちに帰還せよ！」

「了解！」

田中は凄まじいスピードで北に進んだ後、コンパクトに旋回して〝Z―九WA〟を振り切ると南に向かいはじめた。ミャンマーへの国境までなら二十キロほどのはずだ。

引き離された〝Z―九WA〟の右のパイロンが光った。

白い煙を吐いて光が一直線にブラックホークの後尾に命中し、爆発した。

ブラックホークは、まるで壊れたコマのように回転しながら墜落した。追いつくことは不可能と判断した中国のパイロットが、空対空ミサイルを発射したに違いない。

「ヘリボーイ！」

無線で呼びかけたが応答はない。

「作戦中止！　ヘリボーイの救出に向かう」

浩志は、ただちに行動を起こした。

「トレーサーマン。ロストボールを見張れ」

こちらに向かいつつある加藤に対しては、トラックを見張るように命じた。

「ヘリボーイ、応答せよ」

浩志は、田中に呼びかけながら森を走った。浩志の後から仲間も必死に走って来る。真夜中のために全員ライトを照らしながら駆けていた。森が深いために反対方向にいるトラックの兵士に気付かれる心配はないが、上空にいる敵のヘリは気になる。今のところ、トラック上空でホバリングをしている。強奪したミサイルの安全を確認しているのだろう。

墜落した場所はほぼ特定している。浩志たちがいた場所から北に五、六百メートル先の森の中だ。低空で飛行していたために高度は二十メートルもなかった。空対空ミサイルがコクピット近くで爆発したのなら助からないが、後部ユニットの上部辺りで爆発したように見えた。

「ヘリボーイ、応答せよ」

「こちら、……ヘリボーイ」

何度目かの呼びかけに田中が反応した。

「大丈夫か？」

「……迂闊でした。ＴＹ九十を搭載しているとは……」

ＴＹ九十とは、ヘリに搭載する中国製の小型赤外線誘導空対空ミサイルのことだ。田中の呂律《ろれつ》が回っていない。意識が朦朧《もうろう》としているのだろう。

「ヘリボーイ、状態を報告しろ！」

「すみません。……よく分かりません。……自力では脱出できません」

幾分、言葉がはっきりした。

「じっとしていろ、今助けに行くぞ！」

浩志は、走るスピードを緩めることなく森を走った。森と言っても熱帯のジャングルに近い。下草は腰まであり、何度もつまずきそうになった。

木々の隙間から、白い煙が見えて来た。雑木林を抜けると、前面を地面に叩き付け、後部のテールが吹き飛び、メインローターも破損したブラックホークを発見した。だが、思いのほか原形を保っている。

ヘリは墜落した時の衝撃に対する生存率を高めるために、下部の強度は非常に高い。田中は、テールローターを破壊されながらも必死に安定着陸するように努力したのだろう。

彼の操縦テクニックは驚き以外のなにものでもない。

浩志は、歪んだコクピットのドアに〝M四A一〟の銃身を突っ込んで無理矢理こじ開けた。銃身は曲がったが、ドアは悲鳴を上げながら開いた。

田中は操縦席にもたれかかり、ぐったりとしていた。無線に応えた後で気絶したようだ。

シートベルトを外し、ライトを田中に当てて状態を確かめた。墜落した衝撃でヘリの前が潰れ、操縦席のパネルが田中の足に覆いかぶさるように乗っている。見た限りでは田中の足から出血は見られない。

「瀬川、ロープだ」

瀬川はすぐさま壊れて開いている後部ユニットに入り込み、ラペリング（垂直降下）用のロープを取り出して浩志に渡して来た。

浩志は、コクピットのパイロット側の窓枠にロープの端を縛り付け、それをワットに手渡した。ワットは、すぐさまヘリの前方にある太い大木の幹を一周させて戻って来た。すると、ロープの端を瀬川と黒川が受け取った。

「引け！」

浩志の掛け声で、ワットと瀬川と黒川の三人は綱引きのようにロープを引っ張りはじめた。コクピットがメリメリと音を立てはじめた。浩志も操縦席の後ろに背中を付けて、足をパネルで押した。脇腹に激痛が走ったが、構わず両足を踏ん張った。

上空で旋回していた〝Z―九WA〟が、近づいて来る。墜落したブラックホークを探しているのだろう。

「もっと引け！」

パネルが持ち上がりはじめた。

浩志は、田中の体を背後から抱きかかえた。

〝Z―九WA〟のライトがすぐ近くまで迫って来た。

「もう少しだ」

田中の足の上のパネルが浮いた。

浩志は、急いで田中の体を外に引きずり出して近くの茂みに隠れた。

〝Z―九WA〟のライトがブラックホークを照らし出した。

浩志はすぐ近くにいるワットに、ハンドシグナルを送った。

ワットは、すぐさま背のうから時限爆弾を取り出してヘリの下に投げ込んだ。

「全員、退避！」

号令をかけると瀬川が飛んで来て、浩志からさらうように田中を担ぎ上げて走り出した。自分で担ごうと思っていただけに、浩志は苦笑いをしながら、その場を離れた。背後でヘリにしかけた爆弾が大爆発をした。

生存者はいないと判断したのだろう、上空でホバリングしていた〝Z―九WA〟は、トラックの方に移動して行った。

「集まれ」

浩志は、仲間を招集した。

瀬川が田中を地面に降ろして体を調べはじめた。

「墜落の衝撃で脳震盪《しんとう》を起こしたのでしょう。足は折れてはいませんが、打撲《だぼく》でしばらくは歩けないかもしれません。驚きました、他には外傷はほとんど見られません。あの状態でもちゃんと着陸させたんですね。この腕なら、すぐにでも陸自のアパッチ攻撃部隊の教官になれますよ」

瀬川は真面目な顔で田中を激賞した。

「こちら、トレーサーマン。リベンジャー応答願います」

「リベンジャーだ」

「ヘリがロストボールを吊り下げる準備をはじめました」

「了解。その場で待機せよ」

見張りにつけた加藤からの連絡だ。

「藤堂さん、行ってください。俺はもう大丈夫です」

田中は、いつの間にか気が付いていたようだ。上半身を起こして頭を振っている。

「よし、行くぞ」

浩志の掛け声に、仲間は銃を頭上に上げて応えた。

四

中国の〝Z—九WA〟は、トラックの上空をホバリングして、地上をライトで照らし出している。トラックの荷台で作業をしている人間が、まるで屋外の舞台で演技しているように闇夜に浮かび上がっていた。

村人たちの年齢は、二十代から四十代までの男で全員素足だ。この地域の住民は、道が舗装されていないため、素足かサンダル履きの人が多いらしい。悪路に靴が優れていると考えるのは間違っている。ぬかるんだ道では、ジャングルブーツやトレッキングブーツも役に立たない時がある。

「奴らは、そうとう警戒していますね」

左隣で銃を構える瀬川が舌打ちをした。

〝Z—九WA〟から垂らされたロープに、荷台のミサイルの梱包を吊り下げる作業を三人の村人と二人の兵士が行ない、残りの三人の兵士は、モンハイのヘリの墜落現場と同じように彼らの前に一人ずつ村人が盾になるように立たせて警戒している。

「ひょっとすると、奴らは反政府勢力の攻撃を警戒しているのかもしれないな」

浩志はガバメントを構えながら答えた。自分の〝M四A一〟は、田中を救助する時に銃身が曲がってしまったため、ヘリの近くに捨てて来た。

中国は情報統制された国家のため、情報はあまり国外には漏れてこない。特に反政府ゲリラの活動は、公開すれば国民にゲリラを憎む気持ちを植え付けることもできるが、同時に社会的な問題点をも浮き彫りにさせることにもなる。そのため、中国では大都市で起きた大きなテロ以外の報道は控えているようだ。

「浩志、強行するのか？」

ワットが背後から尋ねて来た。

「いや、今攻撃をすれば、六人の村人の生存率は〇パーセントだ。とにかく村人の安全が確保されるまで、ぎりぎり待つ」

「オッケー」

ワットは浩志の肩を叩き、納得したようだ。彼も村人たちの命のプライオリティーが一番高いと考えているはずだ。もっとも米軍ならこの場合、間違いなく村人を巻き添えにして攻撃しているだろう。

作業は、十分ほどで終わってしまった。その間、見張りの兵士は、村人たちの陰から出ることはなかった。浩志らは、〝Z―九WA〟がミサイルの梱包を吊り下げて夜空に消えて行くのをむなしく見送るほかなかった。

兵士らは、作業をしていた村人に銃を突きつけて一列に並ばせた。

「攻撃準備！」

兵士の意図を理解した浩志は、無線のマイクに押し殺した声で命令を発した。

村人たちは、兵士に促されて浩志たちのいる森に向かって歩かされている。モンハイ郊外のヘリの墜落現場で尋問した兵士は、作業が終われば村人は解放すると言っていたが、どうやら口封じのために殺すという意味だったようだ。墜落した衝撃で梱包の木箱は壊れ、中に納められていたミサイルを村人たちは目撃している。おそらく、連れて来た村人を始末したあと、兵士たちは村へ戻って残りの村人を殺戮《さつりく》するに違いない。

浩志は、ワットと黒川にハンドシグナルでトラックに残っている兵士を始末するように指示をし、瀬川に付いてくるように合図をした。

村人たちの前と後ろに一人ずつ兵士が付いている。自分たちの運命を知ってか、すすり泣きをしている村人もいる。

浩志はガバメントをホルダーに戻し、クリス・リーヴのシースナイフを抜いて瀬川の肩を叩き、先頭を行く兵士を指差した。

瀬川は頷くと、〝M四A一〟を肩にかけて自分のナイフを抜いた。トラックの近くにいる兵士らを襲撃するのは、村人たちを救出した後だ。気付かれずに救出できれば、トラックの兵士らも簡単に片付けられることになる。

浩志は、列の最後尾を歩く兵士の背後に音もなく近づいた。だが、足下の小枝が微かに音を立てた。

兵士の首が不自然に固まった。次の瞬間、兵士が銃を構えてすばやく振り返ると同時に、浩志は兵士の喉を下から斜め上に斬り上げていた。刃渡り十八センチのシースナイフを日本刀のように使いこなしていたのだ。

兵士は、喉を切られた瞬間、気管からヒューという空気が鋭く抜ける音だけ立てて倒れた。異変に気が付いた先頭の兵士を瀬川が羽交《はが》い締めにし、左肋骨の下からナイフを深々と突き刺し、口元を押さえた左腕だけで兵士の首の骨を折っていた。自衛隊の空挺部隊のエリートは、殺戮法も徹底している。

あっけに取られた村人たちに、浩志は口元に指を当てて黙らせた。

「ピッカリ、村人は救出した。攻撃せよ」

「了解！」

ワットの返事と同時に銃声が響いた。銃撃戦にはならなかった。ワットと黒川は兵士らに照準を合わせていたようだ。

「こちら、ピッカリ。こっちも片付いた」

瀬川に村人たちをトラックまで連れて行かせ、浩志は田中のところまで行った。

「すみません。俺のせいでミサイルは回収できなかったんですね」

田中は、申しわけなさそうに言った。

「おまえのせいじゃない。やつらは、村人を最後まで盾にしていた。どのみち作戦は遂行できなかった。引き上げるぞ」

浩志と瀬川は、田中を抱えてトラックまで戻り、荷台に寝かせた。村人も荷台に乗せると、運転を加藤にまかせて、浩志は荷台に飛び乗った。

「浩志、助手席に乗らないのか?」

ワットも荷台に乗って来た。

「なんとなくな」

浩志は、トラックの脇に立って警戒していた黒川の肩を叩き、助手席に行かせた。

「おまえは、おそろしいほど強い兵士の癖に優しい男だな」

ワットは、笑いながら言った。

「なんのこった?」

浩志は、不機嫌な声で聞き返した。優しいという言葉は、聞くだけで寒気がする。傭兵にもっとも不似合いな言葉だからだろう。

「怪我をした部下に付き添って、クッションもない荷台に乗るとはな」

「風にあたりたいだけだ」

浩志は苦笑いをした。田中のことを気遣っているのは事実だが、窮屈な助手席を嫌ったのも本音だ。中国の軍用トラックの乗り心地は、おそろしく悪いのだ。

一番年配そうに見えるアイホアンという五十代の村人が、ワットに何か話しかけて来た。出発前に村人らにはワットから村まで送ると言ってある。英語は通じなかったが、北京語は理解できたようだ。村人らは、モンハイの平地に住むタイ族ではなく、山岳部に住むプーラン族で、男性は名前の前にアイ、女性はイューと付ける慣習がある少数民族らしい。

「どうして助けてくれたのか、彼は聞いて来た。俺たちが中国兵でないことは分かるが、目的を訝《いぶか》っているようだ。村に送るのはいいが、金品を要求されないか心配しているのだろう」

「俺たちは、中国兵に盗まれた物を取り戻しに来た民兵で、飲み水以外は何も要求しないと言ってくれ」

「飲み水以外？　野宿するということか」

「山岳民族の暮らしぶりはおおよそ見当がつく。彼らに俺たちを泊める余裕があるとは思えない。気を遣うより、野宿した方がましだ」

「確かにな」

ワットが北京語に訳すと、村人はぎこちなく白い歯を見せて笑った。やはり押しかけられたら困ると思っていたのだろう。

浩志は、安心させるために村人の顔を見てゆっくりと頷いた。

五

脱出用のUH六〇ブラックホークを撃墜された浩志らは、強奪されたミサイルの追跡を一旦諦めて中国兵に連れ去られたプーラン族の村人とともに、攻撃ヘリ〝Z―九W〟が不時着した村の近くの畑まで戻った。

ヘリに縛り付けておいた兵士の姿がなくなっていた。黒川が厳重に縛り上げていたので、自力で逃げたとは思えないが、近辺に中国兵の姿もないので救助されたとも思えない。もし中国兵がいるとしたら、村が占拠された可能性も考えられる。

浩志は、田中と瀬川をヘリに残し、とりあえず村人を護衛がてらトラックで村に向かうことにした。田中を残したのは、まだ満足に歩けないこともあるが、墜落したヘリが修理可能かどうかを調べさせるためだ。

運転を加藤に任せ、浩志とワットは、村人に不安を与えないために一緒に荷台に乗った。ワットは、アイホアンと名乗った村人から村のことをにこやかな表情で聞いている。もっとも笑っていないと、スキンヘッドだけにいかつい顔になることを本人はよく分かっ

ている に違いない。その他の村人らも、次第に警戒心を解いたらしく、たまにアイホアンの代わりに受け答えをしている。

浩志は〝トレーサーP六六〇〇〟を見た。暗闇にくっきりと浮かぶ文字盤は、午前零時十二分を指している。また日付は変わってしまった。

トラックがぎりぎり通れる山道を十数分走ると、原生林にぽつぽつと茅葺《かやぶ》きの屋根が月明かりに照らし出され、大河に浮かぶ小舟のような幻想的な風景が見えて来た。

「美しい。秘境を探検する冒険家にでもなったような気分だ。俗社会とは無縁の素朴な暮らしがここにはあるんだな」

ワットは、感慨深げに言った。

浩志は、一旦トラックを停めて加藤を斥候《せっこう》に出したが、村に異変はなかった。

「浩志、加藤にあの小高い丘に建っている建物の前に停めるように言ってくれ」

村に入ったところで、アイホアンがワットに指示をしてきた。

茅葺きの大屋根の建物の前にトラックが停車すると、村人の一人がトラックから飛び降りて建物の中に入っていった。浩志らも荷台から下りると、他の村人たちもおそるおそる荷台から下りて、建物の中に消えた。

やがて建物の中から、片肌を出して赤や黄色の僧衣を身にまとった三人の僧侶と松明《たいまつ》を持った村人が一人出て来た。プーラン族は、タイやミャンマーなどと同じ上座部仏教である。

真ん中に立つ赤い僧衣を着た僧侶が北京語で話しかけて来た。歳は、六十歳前後といったところか。他の僧侶はいずれも二十歳前後と若い。

「この寺の住職でアイグエンと言うらしい。村人を救ってくれた礼にお茶でも出したいと言っている。この坊さんはアイホアンと違い、かなり正確な北京語を話す」

ワットは、すぐに英語に訳してくれた。

「そちらの方もどうですか。警戒なさらなくても大丈夫です。命を救ってくれた方に水だけ差し上げて、帰すというわけにはいかないのですよ」

驚いたことにアイグエンは、ワットが英語で話したのを聞いて、すぐに米国なまりの英語を話して来た。

「プーラン族は、平和な民族なのです。争いごとは好みません。ご心配なら、私を人質にしてもかまいませんよ。どうかお礼をさせてください」

松明に照らされたアイグエンの表情は穏やかで、その目に曇りはなかった。

浩志とワットは、顔を見合わせた。浩志が頷くとワットは肩を竦めてみせた。すでに水筒の水は底を突いていた。

「どうやら、決まったようですね。どうぞ、こちらへ」

松明を持った男が一人残り、アイグエンは他の僧侶を連れ、寺の中に入って行った。

「二人とも、車で待っていてくれ」

「いいんですか?」

困惑した表情を見せる助手席の黒川に、浩志はガバメントとナイフ、それに〝アップル〟も預けた。上座部仏教に限らないが、土足はもちろん武装したまま寺に入ることは許されない。もっとも、わざわざ寺に引き入れるのは、アイグエンも武装解除した上で話をしたいのかもしれない。

「俺もかよ」

浩志に見習い、ワットは首を振りながらも武器を黒川に預けた。

「何も持たないで本当に大丈夫ですか」

運転席の加藤も不安げな表情で尋ねて来た。

「心配するな。村人が襲って来ることはない。二人ともトラックの中で休んでいろ」

浩志は、村人に不安を与えないようにあえて見張りも命じなかった。

寺は高床式になっており、入口の階段で浩志とワットは、ジャングルブーツを脱いだ。ブーツを脱いだ途端、足下から弛緩《しかん》し、緊張感から解放された。兵士は、安全なところでしか靴を脱がないという習慣によるものだが、木造の高床式の建物が昂《たかぶ》った心を癒してくれるのかもしれない。

中に入ると、三十畳はあるような板張りの部屋の奥に黄金の仏像が飾られ、その前にさきほどの三人の僧侶が座っていた。両端には、浩志たちが助けた六人の村人の他にも五人の見知らぬ村人が座っていた。拉致された村人のために祈っていたのかもしれない。

「よくぞ、いらっしゃいました。こちらへどうぞ」

アイグエンに促されるまま、浩志らは奥へと進み彼らの前に座った。浩志が名乗ろうとするとアイグエンは、笑顔を浮かべて首を横に振った。

「あなた方の素性は、お聞きしません。聞けば秘密を持つことになります。知らなければ、たとえ中国の役人に拷問にかけられようが話さなくてすみます。仔細《しさい》は、アイホアンに聞きました。ひょっとすると、この村も襲撃されていたかもしれませんね。あなた方の働きで命拾いをしたようです。なんとも悲しいことですが、中国政府から見れば、我々はごみのような存在ですからな」

アイグエンは、低い声で笑った。彼の話し振りからして、中国は他国という認識があるのかもしれない。

「ところで、中国兵に盗まれた物を取り戻しに来たとお聞きしましたが、それは、中国軍のヘリで運ばれて来たものなのですか」

「そうです」

浩志が頷くとアイグエンは、何度も大きく頷いてみせた。

「あなた方は、中国兵を襲撃することもできたはずなのに、村人を傷つけないようにしてくださったのですね」

「俺たちにとって、盗まれた物は正直言って、どうでもいい。ただ、そのために命を落とした仲間の遺言に従っているまでだ」

今回の作戦は、あくまでも死んだ本田らの遺志を継いだ闘いである。米国のために動いているわけではない。

「気高い志だ。あなた方のような米国の兵士に五十年前にお会いしたかった」

皮肉ともとれる言い方をアイグエンは言った。

「米国人は、私だけだ。それに米軍とは関係ない。我々は自由な兵士なのだ」

浩志が答える前にワットが答えた。傭兵と言わずに自由な兵士と言ったワットの言葉に、浩志は苦笑を漏らした。

「そうですか。英語を話されるので、てっきり米国の特殊部隊だと思っていました。詮索《せんさく》するのはやめましょう。失礼しました。私は、米国を正直言って好きではありませんので」

アイグエンは、溜息混じりに昔話をはじめた。英語で話しているので他の村人には理解できないようだ。彼は、今でこそプーラン族の村の住職に収まっているが、もとはラオスに住むモン族であったらしい。

モン族とは、ラオス、ベトナム、タイや中国南部の山間部に住む少数民族である。

ベトナム戦争当時、米軍は、北ベトナムの補給ルートである〝ホー・チ・ミン・ルート〟を潰すために、ラオスのモン族を雇い、戦線に投入した。だが、米国はベトナムから撤退するとあっさりとモン族を捨てたため、北ベトナム軍やラオス愛国戦線と闘ってきたモン族は行き場を失い、およそ三十万人が難民となった。そのうち十数万人が米国に渡ったが、南ベトナムの難民と同じく今でも貧困と差別に喘《あえ》いでいるという。

まだ子供だったアイグエンは、家族と離ればなれになり、知り合いのプーラン族のもとで育てられたが、政情不安にともない中国側に渡って僧侶になったらしい。そのために英語、北京語、ラオス語、プーラン語を話せるらしい。淡々と話してはいるが、血の滲むような苦労をしたに違いない。

どこの国に行っても米国は様々な爪痕を残している。ワットは、アイグエンの話を聞きながら真っ赤な顔をして俯《うつむ》いてしまった。祖国の暗黒面である過去の軍事行動に耐えられないのだろう。

「よろしかったら、今夜は、村にお泊まりください」

話を終えたアイグエンに勧められたが、浩志は水の補給だけと断った。ヘリに残して来た田中と瀬川が心配だったこともあるが、野宿する方が気は楽だからだ。

トラックに水の入った瓶を積み込むと、浩志は瓶が倒れないようにワットと一緒に荷台に乗った。

「明日の朝食は是非、村にいらしてください。中国兵が来るのは、二、三日先になるでしょう。助け出した中国兵もそう言っていましたから」

不時着したヘリの乗員を浩志は縛り上げておいたが、村人が解放し、村内で治療しているらしい。

「朝食は夜明け前には用意をしておきます。いつでも寺にいらしてください。せめてもの恩返しをさせてください。必ずですよ」

寺の外にまで見送りに来たアイグエンに念を押された。

ただの親切心だけとは思えない言葉に、浩志は首を捻りながらも頷いた。

六

雲南省モンハイ郊外に不時着した攻撃ヘリ〝Z—九W〟は、オイル管が破損したことが原因で飛行できないことが田中の調べで分かった。ミャンマーで浩志らとの戦闘でローター付近に被弾したのだろう。オイル漏れを防ぐためにはパイプの修理が必要で、村にある鍛冶《かじ》屋で道具を借りる必要があった。

午前三時、二時間ほど仮眠をとった浩志は、加藤と瀬川と黒川の三人をヘリの見張りとして現場に残し、ワットと田中を連れて再びプーラン族の村に戻っていた。寺の住職であるアイグエンの「いつでも」という言葉に甘えたのだが、彼は言葉通り寝ずに待っていたようだ。

田中は、さっそく村の鍛冶屋に行って破損したオイル管の修理をしている。鍛冶屋と言っても、農機具を修理するためのものらしく、熟練の鍛冶職人がいるわけでもなく、粗末な小屋に手作りの小さな炉と道具もふいごと金槌がある程度らしいが、なんとかなるようだ。

浩志は、アイグエンに引き止められて寺でお茶をごちそうになっている。プーラン族は、プーアル茶の栽培をすることで有名であり、アイグエンの煎《い》れるお茶はお世辞抜きでおいしい。だが、ワットは、寺が苦手らしく田中を手伝うと言って鍛冶屋に行っている。

「さっそくお役に立てて、幸いです」

アイグエンは、浩志がお茶を飲むのをうれしそうに見ながら言った。

「我々は、迷惑がかからないように夜明け前には出るつもりです」

黒川の衛星携帯で日本の傭兵代理店の土屋友恵とは連絡をとっている。浩志がミサイルに仕込んだ衛星携帯の信号は、モンハイから北西に三百八十キロ、チベット自治区との中間地点に当たる雲南省西部の保山《パオシャン》の飛行場に停滞しているようだ。ミサイルの梱包を搬送している攻撃ヘリ〝Ｚ—九ＷＡ〟は、燃料補給と乗員の休息のために着陸しているのだろう。

田中が修理している攻撃ヘリ〝Z—九W〟を使えば、まだ追いつける距離にあった。また、浩志らのパスポートを持った大佐と宮坂は、午前中には雲南省の昆明に入ることになっている。彼らとの合流は先になりそうだが、脱出方法が確立されているというのは心強いものだ。

「介護している中国兵から、荷物はチベットに持ち込まれるとお聞きしました。ご存知のように、あの国では中国政府による様々な不穏な動きがあります。情報を遮断されているとはいえ、我々の耳にもそれは届いて来ます。私は、あなた方がとても心配です」

アイグエンは、浩志が負傷させた中国兵を介護しながら様々な情報を得ているようだ。

「兵士から聞いたのですか？」

「彼が進んで色々話してくれたのです。我々の行為に感謝しているのと村人への暴力に対する罪の意識がそうさせるのでしょう。それにしてもチベットは、特別です。のどかな雲南省の山奥とは大違いで潜入することも難しい。現地の協力者をご紹介しましょう」

「協力者？」

アイグエンの意外な提案に浩志は首を傾げた。

雲南省の最南の少数民族であるプーラン族の人口二百人にも満たないような小さな村の住職が、隣接するとはいえ、六百キロ以上離れたチベット自治区に知り合いがいるとは思えないからだ。

「現在、中国政府に公然と挑んでいる少数民族の組織は、テロ活動を活発にしている東トルキスタンのＥＴＩＭ〝東トルキスタンイスラーム運動〟とチベットの〝チベット青年会〟ぐらいです。ＥＴＩＭのような組織と直接対話することはありませんが、少数民族は、自衛手段としてある程度横の繋がりがあるのです」

東トルキスタンとは、中国が新疆ウイグル自治区と呼んでいる地域だ。この地域ではウイグル人と漢民族の対立が絶えない。

中国は、漢族と五十五の少数民族に区分されているが、現段階でも分類されていない民族が多数存在する。中国に帰属していると認識している民族もあるが、東トルキスタンやチベットなどでは、国を奪われて植民地にされているという意識がある。

「今では、雲南省の一部になっていますが、この地は、シップソーンパンナーという八百年以上も続いていた王国でした。小国ゆえにビルマや中国に翻弄《ほんろう》され続け、一九五六年に五十六代続いた王国は、中国政府によって解体されてしまいました。とはいえ、何百年も続いている生活に変わりはなく、いまさら独立しようという住民はいません。にもかかわらず、我々の独立心を押さえ込もうと、市場には毎朝六時から政府のプロパガンダ放送が流されます。もっともそれをまともに聞く住民はいませんが」

アイグエンは、甲高い声で中国の放送の真似をして声を上げて笑った。

浩志もおかしな仕草につられて笑った。

「私が知っている組織は、〝チベット青年会〟とは別の組織ですが、あなた方のお役に立てると思います」

「現地の住人が味方についてくれれば心強いですが」

単に基地を襲撃するだけなら、情報さえあれば何も問題はない。だが、脱出する手段も同時に考えねば作戦とはいえない。英語圏ならともかく、言葉も地理も分からないような敵地ではガイドが必要になる。ただし、協力者は軍人でなければ務まらない。

「ただし、地下組織ですので、警戒心も強い。特に外国の方が、私の紹介と言ったところで信用されるとは思えませんので、私の弟子をお連れください」

「弟子？　というとお坊さんですか？」

あやうく声が裏返るところだった。

これまで、戦地で対戦国の軍人か反政府組織の兵士をガイドに雇ったことは何度もあり、たとえ銃撃戦になっても問題はなかった。だが、民間人はおろか非暴力主義者である僧侶をガイドにすることなどありえない。

「アイチャンギ！」

浩志の質問には答えずにアイグエンが手を叩いて呼ぶと、寺の裏口から二十代前半の僧侶が小走りに入って来てアイグエンの横に座った。浩志たちを出迎えた僧侶の一人だ。

「アイチャンギ、この方と一緒にチベットに行って来なさい」

アイグエンの言葉にアイチャンギは、両手を合わせぺこりと頭を下げてみせた。

「俺たちは、戦争をしているようなものだ。連れて行けるわけがないじゃないですか」

浩志は話にならないと首を振った。

「アイチャンギが若いから修行が足りないとおっしゃるのですか？」

「そうじゃなくて、俺の言っているのは、銃弾が飛び交う中で坊主がいるのはおかしいと言っているのだ」

浩志は思わず口調を荒げた。

「あなた方は、銃で身を守りなさい。この者は、経文で身を守ります」

「銃弾が当たったらどうするんだ！」

「その時は、現世での修行の終わりです。来世に生まれ変わる時の糧《かて》になるでしょう」

「死んだら無駄死にだ。得るものはない」

「限りなく輪廻《りんね》を繰り返すのは生きとし生けるものにとって苦悩です。それは貪瞋痴《どんしんち》と言って悪の根源である三つの煩悩《ぼんのう》が原因です。煩悩を断ち、輪廻から解脱《げだつ》するには仏の教えを学び、ひたすら苦行に耐えねばなりません。あなた方と行動をともにすることも修行、瞑想《めいそう》だけが修行ではありません」

アイグエンは、涼しい顔で言った。暖簾《のれん》に腕押しというやつだ。

「アイチャンギには、必要なことはすべて教えてあります。それにプーラン語の他にも北京語はもちろん、チベット語、英語も多少話せます。向こうで仕事が終わったら、そこから托鉢《たくはつ》をしながら帰らせますので、送って頂かなくても結構です」

「しかし」

「あなたは指揮官として、何の知識も助けもない危険な所に仲間を連れて行くつもりなのですか」

「むっ……」

さすがに、そこまで言われては浩志も言葉に詰まった。

「……分かりました」

「チベットの〝ドゥク〟に会いに行きなさい。プーランの〝老師〟の紹介だと言えば分かるようになっています」

「〝ドゥク〟？　犬の意味か」

「チベット語で竜を意味する言葉です。きっとお役に立てると思いますよ」

アイグエンは、大きく頷いてみせた。

「はあ」

返事をしたものの、仲間の呆れる顔が目に浮かび思わず溜息が出た。

チベット自治区

一

田中の操縦する中国陸軍の攻撃ヘリ〝Z―九W〟は、白みはじめた東の空に追い立てられるように暗闇を残す北西のチベットを目指して飛んでいる。

強奪された米軍の空対空ミサイル〝AIM九X二〟を搬送中の攻撃ヘリ〝Z―九WA〟は、浩志らが離陸する直前に燃料補給していたと思われる保山を離れていた。尋問した中国兵の言葉通り、チベット自治区に向かっているらしく、針路を北西にとっている。

保山にある飛行場のレーダー波を避けるため、山を挟んで保山とは反対側の渓谷を木々にローターが接触するのではないかというほど、田中は低空飛行をしている。

〝Z―九W〟は、陸軍航空兵部隊の武装直昇機部隊の主力機である。外見はブラックホークと似ているが、全長は十三・四六メートルと十九・七六メートルのブラックホークより二回り近くコンパクトで、実際、後部ユニットもかなり狭いため、武装した兵士が五、六人乗り込むというのが限界だろう。

操縦席には田中、副操縦席には瀬川が座り、後部ユニットには、浩志、ワット、加藤、黒川とプーラン族の若い僧侶であるアイチャンギが乗り込んでいる。しかも、予備の燃料を入れたドラム缶を一つ積み込んでいるので、身動きがとれない状態になっていた。

瀬川が副操縦席に座っているのは、単に後部ユニットの面積に少しでもゆとりを持たせたいので必然的に体が大きい瀬川が前に追いやられただけである。

浩志らは、プーラン族の村で迷彩服を脱ぎ捨て村人の私服に着替えていた。中国の田舎ではどこでも見かける作業服で、紺色のズボンに青い綿のシャツだ。それに使い込まれた人民帽のような紺色の短いツバのついた帽子も心ばかりの人民元で譲り受けた。また背のうに入っていた装備は、米軍が用意してくれたバックパックに入れ、それをさらに麻の布に包んでたすき掛けにしている。また、アサルトカービン銃の〝M四A一〟は、麻の袋に入れて担ぐことにした。

見た目は地元の農民が市場に荷物を運ぶような格好だ。ただ靴はジャングルブーツのままだ。サンダル履きにすれば完璧なのだが、それでは闘えない。仕方なく各自靴を泥で汚して目立たないようにしている。

午前五時六分、モンハイを離陸して一時間以上経つ。

「浩志、それにしても妙なことになったな」

ワットは、目の前で座禅を組んで瞑想するアイチャンギを見ながら、浩志に耳打ちするように話しかけて来た。もっともヘリの爆音で小声というわけではない。

浩志が予測したように、アイチャンギをチベットの地下組織との仲介人として連れて行くと言った時、仲間は呆気《あっけ》にとられた表情を見せた。

「どうしてチベットなんだ」

浩志は、ワットを無視するかのように言葉を吐いた。

中国が特殊部隊を投入してF二十二〝ラプター〟と兵器を回収するために強襲してきたのも驚きだが、強奪したミサイルを多大な犠牲を払いながらもチベットに移送する理由が浩志には理解できなかった。

確かにCIAなどの欧米の情報機関が目を光らす北京などの大都市の大学や軍事研究施設に持ち込むのは危険だが、ほとぼりが冷めるまで雲南省などの軍事施設などで保管しておけば、ことは足りるはずだった。

中国には、軍事研究施設は地方に沢山ある。中でも核兵器、プラズマ兵器、レーザー兵器などの研究機関は四川省綿陽《めんよう》市など、成都周辺に集中している。だが、二〇〇八年五月十二日に発生した四川の大地震により、震源地に近い綿陽にある暗号名〝プラント八二一〟と呼ばれる研究施設をはじめとした主要な核関連研究施設は壊滅的な被害を受けたと噂には聞いている。

青海省海北《せいかいかいほく》チベット族自治州にも、〝第九研究所〟正式には〝西北核武器研究設計学院〟と呼ばれる核兵器研究および製造機関があったが、放射性廃棄物が未処理に近い状態で近くのココノル湖（青海湖）に投棄されたことによる深刻な核汚染により、一九八七年には閉鎖されていると少なくとも中国政府は発表している。

また、チベットの北に位置する東トルキスタン（新疆ウイグル自治区）では、四十六回にもおよぶ核実験が行なわれた実験場および研究所もあるが、最新のミサイルを研究する施設があるとは思えない。

捕らえた中国兵は手柄を横取りされたくないと供述していた。だとすれば、強奪および移送を命令しているのは、中国の中央政府の意向でないことになる。もっとも末端の兵士に真の目的など教えられるはずはない。単に作戦指揮官が兵士を鼓舞するために他の軍部に手柄を取られないようにとでも言った可能性もある。少なくともチベット軍区の軍隊が関わっていることは分かるが、ここに来て彼らの目的が摑めなくなっていた。

「藤堂さん、距離は半分以上稼ぎましたが、そろそろどこかに着陸してヘリを休ませないとエンジンが焼けてしまいます。それに燃料の補給もしないといけません」

操縦席から田中が身を乗り出して言った。

「着陸させてくれ」

「了解！」

田中は、浩志に親指を立てて返事をした。だが、いざ着陸させようとすると山岳地帯だけに適当な平地を見つけることができずに川沿いの道に止むを得ず着陸した。それでもローターは岸壁にぎりぎりという状態で、田中でなければ着陸させることは不可能だっただろう。

浩志は、ヘリの前後に見張りを立て、田中に積んでいたドラム缶から燃料を補給させた。ここから、チベットに向けて離陸し、燃料がなくなればヘリを乗り捨てることになる。

「田中、どれくらいかかる？」

陽が昇りはじめた。気が気でない。

「燃料は、あと十分ほどで入れられますが、エンジンは、せめて二、三十分は冷やしたいですね。じゃないとエンジンの寿命が短くなりますから」

「燃料を補給したらすぐ飛んでくれ。このヘリは乗り捨てるんだ、あとのことは考えるな」

「……分かりました」

機械オタクだけに粗末に扱えないのだろう。浩志の命令に田中は渋々返事をした。

「藤堂さん」

振り返ると瀬川が、道の向こうを指差した。四十前後の農民らしき男が、ロバに荷車を引かせてやってくるのが見える。男は俯きながら歩いているので、前方の道路にヘリが着陸しているという異常事態にまだ気が付いていないらしい。

「全員、武器を隠せ！」

仲間に〝M四A一〟を麻の袋に入れさせ、浩志はガバメントをズボンの後ろに仕舞った。相手は農民だけに手荒な真似はできない。とはいえ、ヘリを隠せない以上、騒がれても困る。

「私が行きましょう。みなさんは銃を見えるようにしてください」

様子を見ていたアイチャンギが浩志に言った。

「見えるように？」

「軍用ヘリに農民が乗っている方が変ですよ」

もっともな話だが、カービン銃を持った兵士が作業着というのもおかしな話だ。

浩志は仕方なく全員に銃を構えるように命じた。

「村人が私たちに気が付いたら、私を殴る振りをしてください」

アイチャンギは、意味不明なことを言った。

案の定、攻撃ヘリと武装した浩志らを見た農民は腰を抜かさんばかりに驚いた。

「早くしてください！」

アイチャンギに急かされて浩志は殴る振りをした。彼は大げさに倒れ、慌てて立ち上がると今度は悲鳴を上げて農民の許に走って行った。アイチャンギに何か耳打ちされた農民は怯えた表情で、もと来た道を戻って行った。

「なんと言ったんだ?」

浩志は笑顔を浮かべながら戻って来たアイチャンギに尋ねた。

「人民解放軍の特殊な訓練なので、ここから先には行かない方がいい。またここで見たことは誰にも言ってはいけないと口止めもしておきました。この国の人々は、人民解放軍だと教えた方が噂は広まりません。彼は報復を恐れて誰にも話さないでしょう」

まさか村人も黄色い僧衣をまとっている僧侶がグルだとは思わないだろう。

「そうか、ありがとう」

浩志は、素直に礼を言った。

プーラン村の住職であるアイグエンが言っていたように、弟子のアイチャンギは思っていた以上に役立つようだ。

二

雲南省の省都である昆明は、人口六百万人を超える大都市である。台湾と同じ緯度にありながら高地のため温帯夏雨気候で、年間平均気温は摂氏十五度と中国で最も快適に過ごせる都市と言われている。

浩志らと別行動をしている大佐と宮坂は、前日、クアラルンプールの中国マフィアのボスである陳鵬宇に浩志らのパスポートの入国検印の偽造を依頼し、出来上がったパスポートを持って早朝の便で昆明入りをしていた。

二人は、昆明市内の中心に位置し、鉄道駅や空港にも近い〝テレコム・インターナショナル・ホテル〟に午前十一時にチェックインを済ませた。

「くそったれ！」

宮坂は、フロントに電話をかけた後、室内電話の受話器を叩き付けるように置いた。

「落ち着け、宮坂」

大佐は、ソファーに座って北京語で書かれた新聞を読んでいる。マレーシアも多民族国家のため、大佐は、マレー語、英語、日本語の他に北京語も流暢《りゅうちょう》に話すことができる。

「シャワーの水圧は低いし、熱いお湯も出ない。バスマットにカビが生えている。外見はりっぱだけど中身は老朽《ろうきゅう》化している。第一四つ星ホテルのくせに、従業員の態度は、いいかげんときている。腹が立って当然でしょう」

ホテルを決めたのが大佐のため、宮坂は恨めしそうな目つきで言った。

「どこのホテルも同じだ。それが、中国なのだ。中国人は他人に尽くすという教育をこれまで受けていない。サービス業というのは、この国でははじまったばかりなのだ。彼らに笑顔でもてなすサービス精神を求めるのは間違っている」

廊下から、中国人の団体と思われる声が聞こえて来た。ドア越しだが、部屋の中まで響いて来るほど騒ぎ立てている。

「中国人は、どうしてどこでもみんな大声で話すんですか。それにどこでも列にならばないし、平気で割り込んでくる。まったく他人の迷惑はおかまいなしだ」

狙撃の名手ということもあり、宮坂は我慢強くめったに文句など言わないだけによほど腹に据えかねているのだろう。

「だから、言っただろう。それが、中国なのだ。この国は、文化革命ですべてを失ってしまったと言っても過言ではない。宗教、道徳、礼儀作法を奪われ、その代わり他人を監視するという猜疑心《さいぎしん》を政府に植え付けられた結果、人はみな利己主義、個人主義になった。それにおまえは日本人だ。反日教育を受けた連中がまともに相手をするものか。彼らは、間違った教育を受けた被害者なのだ」

「被害者はこっちですよ。ああ、ちくしょう！」

宮坂は自分の頭をかきむしり、何度も頭を叩いた。

「おまえは、浩志と一緒に行動ができなかった自分に腹を立てているんだろう」

大佐は笑いながら言った。

タイのチェンマイの陸軍基地を飛び立った米軍の中型輸送機であるV二十二〝オスプレイ〟から浩志らはパラシュート降下をして、モンハイに不時着した中国ヘリを強襲する作戦を行なった。そのため、降下訓練の経験がない宮坂は人選から外されたのだ。

宮坂は、仲間にも言ってないが、自衛隊西部方面隊の普通科に設けられている狙撃部隊でも一番の狙撃手だった。警視庁のSATと呼ばれる特殊急襲部隊に相当する狙撃部隊は、自衛隊内部でも極秘扱いされているため知る者はほとんどいない。陸自の中でも射撃に優れた者をよりすぐって訓練され、実技だけでなく人格面などのテストに合格した者だけが、部隊長からはじめて部隊の存在を知らされると言うから驚きだ。

狙撃部隊で一番ということは、陸自ではトップを意味する。宮坂は腕に絶対的な自信があり、これまで浩志に頼りにされてきたという自負もあった。それだけに作戦に参加できなかったことにショックを受けているのだ。しかも、同じく軍隊で降下訓練の経験がなかった加藤は、自主的にスカイダイビングの経験を積んで作戦に参加している。彼が自腹で訓練を続けていることを知っていただけに宮坂は自分の怠慢《たいまん》さに余計腹が立つのだろう。

「浩志が、おまえを作戦からはずしたのは、おまえが足を引っ張るからじゃなくて、パラシュート降下でおまえに事故があった場合を考えてのことだ。昼間ならともかく夜間降下だぞ、訓練を受けた者でも危険だ。あいつは何よりも仲間のことを大切に思っている。今頃チームに狙撃手がいないために困っているはずだ。あいつの期待に応えたいのなら、どんな作戦でも参加できるように日本に帰ったら、降下訓練をするんだな」

「……そうします」

大佐に諭《さと》され、宮坂は肩を落とした。

「今だけだぞ、ゆっくりできるのは」

「こうしている間も藤堂さんたちは、危険な任務に就《つ》いているんですよ、ゆっくりできるわけないじゃないですか」

宮坂は激しく首を振った。

「今朝、日本の傭兵代理店から、モンハイの作戦は失敗したと連絡があった。現在敵を追ってチベットに向けて移動中らしい。だが、たとえチベットで作戦が成功しても、ここで合流するのは困難だ。バックパッカーに化けても、パスポートを持ってないんだ、人民解放軍や公安警察に見つかればスパイとして処刑される可能性もある。私たちが迎えに行くしかないだろう」

大佐も衛星携帯を持っている。瀬川から報告を受けている傭兵代理店の池谷から浩志らの動きは逐次連絡をもらっているのだ。

「チベットに行くんですね！　……でも大丈夫かな、藤堂さんたちは」

宮坂は一瞬喜んだが、作戦が失敗したと聞かされ困惑の表情を見せた。

「あの男は、これまでも不可能と思われる作戦をこなしてきた。心配はない。だが、後方支援が必ず必要になる。私たちの任務は重大だぞ」

大佐が大きく頷くと宮坂は生唾を飲み込んで頷き返した。

部屋の電話が鳴った。

大佐は受話器を取って北京語で応対した。

「ゆっくりもできなくなった。チベット行きの航空券と入域許可証が取れたぞ」

旅行者は航空会社にチケットの予約をしてもチベット自治区旅游局が発行する入域許可証がなければ、航空券を買うことはできない。大佐は、裏ルートを使って短時間で取得したようだ。

「本当ですか」

宮坂はガッツポーズを作った。

「午後四時十分発のチャムド・バンダ空港行きだ。ラサまで行ったら遠くなる。とりあえずチベット自治区に入るのだ。六時過ぎには着けるだろう」

大佐は衛星携帯を取り出し、瀬川と連絡を取った。

三

保山の北部で攻撃ヘリ〝Z―九W〟の燃料補給をすませた浩志らは、雲南省を流れるサルウィン川に沿って北上した。

中国でサルウィン川は〝怒江〟と呼ばれ、切り立った渓谷を流れる急流となる。チベットを源流とする〝怒江〟を進めば、地図を見るまでもなく目的地に近づくというわけだ。しかも、険しい渓谷により中国軍のレーダーを避けることもできた。

川の両脇の山々はけっして高くはないのだが、地形は複雑で平地など見渡す限り見つけることはできそうにない。現在位置は、プーラン族の僧侶であるアイチャンギによれば雲南省西北の怒江リス族自治州の最北にある貢山《こうさん》トールン族ヌー族自治県で、名前のとおりチベット系のトールン族とヌー族が住んでいる地域らしい。ちなみにヌー族の表記は怒族と書かれ、〝怒江〟に古くから住んでいる民族ということだ。少数民族リス族唯一の自治州の中に、さらに二つの少数民族の自治地域があるということになり、中国がいかに多民族国家であるかがよくわかる。

「コースを変更します」

田中が操縦席からハンドシグナルを交えて言って来た。

コースを変更したのは燃料切れが近いのだろう。この辺りで着陸できたとしても、身動きがまったくとれなくなる。あらかじめ、着陸場所はチベットまで通じている国道の近くと決めていた。

「藤堂さん、もうすぐ燃料が切れます。着陸しますよ」

「着陸準備！」

浩志の号令で仲間は装備を確認し、全員麻の布で包んだ荷物をたすき掛けにした。

た。

「あそこの草むらに着陸させます」

山をいくつも越えた後、何度か旋回し、田中は山間《やまあい》の猫の額ほどの草むらに着陸させた。

「あと五キロほどでチベット自治区に到着できたのですが、予測より十五キロ手前で燃料切れになりました。予定地のマラカムまでは、およそ四十キロあります」

田中は溜息混じりに言った。おそらくサルウィン川の渓谷沿いに飛行していたために余分に燃料を消耗《しょうもう》したのだろう。

「中国軍に見つからずにここまで来られたんだ。上出来だ」

浩志は、田中の肩を叩いて笑った。

「瀬川、敵の位置を確認してくれ」

瀬川は、すぐさま衛星携帯を背中の荷物から取り出して日本と連絡をした。

「藤堂さん。ロストボールは、ここから百八十キロ北北西のチャムドに留まっているようです。軍事衛星で確認したところ、街の郊外に二百メートル四方の小さな基地が確認できたようです。おそらくヘリ専用の補給基地なのでしょう」

電話に出た友恵は、連絡を待っていたようで追跡している攻撃ヘリ〝Z—九WA〟の位置をすぐに答えてきた。

チャムド地区は、チベット自治区の東の端にあり、四千三百三十四メートルと世界で一番標高の高いチャムド・バンダ空港があるが、中国軍の主力ヘリの上昇限界高度を越えている。軍事衛星で見つけられた小さな補給基地も標高二千五百メートルとヘリの安全飛行をするには高い場所にあるらしい。おそらく追跡している攻撃ヘリの最終目的地は別にあるのだろう。また、浩志らがチベットに向かうと連絡を受けた大佐と宮坂が、期せずしてチャムド・バンダ空港を目指しているが、この空港が雲南省にもっとも近い場所にあるという地理的な条件が一致したようだ。

「急ぐぞ！」

百八十キロと聞き、溜息を堪えて浩志は声を張り上げた。

チベットの地下組織とは、雲南省から近いチャムド地区マラカム県のユンバ村で合流することになっている。自治区内の村に着いたところで、チャムド県の補給基地までは百二十キロある。

午前七時四十八分、丘を三つ越えるだけで国道に出ることができた。舗装はされていないが、道幅は五メートル近くある。朝食がてら小休止を取り、国道を北に向かって歩いた。とにかく一歩でも距離を縮めたい。

背中の荷物や麻袋に入れた〝M四A一〟カービン銃も入れれば二十キロ以上の荷物にな

る。普段ならなんでもない装備だが、すでにチベット高原に入っているせいか空気が薄いのだろう、荷物が重く感じられる。

浩志は振り返ってアイチャンギの様子を見たが、素足にサンダル履きというのにしっかりとした足取りをしている。普段から車も乗らずに山道を歩いているだけに、鍛え上げた傭兵以上に体力があるのかもしれない。

「藤堂さん、トラックが来ます」

先頭を歩く加藤が、後方を指差した。はるか遠くに土煙が上がっているのが見えるが、米粒のように小さくて確認できない。

「チベットに向かう農民のトラックのようです。乗せてもらいましょう」

アイチャンギにも見えるようだ。

「あなた方は雲南省に出稼ぎに出ていた農民ということにすれば大丈夫ですよ。ただワットさんは、後ろの方で目立たないようにしてください。裕福そうに見えますから」

中国には、農地を持たない農民が流民となり、刈り入れ時の農村を渡り歩く姿を見ることができる。彼らは総じて極貧で痩せている。浩志らの身体は締まっているので泥で衣服を汚すだけでそれらしく見える。しかし、顔立ちのこともあるが、ワットは横幅があるので食い物がいいと見られるらしい。

二十分ほど待つと、荷台に穀物と鶏を入れたかごを積んだトラックが近づいて来た。トラックは、エンジンが剝き出しで歪《いびつ》な形をしている。中国の地方で見かける中古の部品を集めて作った手製のエンジンなのだろう。運転席と、助手席にチベット人らしき男が乗っている。

アイチャンギは、道の真ん中に立ってトラックを停めて交渉をはじめた。

「乗せてくれるそうです。ただしあなた方は、一人三元だそうです。かなりふっかけてきました。ちょっと怒った振りをしてもらえますか」

三元といえば日本円にして四十円ほどだが、モンハイの旅社（民宿のようなホテル）なら四元も出せば一泊できるらしい。中国では安宿の代名詞とも言える旅社は地方の街でも三十元ほどらしいから、この地方の物価が分かるというものだ。ここで素直に払えば怪しまれる。浩志は、トラックの運転手を睨み付け、大げさな身振りをして首を横に振った。するとアイチャンギがまた交渉に行き、一人一元になったのだが、困ったことに米軍から支給された手持ちの紙幣は十元が最低金額だった。浩志が代表してアイチャンギに十元札を渡すと、全員の運賃と鶏が三羽入ったかご二つを買うということで商談が成立した。

さっそく浩志らは荷台に乗り込み、穀物と鶏かごの隙間に収まった。

トラックは、土煙を上げ時速四十キロほどで走り出した。この分なら、昼前には目的地には着くことができるだろう。だが、道が悪いせいもあるが、恐ろしく乗り心地が悪い。乗ってから気が付いたのだが、トラック全体が寄せ集めの材料で作ってある。体中砂埃で薄汚れるのはまだ我慢できるが、激しく上下する振動で腰と尻に激痛が走るという状況になった。四十分ほどしてワットがまず音を上げた。

「俺は、アフガンにもイラクにも行ったことがあるが、これほど酷い輸送手段で移動するのははじめてだ。俺を豚だと思って一思いに殺してくれ」

ワットはそういって、眉間に皺を寄せ豚の鳴き真似をしてみんなを笑わせた。だが、腰を痛めているようでしかめっ面は演技ではなさそうだ。弱音を吐きたくないということもあるが、笑って苦しさを忘れようとしているのだろう。

「我慢しろ、ワット。あと一時間もすれば豚小屋に解放してやる」

「分かった。だけど豚小屋は勘弁してくれ、ブヒー」

浩志の冗談にワットはまた豚の真似をして答えた。仲間が屈託のない笑顔で笑う。久しぶりにみんなで笑ったような気がする。ワットは、デルタフォースで人望があったと死んだ本田から聞いたことがある。改めてその理由が分かった。

四

浩志らを乗せたトラックは、時速三十キロから四十キロというスピードで進み、チベット自治区に入った。運転手は、浩志らの目的地であるユンバ村の三十キロ先にあるマラカイの市場に行くそうだ。自治区に入ってから気温が下がった。標高がまた上がったようだ。

午前十時を過ぎたところでユンバ村まで残すところ数キロの距離になった。漠然とトラックに揺られるというのは芸がないので、挨拶程度ではあるがアイチャンギに簡単なチベット語を習い、時間を潰した。彼は、今年で二十六歳になるが、十八から三年間チベットで暮らしたことがあるらしい。

チベットの仏教は、かつてはラマ教と呼ばれ、インドから伝わった仏教と土着の宗教が融合した特殊な宗教と思われていたが、インド仏教の後期密教を残すことを特徴とした北伝の大乗仏教であることが今日では知られている。そのため、南伝のプーラン族の上座部仏教とは大きく宗派を異にするが、アイチャンギは、修行としてチベットの寺院にいたという。これは常識では考えられないことで、少数民族には繋がりがあると言っていたプーラン族の村の住職であるアイグエンの言葉から察するに、修行を隠れ蓑に他民族間の交流をしているのではないかと思われる。逆にそうでもしなければ中国当局の目を逃れることはできないのだろう。

村に近づいたようだ。民家が道の端にちらほらと見えて来た。

「前方二キロ、警官が見えます」

見張りをしていた加藤が荷台から身を乗り出して声を上げた。

「武器を隠せ！」

各自の背中の布に包んだバックパックと〃M四A一〃を入れてある麻袋を穀物や鳥かごの下に隠した。

警官は三名、グリーンの制服を着た人民武装警察の隊員だ。木陰で瓶から直接飲み物を飲みながら煙草を吸っている。彼らの足下には陸軍の兵士と同じ〇三式自動小銃が置かれていた。武装警察は、人民解放軍から分離した準軍事組織であり、国家の治安やテロの他にも辺境な地域では通常の警察業務まで行なう。そのため、階級も人民解放軍と同じ呼称を使用する。ちなみに日本の警察に相当するのは公安部になる。

トラックが、三人の警官の前をゆっくりと通り過ぎた。警官の一人がトラックの荷台を見た途端、大声で喚《わめ》きながら追いかけて来た。トラックは急ブレーキをかけて停まった。

「私が、話します。あなた方はじっとしていてください」

アイチャンギがトラックから降りようとすると、警官は、彼を押しのけワットを指差して大声で怒鳴った。警官は酒臭い息を吐いている。飲んでいたのは清涼飲料水ではなく酒だったようだ。残りの警官が、慌てて足下の小銃を拾い上げて走って来た。

ワットが首を傾げながらトラックを降りると、警官はいきなりワットを殴りつけた。

浩志は、穀物の下に隠した麻袋からクリス・リーヴのシースナイフを取り出して、袖《そで》の中に隠した。

「警官は、あの人をウイグル人のテロリストだと言っています」

アイチャンギが浩志の右腕をそっと押さえながら耳打ちをしてきた。

浩志は舌打ちをした。周りを見たが、民家から人が出て来る様子はない。おそらく関わりたくないのだろう。それなら、いっそのこと警官を始末できるかもしれない。浩志は仲間を見て微かに首を下げた。戦闘準備の合図だ。仲間も小さく頷いてみせた。

「この三人を傷つけたら、この村の住人は残らず、労働収容所に入れられてしまいます。我慢してください」

アイチャンギが小声で制して来た。

「テロリストというのは口実で、警官は太ったウイグル人は悪いことをしているに違いないと言っています。彼らはウイグル人をいじめたいだけで気がすめば終わるはずです」

「くそっ！」

浩志は唇を噛み締めた。

警官は、無抵抗なワットが倒れると今度は足で蹴りはじめた。他の二人の兵士はにやにやとその様子を見ながら小銃を浩志らに向けている。

ワットは、殴られながらも急所を外すようにうまく動いているが、殴られていることに変わりはない。口から血を流し、目元はすでに腫れ上がっている。

警官は、ワットの襟首《えりくび》を持ち上げて立たせると今度は腹を殴った。警官のいたぶりは終わることがないかのように続いた。

村の方から猛スピードで走って来たグレーのセダンが、トラックの正面に停められた。白地のナンバーに赤でＷＪと書かれている。武装警察の車だ。中から四十代前半の制服姿の男が降りて来た。身長は、一七〇センチほどだが、鍛え上げた体をして貫禄がある。三人の警官は男を見るなり直立不動の姿勢になって敬礼をした。若いが上官のようだ。

上官は三人の警官を横に並ばせるなり、大声で怒鳴りつけた。

その様子を見ていたアイチャンギが、止める間もなくトラックから降りてお偉いさんの前に出た。警官の暴力を訴えているようだ。三人の警官は次第に項垂れて俯いてしまった。そもそも勤務中に酒を飲んでいるのだ。弁解の余地もないだろう。

地方都市では、警官をはじめとした公務員の腐敗が地域住民の反発を招いている。パトカーや救急車を私用で使うのは日常茶飯事で、警官でもない役人が酒気帯びで借りたパトカーを運転して子供をひき殺すといった事件や、消防車を職員が私用で持ち出して火災に対処できなかったといった信じられない事態まで報告されている。

上官が、大声を上げて腕を振ると三人の警官は銃を肩に掛けて村の方に走っていった。

ワットは殴られ放題だったが、よろけながらも立ち上がると仲間にウインクをしてみせた。タフな男だ。演技をしていたに違いない。

ワットが荷台に這い上がると、上官は何も言わずにパトカーに乗って元来た道を戻って行った。腐敗した官僚ではなさそうだが、謝ることはないようだ。

「大丈夫か？」

浩志が声をかけると、ワットは血が混じったツバを荷台の外に吐いて、

「蚊に刺されたようなもんだ。今頃あの警官の手は腫れているだろうぜ」

と低い声で笑ってみせた。

トラックの運転手は呆然としていたが、我に返ったのかエンジンをかけた。

「もうすぐ着きますよ。今日は、村の旅社に泊まることになっています」

アイチャンギの言葉に一同は安堵の溜息を漏らした。

五

ユンバ村の旅社は、レンガ作りの平屋の民家を改装した部屋数が八つしかない安宿だった。部屋は三畳ほどで小さなベッド以外何もないが、一泊三元で朝食付きと言うから文句は言えない。

ベッドは、この手の宿ではありがちなノミ付きのようだが、野宿よりはましだろう。ぼろトラックをヒッチハイクしたおかげで全員疲労困憊《こんぱい》してしまった。それに警官に痛めつけられたワットを休ませる必要がある。仲間を二つのグループに分けて昼過ぎまで交代で

仮眠させた。

　昼飯は宿に頼んで簡単にすませ、浩志はワットの部屋を覗いた。

「もう午後一時か、腹減ったな、飯はすんだのか？」

　ワットは、すでに起きていた。

「昼飯は作らせてある。ご飯とヤクの肉が入ったヌードルだった。この辺ではごちそうらしい。一元もしたぞ」

　トゥクパと言ってチベットでは代表的な料理らしい。日本の肉うどんに似ており、あっさりとしておいしかった。

「一元もしたのか、そいつは高級料理に違いない」

　浩志の冗談にワットは豪快に笑って答えた。怪我のことは聞くまでもないようだ。

「それより、こんなところでぐずぐずしていていいのか。ロストボールはまだ百二十キロ先にあるんだろう。まさか俺に気を遣って出発を遅らせているんじゃないだろうな」

「それはない。さっきも瀬川に確認させたが、まだ敵は動いていない。よくよく考えれば連中も夜間の移動が多かった。これは俺の勘だが、今回の中国軍の動きはチベット軍区でも一部の部隊が秘密裏に動いているだけのようだ。部隊は中央政府も知らない作戦行動をしているに違いない。そうでなければ、成都の司令部を避けるようにミャンマーとの国境沿いを移動するような真似をするはずがない」

　敵の動きが中央の指令で動いているとは思えない点が多々ある。部隊を動かしている連中は、強奪したいきさつを隠し、手に入れた秘密兵器を研究した上で報告することにより、オリジナルの研究として高く評価されることを狙っているのかもしれない。

「なるほど、確かに連中の動きは不可解だな。だが、米国の秘密兵器を強奪したんだ。回収こそ断念したが、米国は軍事衛星だけでなく、空軍はコブラボールを飛ばし、海軍は領海近くに艦隊を出動させるという威嚇《いかく》行為で、一触即発の緊張感を中国に与えているはずだ。中国としても一部の部隊に極秘作戦をさせるほかないだろう」

　ワットの言っていることは正論だった。

「どちらにせよ、やつらも動くとしたら、夜になるはずだ。準備不足で作戦を失敗させたくない。加藤と黒川をバックパッカーに化けさせて移動手段を調べさせている」

　加藤と黒川には、農民の格好ではなく私服に着替えさせて交通手段を調べさせている。ミサイルまでの距離はまだ百二十キロある。最悪トラックや乗用車を奪ってでも移動することになるが、できれば作戦前のトラブルを避けて借り上げるか買い取ってでも夜になる前に補給基地に着きたい。地元の地下組織と接触して協力を得たいが、連絡待ちの状態だ。

　プーラン族の住職アイグエンからは、チベット語で竜の意味である〝ドゥク〟というコードネームを持つ地下組織のメンバーに会うように指示をされている。アイチャンギも会ったことはないようだ。だが、夜までは待てない。これ以上奥地にミサイルが運ばれたら、追跡はますます難しくなるからだ。

「まずは、飯を食って来い。逆算すればあと一、二時間でここを出なければならない」

「俺も何か手伝えるか」

「サンキュー」

ワットは、部屋の外に出て行った。宿に食堂はなく、中庭に張り出した軒先で食べることになっている。宿の年寄りに食事を頼むと小さな窯《かま》に薪《まき》をくべてそこで調理したものを渡される。テーブルも椅子もない。渡されたアルミ製の器を持って立って食べるもよし、庭に座って食べるもよし、寒ければ部屋のベッドの上で食べてもいいというわけだ。

浩志は部屋に戻ろうと廊下に出た。一メートルほどの幅がある廊下は照明もなく、東と西の端にある小さな窓から射し込む日差しだけで採光されているため日中でも薄暗い。左右に四つずつ客間がある。

空き部屋の前を通ろうとすると微かな人の気配を感じた。

浩志が身構えるとドアが薄く開き、

「入ってくれ」

と中から男の声がした。しかも英語だ。

「何者だ？」

隙間から、武装警察の車で現れた警官が顔を見せた。

「私は、〝ドゥク〟だ」

「馬鹿な!」

浩志は、チベットの地下組織と聞いている。目の前の男はどうみても漢民族だ。

「君を知っているからこそ英語で会話している。コードネームも名乗ったんだ、騙すもなにもないだろう。〝老師〟から話は聞いている。私は、すでに証明となるプーラン族の僧侶を確認している。とにかく入ってくれ」

〝ドゥク〟と名乗った男は、手招きをした。

浩志は、敵意がないことを確認し、部屋に入った。

「名前は聞かない。もし君にコードネームがあるのなら、教えてくれ」

「リベンジャーだ。僧侶が仲介してくれると聞いて来たが、呼ばなくていいのか」

一瞬迷ったが、名前を聞かない〝ドゥク〟の態度は信頼できると思い、コードネームを教えた。

「復讐者か、いいコードネームだ。あの僧侶は、ただの水先案内人だ。彼にも私のことは知られたくない。情報は拡げない方が安全だからだ。君がリーダーなんだろ?」

「そうだが、俺はチベットの地下組織と聞いて来た。漢人の活動家もいるのか?」

「我々の組織にチベット人はいない。漢人だけで構成された組織なのだ。プーランの〝老師〟は顔が広い。色々な組織と繋がりがあるようだ。彼が我々を紹介したのは訳がある。君の仕事を手伝えるのは、チベット人の組織では荷が重いと判断したのだろう」

「漢人だけ？　革命組織なのか」

「違う。我々は、政府の転覆《てんぷく》を狙ってはいない。できれば、緩やかに民主国家になって欲しいと願っている。だが、人民や少数民族に対する現政府の横暴は目に余る。たとえそれが同じ漢民族でも許すことはできない。腐敗官僚や軍人や警官を取り除き、健全な国家にするために我々は組織されている。実際には役人の不正を密告したり、陥《おとしい》れて失脚させたりするが、直接手を下すということはしない。それをすれば地域住民や少数民族の仕業とされて彼らが報復されるからだ」

〝ドゥク〟は、名乗らないがチャムド地区の武装警察の幹部クラスらしい。彼が、仲間と地下組織を作ったのは、チベットに対する圧政に耐えられなくなったからだと言う。

二〇〇九年五月、自治区のマラカム県にあるチベット人の聖山である〝セル・グー・ロ〟を当局の許可を得た会社が勝手に調査し、採掘しようとした。〝セル・グー・ロ〟は金山だったのだ。チベット人は、聖地を守るため採掘を阻止するべく山にこもった。

自治当局は、はじめに武装警官三百人で包囲してチベット人を兵糧《ひょうろう》攻めにした上で軍隊を投入し、非暴力なチベット人を武力で強制排除した。その暴挙はインターネットを通じて世界中に知れ渡り、様々な方面から抗議されて工事は停止になった。その時、派遣された部隊で〝ドゥク〟は重要なポストを務めていたらしい。当局が金目当てでチベット人を弾圧したことで目が覚めたようだ。

「組織を作った後、調べてみると、チベットでは、民族浄化とも言うべき行為が行なわれていることも分かった。チベット人の女性は、人口抑制策として強制的に不妊手術を受けさせられている。また、医療機関に来た男性には、治療と称してインポにするための毒物を注射されているらしい。地域によっては、子供狩りもされていると聞く。これらのことは、時間をかけたジェノサイドだ。この他にも数えきれないほど悪辣《あくらつ》極まる行為がされているが、悲しいかな漢民族である我々の耳にはこうした情報は一切入らない。しかも政府の謀略に反発したウイグル人やチベット人は、野蛮で暴力的だというプロパガンダを我々は信じ込まされているのだ」

〝ドゥク〟は苦々しい表情で熱く語った。

三人の警官がワットを見ただけで暴行してきたのは、政府の行き過ぎた思想教育によるものだろう。

「我々の行為は、今の政府から見れば反社会的かもしれないが、良心に従い中国を正しい方向に導いていると私は信じている。君たちは、軍が強奪した米国の秘密兵器を破壊するために潜入したと聞いた。それは本当か」

「本当だ。我々は、傭兵チームで米軍の特殊部隊ではないし、米政府のために働いているわけでもない。だが、武器が中国で不法に使われることを阻止しようと死んで行った友人のために働いている」

浩志は、これまでのいきさつを説明した。

「世の中、友情だとか義理で命をかける人間がいるのか。信じられない」

〝ドク〟は、首を振って鼻で笑った。

「関羽《かんう》と張飛《ちょうひ》は、劉備《りゅうび》を慕《した》って命を投げ出した。今の漢民族には理解できないだろうがな」

浩志は三国志を例にとり皮肉った。

「ずいぶん古い話を持ち出したな。確かに古い時代の中国には、友情や義侠《ぎきょう》心が存在した」

「金や名誉のためじゃない。俺たちは男として人間として闘っているんだ。世間話は、これまでだ。俺たちに協力するのか」

浩志は強い口調で尋ねた。

「そのつもりで来た。〝老師〟から連絡をもらって、すぐに私は仲間と連携して調査をした。老人の話だけでは信用できないからね。チベット軍区の特殊部隊が党の承諾《しょうだく》なしに動いている。自治区の幹部が不正を働いているようだ。我々としても国の秩序《ちつじょ》を乱す行為は黙って見過ごすことはできないのだ」

〝ドゥク〟がタイミングよく現れたのは、あらかじめ軍と浩志らの動きを知った上で行動していたに違いない。

「チャムド県の補給基地に夕方までには移動したい」

「分かっている。二十分後に村のはずれまで来てくれ。警官を移送するためのトラックで出発する。日が暮れるまでには余裕で到着できる」

〝ドゥク〟が差し出した右手を浩志は力強く握った。

六

プーラン族の〝老師〟と呼ばれる僧侶、アイグエンから紹介されたチベットの地下組織は、驚いたことに漢民族の組織だった。とはいえ、第二次世界大戦のフランスのレジスタンスとは違い、武装勢力でも革命組織でもなく、中国を民主国家にするために政府関係者の不正や腐敗を糾《ただ》すことにより、緩やかに民主国家に導くことを目的とした組織らしい。だが、真に民主国家になるには共産党による一党独裁を打破しない限り無理な話だろう。

地下組織のメンバーは、互いにコードネームで呼び合う党の政治家や軍や警察の若手幹部が中心らしく、過激な行動を取る者はいないかわりに少数民族の地下組織とも繋がる広範囲な情報網はあるようだ。

プーラン族の僧侶アイチャンギとは、ユンバ村の旅社で別れ、浩志らは地下組織のメンバーである〝ドゥク〟が村はずれに用意した警官移送用トラックに乗り込んだ。トラックと言っても、荷台には幌《ほろ》がかけてあり、十人は座れるベンチシートが二つ向かい合わせに備え付けてある。シートは硬めのクッションが付いており、長時間座っていても大丈夫だ。しかも、武装警官の制服まで用意されていた。

浩志らは、プーランの村で手に入れた作業服を脱ぎ捨て制服に着替えた。武器までは用意されていなかったので、持参したガバメントを腰のホルダーに収め、〝M四A一〟と〝アップル〟は、麻布に包んでシートの下に隠した。

〝ドゥク〟がトラックの助手席に乗り、運転を下士官の制服を着た浩志がすることにした。〝ドゥク〟からできる限り情報を得たいということもあるが、彼が属するのが漢民族の地下組織ということに一抹の不安を覚えたからである。

午後三時十分、ユンバ村を出て一時間半、平均時速五十五キロと浩志はトラックのアクセルをベタ踏みの状態で運転しているために、目的地であるチャムド県の補給基地までの三分の二の距離をすでに稼いでいた。

「リベンジャー、君は日本人なのか？」

どこまでも続くチベット高原の荒々しい風景に飽きたのか、助手席の〝ドゥク〟は何気なく聞いて来た。

浩志は、質問を無視した。

「否定しないところをみるとそうなんだな。英語はうまいし、傭兵という職業にピントこなかったが、一人を除いて顔立ちは、中国人でも朝鮮人でもないと思っていた。私の部下に殴られていた男は、一見ウイグル人に見えるが、米国人なのだろう」

「どうでもいいだろう、そんなことは」

「詮索してすまなかった。聞いたのはわけがある。中国人は、今でも日本を憎むように教育されている。それは、侵略戦争を受けた国として当然だと私自身つい最近まで思っていた。だが、組織を通じて色々な情報に触れるうちに反日教育は単に人民に国の政治に目を向けさせないための政策であることに気が付いたんだ」

〝ドゥク〟は首を横に振りながら言った。

「人間の持つ感情で憎しみは強い。憎しみを植え付ければ、少々の困難など人は忘れることができる。他国を憎むのも同じことだ」

「そのとおりだ。だが、行き過ぎた民族主義は、国家を滅ぼす。国民は、中国人が世界で一番優れていると思い込まされて来た。だが、インターネットや海外旅行などを通じ、世界の情報を得るうちに、それが間違っていることに気が付きはじめている」

「当然だ。だが今でも中国政府は情報管制を敷き、国民に真実を知らせていない。それは一種のマインドコントロールと同じだ」

浩志は、〝ドゥク〟の言葉に今さらと鼻で笑った。

「最近では、憎しみの対象は日本から米国に替わっている。今回の秘密兵器の強奪もそこから来ていると我々は考えている」

「どういうことだ」

「チベット軍区の特殊部隊を中央政府の命令を受けずに動かせる人物は、チベット自治区当局のトップクラスじゃないとできない。名前は言えないが、その人物は米国を非常に嫌っているのだ。しかも党の中央や軍幹部とも通じている。ミャンマーから米国の秘密兵器売買の情報を党の幹部から受け、密かに自治区の特殊部隊を動員したのだ」

〝ドゥク〟は溜息混じりに言った。

「強奪した武器をどうするつもりなのだ」

「党に対してアピールをするつもりなのだろう。チベット自治区は辺境の地として、かつて赴任《ふにん》は左遷《させん》を意味していたらしい。だが、胡錦濤《こきんとう》主席がそのイメージを払拭《ふっしょく》させた」

一九六八年に甘粛《かんしゅく》省のダム建設の技師として働きはじめた胡錦濤はその実力を買われて出世を重ね、一九八〇年に中国共産主義青年団の甘粛省委員会書記に就任、一九八五年には貴州省党委書記に抜擢《ばってき》され、一九八八年にはチベット自治区党委書記に就任した。当時のチベット自治区は抗議運動が多発していた。胡錦濤が書記として在任した四年間、戒厳令を敷き、抗議運動を徹底的に力でねじ伏せた。

「彼のチベット政策が鄧小平《とうしょうへい》主席に認められ、彼は後継者として若くして中華人民共和国のトップになったことはご存知のとおりだ。以来、チベットを治める者は中央の出世コースだと、勘違いされているわけだ」

「だからチベット自治区の当局者たちはチベット人を弾圧し、政治がうまくいっているように見せかけるわけか。馬鹿馬鹿しい」

浩志は吐き捨てるように言った。

「裏で動いている当局の幹部は、強奪した米軍の秘密兵器の技術を党に献上することで出世を狙っているに違いない。だが、君たちが秘密兵器を破壊すれば彼は切り札を失い、党の承諾なしに特殊部隊を動員した罪を問われる。我々は彼を失脚させるチャンスをずっと待っていた。君の仕事を手伝ってもお釣りが来ると思っているよ」

危険を冒しても、なおかつメリットがあったようだ。長々と不満を漏らした〝ドゥク〟は話し疲れたのか、口を閉じると外の景色に視線を移した。そのうちドアにもたれて船を漕ぎはじめた。

浩志は四十分ほど、ひたすら荒野を走り続けた。道の両脇はゴツゴツとした大きな岩が迫り出している。こうした場所を走るのは嫌なものだ。敵が岩陰に隠れていても分からない。アンブッシュ（待ち伏せ攻撃）をするには絶好の場所と言えよう。

はるか前方に障害物が見える。浩志はブレーキを踏んでトラックを道の端に寄せると、双眼鏡で確認した。

「ピッカリ、予測通りだ。頼んだぞ」

浩志は荷台のワットに無線で連絡をした。

「どうしたんだ?」

目を覚ました〝ドゥク〟が尋ねて来た。

「あれを見ろ」

浩志は、〝ドゥク〟に双眼鏡を渡した。

二キロ先に軍用トラックが斜めに停められて道を塞いでいた。兵士の姿も見えた。検問が行なわれているようだ。

「チャムドの街で、どうせまたデモでもあったのだろう。周辺の道路を封鎖しているのだ。軍にも仲間がいる。連絡を入れておいたから大丈夫だ」

〝ドゥク〟はそう言って笑ってみせたが、口元がわずかに引き攣《つ》っている。偽武装警官を六人も乗せているのだ、落ち着いてもいられないだろう。

「こちら、ピッカリ、トラックを出してくれ」

ワットからの連絡を受けて、浩志はアクセルを踏んだ。

バリケードになっている軍用トラックの前には四人の兵士が銃を構えて立っていた。

「検問の兵士は下士官と兵士だけだ。なんとでもなる」

〃ドゥク〃は兵士らの階級章を見て笑った。

浩志は、ゆっくりとブレーキを踏んでトラックを停めた。

外に立っている兵士の一人が大声で叫んだ。すると軍用トラックの荷台から大勢の兵士が飛び降りて来て浩志の運転するトラックを包囲した。

浩志はガバメントを抜いて、いつでも撃てるように右手を隠した。

〃ドゥク〃は、窓を開けて激しい口調で怒鳴った。だが、助手席のドアがいきなり開けられ〃ドゥク〃は無理矢理降ろされた。

浩志は、舌打ちをするとガバメントを座席の下に隠した。

運転席のドアも開けられて浩志も引きずり降ろされ、数人の兵士から殴る蹴るの暴行を受けた。抵抗することなく殴られる振りをしてガードをしていたが、背後から後頭部を殴られた。

「うっ！」

目の前に星が飛び、眼前の風景が滲んで行った。

破壊

一

埃《ほこり》臭い空気が鼻腔《びこう》を刺激し、五感を覚醒して行く。

口を動かすと、砂に混じって血の味がした。

薄目を開けて辺りを窺った。ボロぞうきんのように引き裂かれた緑色の制服が壁に吊るされているのが目に入った。よくみると両手をロープで左右の柱に固定された〝ドゥク〟と呼ばれる武装警官だった。

地下室なのか窓はどこにもない。裸電球が吊るされた部屋は薄暗く埃臭い饐《す》えた臭いは目の前の腐りかけた床板から漂って来る。石組みの階段が部屋の奥にある。上階に通じるドアは閉ざされているのか暗くてよく見えない。

「くっ」

後頭部がずきずきと痛む。視界が床に近いのは倒れているせいだと気が付いた。起き上がろうとするとバランスを崩しそうになった。後ろ手に手錠がかけられているようだ。首を回して背中を見ると柱に縛り付けられたロープが手錠の鎖に結びつけられていた。むかしながらのニッケルプレートスチール製の手錠だ。浩志も現役の刑事のころ使っていたものと似ている。現在の日本の警察では軽量化が進み、黒色アルミ合金製のものが使われている。浩志は、どこかに釘かピンのようなものが落ちていないか探したが、埃だらけの床は、綿ボコリと砂以外は見当たらない。

「くそっ！」

上半身を起こし、近くの壁にもたれて座った。

「〝ドゥク〟、〝ドゥク〟」

浩志が呼びかけると〝ドゥク〟は、項垂れていた首を起こした。顔面はかなり殴られたらしく、左目は瞼が腫れて潰れていた。

「ずいぶんひどくやられたな。大丈夫か」

「仲間に裏切られたようだ」

〝ドゥク〟はすすり泣くように、か細い声で答えた。

「どうして裏切りと分かる」

「検問は、チャムドの補給基地の二キロ手前に設けられていた。私の階級は武警上尉、軍隊で言えば大尉の階級だ。私をトラックから引きずり降ろしたのは、人民解放軍の三級士官だった。武装警官は軍より格は下だが、だからといって軍の下士官に乱暴されるはずがない。私の行動は軍と武装警官の仲間に連絡をしておいた。どちらかが裏切ったのだ」

「それにしても、問答無用で襲いかかって来るのはこの国らしいな」

浩志は、鼻で笑った。

「皮肉を言わないでくれ。だが、乱暴を働いた連中は、後で酷く戸惑っていた。あのトラックには、私と君しか乗っていなかったからね。君はこうなることが分かっていたのか」

話しはじめると幾分落ち着きを取り戻したらしく、〝ドゥク〟の声にはりが出て来た。

「あらゆる場面を想定して行動していただけだ。あんたを信用したところで漢族の地下組織と聞いた時から、組織にスパイや裏切り者がいる可能性を考えていた」

「君の予感が当たって残念だよ。仲間をいつ降ろしたんだ?」

「あんたがうたた寝をしている時だ。もし検問を無事通過できたら、仲間を回収するつもりだった」

浩志は、検問の二キロ手前で荷台に乗っていた仲間を降ろした。いくら制服を着ていても北京語を話せるのはワットだけだ。しかも、〝M四A一〟をはじめとした米国製の武器を座席の下に隠していた。見つかれば逃れようがない。そうかといって武力で検問を突破すれば補給基地に着く前に敵に知られてしまう。

「……待てよ、よくよく考えたら、あやしいのは運転していた君一人で、荷台はもぬけの殻だった。通報とは大きく違っていたはずだ。嘘の情報が流されていると言い張れば助かるチャンスはあるかもしれない」

「それより、ここはどこだ」

「チャムドの補給基地の北側にある兵舎の地下だ。ここは使われていないので、叫んだところで誰にも気付かれない。拷問するにはもってこいというわけだ」

「……誰か来るようだ」

階段の上のドアの鍵を開ける音がする。

浩志は、目覚めた時のように床に転がった。

ドアが開き、上階の光が漏れて来た。石の階段から硬い靴音が響いて来る。足音は、浩志の前で止まった。

「起きろ！」

男の声で、しかも英語だ。

無視をして気絶している振りをしていたら、腹を蹴られた。強烈なキックに浩志は思わずくの字に体を曲げた。痛みを堪えて床に額を擦り付けた。すると額に小さな突起物が当たった。床板から釘が飛び出しているのだ。浩志は、うめき声を上げながら手の指に釘の頭が引っ掛かる位置まで体を動かした。

〝ドゥク〟が、北京語で何かを叫んだ。

「黙れ！　馬嵩忠《ばすうちゅう》、おまえがいくら言い逃れをしたところで裏切り者であることに変わりはない。おまえはやり過ぎたのだ。米国の手先になってただですむと思っていたのか、愚か者め。おまえに北京語で話すのも腹立たしい」

男は英語で答えた。浩志にも分かるように英語で罵《ののし》ったのでなく、馬を中国人として扱わないという屈辱の表現なのだろう。男の英語は淀みなく、馬と同じように高度な教育を受けているようだ。

「貴様こそ裏切り者だ、蔣鉄栄《しょうてつえい》。おまえは同志だったはずだ。当局幹部の腐敗ぶりを嘆いていたではないか。私は、幹部を失脚させるために動いていたのだぞ」

「これまで我々の組織は腐敗官僚や下っ端警官を密告するに留まっていた。その程度のことなら、国家に反逆することにはならない。だが、今回だけは違う。武装警官ごときのおまえに複雑な事情が分かるはずがない。確かに党の許可も得ずに米国の秘密兵器の強奪を命じたのは、自治区当局の幹部だ。しかし、もし作戦が失敗したら、幹部が失脚するだけじゃすまない。私も含め軍の幹部も残らず、処刑されるのだ。おまえのような党の中央に無関係な部署とは違うのだ」

蔣鉄栄と呼ばれた男は、拳を振り上げて言った。身長は一八〇センチ近くあり、軍人らしく太い首に鍛え上げた体をしている。歳は四十代後半か。

　浩志は、二人が言い争っているすきに床板の釘を指先で引っ張り出そうとした。釘は緩んではいるが、なかなか抜けない。

「作戦を遂行しなければ、失脚する？　だとすればおまえも党へのくだらない献策に参加していたのか。所詮腐ったりんごだったんだな」

　馬が言い返すと、蔣は馬の顔面を殴りつけた。

「いいか、一ついいことを教えてやろう。我々は互いにコードネームを持ち、地下組織を気取っているが、実は国で管理された保安機関に過ぎないのだ。おまえが連絡した武装警官の仲間は、すでに始末をしておいた。党に作戦がばれるといけないからな」

「まっ、まさか……」

　馬は、驚愕《きょうがく》の表情をして口を閉ざした。

　蔣は、振り返って浩志の顔を覗き込んで来た。

「おい、気が付いているんだろ。おまえは米国人か！」

　また強烈なキックが飛んで来た。

　浩志は、腹筋を固めてキックを受けた。体は蹴られた勢いで浮き上がり、指に引っ掛かっていた釘は抜けた。だが、最小限に抑えたはずの打撃は浩志の意識を再び失わせるには充分だった。

二

映画のシーンが変わるようにフェードアウトした意識が、再びフェードインした。

チベット軍区の幹部らしい蔣鉄栄に腹を蹴られた浩志は、腹部の痛みと吐き気で目覚めた。蔣は地下室から消えていた。

「気が付いたか」

〝ドゥク〟は、青白い顔で尋ねて来た。

「俺はどのくらい気を失っていたんだ」

感覚的には五分ほどだが、体中が痛む。体内時計も壊れているかもしれない。

「三十分ほどだろう。私は気絶していないが、時間の感覚はなくなっている」

かなり感覚のずれが生じているらしい。だが、拘束されて二、三時間しか経ってないだろう。少なくとも夜にはなっていないはずだ。

仲間の指揮はワットがとっている。この補給基地の守備体制にもよるが、おそらく彼らは夜になれば浩志を救出するために行動を起こすはずだ。だが、仲間に犠牲者を出さないためには、なんとしても自力で脱出しなければならない。

浩志は、気絶する直前に床から引き抜いた釘を探した。

蹴られた勢いで飛んだらしく、一メートル近く離れた壁際に落ちていた。だが、取ろうとすると手錠に結びつけられたロープに引っ張られて届かない。

「くそっ！」

体を回転させ、足のつま先を伸ばした。だがあと数センチ足りない。浩志は手錠を前に持って来るために目一杯背中で左右に開き、足を潜《くぐ》らせようとした。通常締まり過ぎないように手錠はロックがかけてあるものだが、浩志の手錠はどんどん締まって行く。

「ううっ！」

気合いを入れるとまずは尻が抜けた。だが、手錠は容赦なく手首を斬り裂いて行く。次に左足を抜いた。両手首に食い込んだ手錠から血が滴る。最後に右足が抜けた。

両手が前に出た分、体の自由が利くようになった。今度は楽々と釘を足のつま先で取ることができた。

浩志は、引き寄せた釘を右手に持ち、手錠の鍵孔に入れて探りを入れていたが、ものの十秒ほどで開けることができた。

「私も、助けてくれ」

成り行きを見守っていた〝ドゥク〟は、慌てて叫んだ。

「静かにしろ！」

浩志は、〝ドゥク〟の両手首のロープを解いてやった。

「頼む。私を連れて国外に一緒に逃げてくれ。亡命したい」

「連れて行くのは、作戦が終わってからだ」

「警戒が厳しい。自殺しに行くようなものだ」

〝ドゥク〟は、捕まって怖じ気づいたらしく、激しく拒絶した。

「俺たちは、強奪したミサイルを破壊するためにここまで来たんだ。邪魔をすれば、その場で殺す。協力すれば国外に連れ出してやる」

浩志は、なおも何か言いたげな〝ドゥク〟を無視して、武器になる物がないか地下室を調べた。部屋の奥の暗がりに小さな机があり、その引出しに浩志のミリタリーウォッチ、〝トレーサーP六六〇〇〟と無線機があった。

時刻は、午後五時四分、あと一時間もすれば日が暮れる。だが、逃げ出すにはまだ明るい。手首の怪我で時計を腕に巻くことはできないので、ポケットにねじ込んだ。

「んっ！」

階段上のドアに鍵が差し込まれる音がする。

浩志は、〝ドゥク〟にハンドシグナルで部屋の奥に行くように命じ、手を後ろにやり床に転がって目を閉じた。

蔣鉄栄が階段を降りて来た。

「少し痛めつけ過ぎたか」

蒋は、足で浩志の肩口を軽く蹴って溜息をつき、そして〝ドゥク〟が吊るされていた壁を見た。

「何！」

慌てて壁際まで走り寄った蒋は、部屋の奥に立っている〝ドゥク〟を見つけた。

「貴様！」

〝ドゥク〟に近寄る蒋の背後に近寄り、右脇腹に回し蹴りを入れた。蒋は、苦痛の表情を浮かべながらも機敏に振り返り、反射的に左のローキックを浩志の右腿に入れてきた。

「くっ！」

ローキックは右足の怪我にヒットした。浩志は激痛に思わず膝を突いた。

蒋は、すかさず右のミドルキックを入れてきたが、浩志はかいくぐるように左腕で受け流し、蒋の背中から肝臓に強烈なパンチを叩き込んだ。そして振り返った蒋の脇腹に右肘を決めた。ミシッという肋骨が折れる音を立てたが、蒋は顔を歪ませながらも膝蹴りで反撃してきた。

浩志は咄嗟に両腕で防御したが、肋骨にひびが入っている左脇腹に決められ、一瞬息が止まった。なおも鳩尾《みぞおち》に膝蹴りを連打されて気が遠くなりながらも、浩志は蒋の顔面に右裏拳を叩き付け、体が離れたところで相手の右顎を左掌底打ちで振り抜いた。

蒋は仰向けに倒れ、果敢《かかん》に立ち上がろうとするが腰にきたらしく尻餅をついた。

「馬、手伝え」

浩志は、肩で息をしながら傍観していた馬に手伝わせて蔣を壁際に縛り付けた。

三

午後五時二十一分、浩志は〝トレーサーP六六〇〇〟を腰のベルトに巻き付けた。

「蔣！　私の行動をおまえ以外に誰が知っているのだ。それに作戦の目的を言え」

馬は、蔣の鳩尾にアッパー気味のパンチを入れた。

「話すことはない」

蔣は、殴られてもふてぶてしい態度をとった。

「ふざけるな！」

立場が逆転した馬嵩忠は、蔣を執拗《しつよう》に殴りつけて自白させようとしている。さっきまで亡命したいと言っていたが、裏切り行為がばれていなければ逃げる必要などない。吐かせて蔣を殺すつもりなのだろう。顔面を殴らないところが巧妙だ。おそらく拷問のテクニックを学んでいるに違いない。

「馬、時間がないぞ」

浩志は外の情報を得たいということもあり、馬の行為を許しているが、日が暮れる前に行動を起こすつもりだ。

「分かっている。この男から情報を得て、私を陥れようとした当局の幹部を必ず失脚させてやるつもりだ。君のためにもなるだろう」

馬は殴るのを止め、蔣の指の間に手錠の輪を絡ませてねじ上げた。

「やっ、やめてくれ！　言うから、頼む！」

途端に蔣は、悲鳴を上げた。局部にダメージを加える方が、殴るよりも数段効果的だ。

「よし、すべてを吐け！」

「ことのはじまりは四川大地震だ」

「四川大地震？　二〇〇八年の地震と何が関係するのだ。いい加減なことを言うな！」

馬は、蔣の指をねじ上げた。手錠が挟み込まれた部分から血が滲み出して来た。

「ほっ、本当だ。嘘じゃない。……あれは、人災だったのだ」

蔣はうめき声を上げながら言った。

「何！」

後ろで傍観していた浩志も思わず声を上げた。

「死傷者を八万人以上出した大災害が、人災だと、馬鹿にするな！」

馬は怒りにまかせて蔣を張り飛ばした。

「汶川《ぶんせん》県の映秀《えいしゅう》地区にある地下核実験施設で核兵器が地震により誤爆した事故が被害を

拡大させたのだ！」

「核爆発？　まさか」

蔣の言葉に馬は、首を捻った。

「私もはじめて聞いた時は我が耳を疑った。だが、軍部から数々の現場写真を見せられて納得した。地震発生後わずか二時間で六個師団の軍隊が派遣されている。彼らは防護服まで着ていたのを知っていたか」

「馬鹿な！　あれはガス壊疽《えそ》が発症したからだ」

馬は、吐き捨てるように反論した。

「地震発生後たったの二時間だぞ。ガス壊疽がすぐに発症するものか」

震災や戦地での環境悪化による感染症のガス壊疽は致死率が高い。中国政府は被災地での感染者は五十八人と発表したが、実際の数は三万人を超していたと言われる。震災で死亡した八万を超す死者のうち、かなりの割合でガス壊疽などの感染症による死亡者が出たと言われている。

「確かに、感染症に対処した部隊もあった。だが、映秀地区で分厚い防護服を着込んだ部隊は、被災者の救助にも当たらず、震源地の地表をコンクリートで埋め尽くす作業をしていたのはなぜだ。まだ瓦礫《がれき》の下に生存者がいたのに建物を爆破して住民を退去させたのはなぜだ。綿陽市の北川地区では街中に巨石が空から降って来たそうだ。火山爆発でもあったというのか」

馬は、蔣の問いかけに答えられずにただ首を横に振るだけだった。

震源に近い場所には、海外の救助隊やメディアがシャットアウトされていたためにニュースにはならなかったが、その他にも地下からコンクリートの固まりが吹き出すなど、およそ通常の地震とは思えない奇妙な写真が現地からの情報として、インターネット上で多数公開されて話題になった。

「震源とされた汶川県をはじめ四川省には核実験施設が多数あり、地震に加え、核爆発により大きな被害が生じた。そのため、世界中から核の安全を確認する質問が相次いだ。政府は、当初紛失した核物質は、十三個と発表したが、すぐに三十三個に訂正し、翌週には九十九個と訂正した上で、ほとんど回収されたと発表した」

中国政府の曖昧《あいまい》な発表に当時世界中から非難が浴びせられたが、欧米諸国は被災国の中国に気を遣ったのか、なぜか問題視することはなかった。

「核物質の紛失なんて知らなかった。しかも数値がいい加減だ!」

「知らないのは、中国人だけで海外には公式に発表されたのだ」

馬が呆れるのを見て、蔣は鼻で笑った。

「回収された核物質には核弾頭もあったが、そのほとんどは核廃棄物を入れた容器で大半は壊れていた。だが、国際的にメディアが注目する四川では表立って処理ができない。そこで党は、チベット自治区当局に押し付けて来たのだ」

震災前の中国はチベットの暴動を武力で鎮圧したために国際的な非難を浴び、三ケ月後の北京オリンピックの開催すら危ぶまれていた。そんな中で起きた四川大地震は、中国を加害者から被害者に一転させて世界中から注目されていた。

「四川から密かに貨車で運び出された核廃棄物は〝第九研究所〟で一旦降ろされて、密閉容器に移し替えてから、チベット自治区の核廃棄施設に移される予定だった」

チベット自治区とその北に位置する青海省には、青蔵《せいぞう》鉄道が敷かれている。これは軍事および鉱山用の鉄道として開発されたもので、〝第九研究所〟、デリンハなどの核施設や鉱山都市であるゴルムドを経由し、終点のラサまで通じている。

「だが、問題が起きた。四川省から貨車で運ばれた核物質の放射能漏れが酷く、チェルノブイリ並みに汚染されてしまった。現在核物質は〝第九研究所〟の地下に作られた穴に放置されたままだ。党には、〝第九研究所〟に仮に保管してあると言ってあるが、今年中に自治区に移送するように命じられている。だが容器の崩壊は進み、汚染は年々酷くなる一方だ。作業員に囚人を使うとしても彼らを指揮すべき肝心の軍が近づけない。このままでは、命令を受けた自治区当局および軍の幹部は残らず責任を問われて失脚、もしくは処刑されてしまう」

おそらく作業を命じられた部隊に蔣は所属しているのだろう。

「汚染物質と米国のミサイルは、何が関係あるのだ！」

浩志は、二人の会話を聞いていたが、蔣のあまりにも身勝手な言い分に苛立った。

「あのミサイルを〝第九研究所〟に持ち込んだことにする。そして米軍の兵器を強奪したこれまでのいきさつを党に説明し、その直後に〝第九研究所〟を空爆する。軍事機密を守ろうとした米軍の仕業に見せかけるのだ。結果的に破壊された研究所の地下にある汚染物質の処理は不可能になる。米軍による攻撃の証拠として使われたミサイルは、中央の研究施設に送る。これで勝手に軍を動かしてまで強奪したことは許されるだろう」

「ふざけるな！　自分たちの失態を隠すためにミサイルを強奪したというのか」

「我々が恐れるのは、米国でもロシアでもない、我が党の幹部だ。彼らのひと言で我々の生死は簡単に決められてしまうのだ」

蔣の言葉が身にしみたのか、馬は首を横に振りながらも俯いてしまった。

「この計画を思いついた当局の幹部は天才と言えた。〝第九研究所〟から四川省の軍事研究所まで軍事列車が運行されている。そのために強奪したミサイルを持ち込んでも不思議ではない。それに米軍は、すでに機密を守るためにステルス爆撃機を使ってミャンマーを空爆している。米軍の仕業に見せかけても党の幹部は絶対に疑わないはずだ」

現場から回収したと言われて最新のミサイルを見せられれば、確かに誰も疑わないだろう。しかも強奪された空対空ミサイル〝ＡＩＭ九Ｘ二〟は、配備されれば空軍の戦力が何倍にも増すというしろものだ。半端な証拠ではない。

「取引きしないか。米軍のミサイルの場所を教えるから、私を逃がしてくれ」

「馬鹿なことを言うな。おまえを逃がせば、今度は私の身が危ない」

馬が蔣の襟首を摑んだ。

「おまえに聞いてはいない。名前は知らないがあんたに聞いたのだ。どうだ」

蔣は、馬を無視して浩志に尋ねて来た。

「待っていろ」

浩志は、部屋の奥の机に置いてある無線機のスイッチを入れた。

「こちらリベンジャー　ピッカリ、応答せよ」

「こちら、ピッカリ。心配していたぞ、リベンジャー。大丈夫そうだな。安心したぜ」

ワットはすぐ応答してきた。

「ロストボールの位置はまだ確認できるか。基地の状況を報告してくれ」

「まだ、補給基地にある。肉眼でも確認した。ロストボールを運んで来た攻撃ヘリ〝Z―九WA〟が一機、軍用トラックが三台。作業兵は十名、監視の兵は二十八名、基地の建物の北側に兵舎らしき平屋の建物がある。建物の北側にある裏口に見張りの兵士が二名。近くにはグレーの高級車が一台停車している」

蔣は、兵舎の地下に閉じ込めた浩志や馬の存在を知られないように基地から見えない裏口に車を停めたのだろう。

「現在位置は？」

「補給基地を見下ろす北側の山の斜面にいる」

「俺は基地の北側にある兵舎の地下にいるようだ。見張りとしてコマンド一とコマンド二を残して、こっちに来てくれ」

「了解。お出迎えに上がります」

ワットの馬鹿丁寧な返事に浩志はふっと笑いを漏らした。

「残念だったな、ミサイルの位置は確認した。馬、そいつをどうするかはおまえに任せる」

浩志がそう言うと、馬は躊躇なく蔣の首に両手をかけた。

「止めろ！　私がミサイルの移設と爆撃の最終の責任者だ！　私がいなければ自治区に戒厳令が敷かれる。ミサイルを破壊したとしても、逃げ出すこともできなくなるぞ」

蔣は悲痛な叫び声を上げた。

四

浩志と武装警官の馬嵩忠が捕らえられていたのは、チャムドの補給基地の北側に隣接する兵舎の地下室だった。レンガ作りの兵舎は強奪された空対空ミサイル〝ＡＩＭ九Ｘ二〟を移送するためのチベット軍区の兵士三十人が前日宿泊していたようだ。

補給基地は、ヘリの中継燃料基地として使われているだけなので、常駐する兵士は十人一個小隊らしい。三十人もの兵士が厳戒態勢で警護をする中、基地の兵士は軍用トラックにミサイルの梱包を詰め込む作業をはじめていた。

浩志らは形勢が逆転し、蔣鉄栄を尋問する立場になったのだが、事実を知るうちに恐ろしい過去の出来事が影を落としていたことを教えられる。四川大地震は核兵器の誘爆で被害を拡大させた、いわば人災であり、その後始末に凶悪な作戦は実行されていたのだ。

「何だと！」

馬嵩忠は、悲鳴にも近い声を上げた。

「作戦を計画した当局の幹部は、天才だと言っただろう。私が動かなければ、チベット自治区に戒厳令が敷かれ、指揮官が自動的に替わり、計画は滞りなく実行される」

蔣は開き直ったのか、作戦の全容を話しはじめた。というより、浩志らに作戦の内容を話し、阻止できないことを理解させようとする魂胆に違いない。

彼らの作戦は、放射能汚染で処理できなくなった廃棄物を隠蔽《いんぺい》するために〝第九研究所〟を爆撃することだ。しかもサルウィン川に不時着したＦ二十二〝ラプター〟の機体ではなく開発中のミサイルを手に入れることにより、米軍を挑発し、彼らが軍事機密を守ろうと強硬手段をとることを計算の上で作戦は立てられていた。

作戦は、強奪、移送、爆撃の三つに分かれ、それぞれ違う司令官により実行され、チベット自治区にミサイルが持ち込まれた後の司令官は、蔣らしい。だが、作戦が遅滞なく行なわれるように、司令官が不在の場合は副司令官が代行する仕組みになっており、もし蔣が陣頭指揮をとらない場合は、ミサイルの安全が確認され次第、爆撃機はチャムド・バンダ空港から副司令官を乗せて離陸するらしい。とすればミサイルさえ破壊すれば爆撃も食い止められるはずだが、脱出が困難になるのは目に見えていた。

「私をここで殺せば、かえって脱出する機会も失うことになる。私をすみやかに解放し、君たち米軍の特殊部隊が黙って立ち去れば、無事に国境を越えられるだろう。それに馬の裏切り行為もなかったことにしてやる。米軍に〝第九研究所〟を空爆されたことになっても、もとはと言えば我が軍の特殊部隊がミサイルを強奪したことが原因だ。中国政府も表立って米国に抗議はしないだろう。この作戦により傷つく者はいないのだ。どうだ取引きしようじゃないか」

「〝第九研究所〟を空爆したら、放射能汚染は確実に広がる。住民はどうなるのだ」

浩志は、怒りを抑えて尋ねた。

〝第九研究所〟は、ココノル湖の東岸、海北チベット族自治州の人口四万人の海晏《うんあん》県にある。爆撃でおそらくは数百の人々が死に、生き残った人々も飛散した大量の放射能を浴びて、原爆症にかかることだろう。

「多少の被害は出るかもしれない。だが、現実的には四川省から核物質が運ばれる前から、あの地域は重大な放射能汚染で健康に被害が出ている。一万人は死ぬかもしれない。だが、住民にとって死に方と時間が変わるだけの問題なのだ」

平然と答える蔣に浩志は怒りで手が震えた。

「俺からもいいことを教えてやろう。おまえは俺たちのことを米軍の特殊部隊だと思っているらしいが、俺たちはただの傭兵だ。しかも金で雇われているわけじゃない」

「何！　米兵じゃないのか。……それなら、なおさら命を投げ出すこともないだろう」

一瞬狼狽《うろた》えてみせたが、正規の部隊でないと聞いて蔣は笑みを浮かべた。

「俺たちは、俺たちの闘い方があるということだ」

浩志は蔣の手首のロープを乱暴に外し、拘束されていた時の手錠を蔣にはめた。

「どうするつもりだ！」

「おとなしくしろ」

手錠をかけられた両手を振り上げて暴れる蔣を浩志は鳩尾を蹴り上げて押さえ込んだ。

階上のドアが開く音がした。

「私が戻るのが遅いために部下が迎えに来たようだな」

蔣は勝ち誇ったような顔をした。

浩志は、石の階段の下に隠れたが、階段を降りて来たのは、ワットと加藤だった。

「だんな、迎えに来たぜ」

「すまん」

浩志は、ワットから装備を受け取った。

「行くぞ」

手錠をかけられた蔣を連れて一階に上がると、入口近くに二人の中国人の兵士が気絶して倒れており、田中が銃を構えて見張っていた。

浩志は、田中と加藤に兵士の制服と装備に変えさせた。

「こちら、リベンジャー、コマンド一、応答せよ」

「こちら、コマンド一です」

「これより、基地内に潜入する。合図をしたら、基地を派手に攻撃してくれ」

浩志は、瀬川に攻撃命令を出した。派手と言ったのは、チームが携帯している〝M四A一〟は、改良型M二〇三グレネードランチャーが装着されている。強力なグレネード弾で攻撃すれば面の攻撃ができる。

「私は、ここに残る。戦闘に巻き込まれるのはごめんだ」

兵舎を出ようとすると馬が激しく拒絶した。

「これから行なう作戦が成功するか否かで、おまえの生死は決まるんだ。拒否するなら、この場で殺してやる。好きにしろ」

「……分かった」

馬は渋々浩志に従った。

浩志は、兵舎の裏口に停められていたグレーの指揮官用の車の運転を田中にさせ、助手席に加藤を座らせた。後部座席に、浩志と馬が蔣を両側から動けないようにして乗り込み、気絶させた二人の兵士は縛り上げてトランクにぶちこんだ。

基地から見えない位置にあったため、車を移動させることなく大胆な行動ができた。蔣が陰で行動をとっていたのが好都合となった。

「私を人質にとったつもりか、こんな少人数で三十人以上いる基地を攻略できると思っているのか。私の部下は優秀だぞ」

蔣はふてぶてしく鼻で笑った。

「やってみなければ、分からない」

浩志はそう言っておかえしに鼻で笑ってやった。それを見た蔣は苦々しい表情になった。

「ピッカリ、現在位置は？」

「あと数分で到着する」

ワットは迂回して基地の南側の斜面に登り、狙撃ポイントにつくことになっている。

本来ならばミサイルに時限爆弾を密かに取り付けたいところだが、総勢四十名の敵が厳戒態勢を敷く狭い基地ではさしもの潜入のプロである加藤でも忍び込むことは容易ではない。潜入がだめなら、正面から乗り込むほかない。

五

午後五時四十二分、山々に囲まれたチャムドの補給基地は乾いた夕陽のダークオレンジ色に染まっていた。

「こちら、ピッカリ、位置につきました」

ワットから補給基地を見下ろせる狙撃ポイントに着いたと連絡が入った。

加藤が助手席から降りて、兵舎に入って行った。一階の建物の中心に暖房用の燃料タンクを置き、その上に時限爆弾を仕掛けてある。加藤は、時間をセットすると急いで車に戻って来た。時限爆弾は二分にセットしたはずだ。

兵舎と基地は隣接している。歩いても基地の入口までは五十メートルとない。

「ヘリボーイ、車を出してくれ」

車には馬嵩忠や蔣鉄栄も乗っているので、名前では呼ばない。

浩志が命じると田中は、車をゆっくりと出して兵舎の前を通り、補給基地の入口に向かった。基地内の兵士らは兵舎の裏側から現れた指揮官用の車を一斉に見ている。だが、まだ異変に気が付いていないようだ。銃を車に向けて構える者は誰もいない。

浩志らは、全員いつでも銃が撃てるように用意している。

「カウント、十、九、八」

助手席の加藤は、顔を見られないように俯きかげんになり、カウントダウンをはじめた。

田中は焦らずにゆっくりと車を進め、基地の入口にさしかかった。入口には四名の兵士が立っている。

運転する田中の顔を見た兵士の一人が首を捻った。

「二、一、ゼロ」

加藤のカウントが零になった途端、背後の兵舎が大爆発をした。

爆発を合図に基地の北側から瀬川と黒川が、南側からはワットがM二〇三グレネードランチャーで攻撃をはじめた。次々と発射される四十×四十六ミリ榴弾は、基地内の人と言わず物と言わず容赦なく破壊して行く。

基地の兵士らは慌てて物陰に隠れたが、突然の猛撃に対処できる者はわずかだった。瞬く間に負傷者が続出する事態に兵士らは恐慌を来《きた》し、中には銃を投げ出して物陰で震える者もいた。

加藤は混乱に乗じて助手席から飛び下りて、ミサイルが積まれた軍用トラックの荷台に飛び込んだ。攻撃はトラックを避けて行なわれているため加藤には散歩のような移動だ。

田中は、流れ弾に当たらないように車をトラックの陰に停めた。

ワットらはグレネード弾がなくなり、銃撃に切り替えていた。敵の数が半数以下になった時点で、浩志は行動を起こした。

「二人とも出ろ！」

浩志は、蔣にガバメントを突きつけて馬にも降りるように命じた。

「コマンド一、コマンド二、ピッカリ、撃ち方止め！　基地に急行せよ」

浩志は、ワットら攻撃チームに銃撃を止めさせた。

「馬、兵士らに銃撃を止めるように大声で叫ぶんだ。ヘリボーイ、サポートを頼む」

「何をするんだ？」

馬は戦闘経験がないらしく、怯え切った目をしていた。

「距離のある銃撃戦は、膠着《こうちゃく》状態になる。時間が経てば作戦は失敗する」

物陰に隠れた敵を倒すことは難しい。膠着状態になるのは目に見えていた。援軍でも来られたら、脱出もできなくなる。

「馬、俺たちの人質の振りをしろ」

「いやだ、おまえたちは勝手に闘え。私は死にたくない」

「殺されたいのか、俺に従え！　ヘリボーイ、馬に銃を当てて俺の背中に回れ」

田中に銃を向けられると、馬は観念したらしく手を後ろに組み大声で叫びはじめた。

「蔣、ひと言でもしゃべったら撃ち殺すぞ」

浩志は、蔣の首に銃口を当てた。

基地内の兵士は、馬の言葉に銃撃を止めた。

浩志と田中は、蔣と馬を前後の盾にしてトラックから出た。

ワットや瀬川らの攻撃で倒れた兵士は、二十数人。残り少ない兵士らは、物陰に隠れたまま浩志らに銃を向けている。

「馬、この基地は包囲されている。武装解除しなければ、総攻撃すると言え」

馬は、必死に叫びはじめたが、兵士らは互いに顔を見合わせて銃を下ろす者はいない。

「私の部下は、最後の一人になっても武装解除はしないだろう」

蔣は、笑ってみせた。部下が見守る中、強がりを言っているのだろう。

「それじゃ、おまえを先に血祭りに上げるまでだ」

浩志は、蔣の左耳にガバメントをあてて上空に向けて撃った。

「止めろ！」

蔣が悲鳴を上げた。おそらく左の鼓膜は破れただろう。

「今度は足を撃ち抜く。おまえが武装解除するように言うんだ」

「分かったから、撃たないでくれ」

蔣は、大声で叫んだ。さすがに司令官の命令ということもあり、兵士らは、次々と銃を足下に置いて立ち上がった。

「リベンジャー、到着しました」

瀬川と黒川が基地の入口に姿を現した。その三十メートル後方にワットの姿も見える。

「兵士を全員基地の外に出すんだ」

瀬川らは、投降した兵士らに銃を突きつけて基地から五百メートルほど離れた場所に追い立てた。

「トレーサーマン、五分にセットしろ」

軍用トラックに忍び込んでいた加藤は、時限爆弾をセットしてトラックから降りて来た。

浩志らも指揮官用の車と軍用トラックに分乗して捕虜の近くで基地を見守った。

「間もなく爆発します」

時計を見ながら加藤が言った直後、強奪された空対空ミサイル〝ＡＩＭ九Ｘ二〟は、積み込まれたトラックごと大音響とともに爆発炎上した。山々を揺るがすほどの凄まじい爆風は捕虜の近くにいた浩志らをもなぎ倒さんばかりに襲って来た。

二百メートル四方の小さな補給基地の跡には、巨大なクレーターがぽっかりと出現した。これで死んで行った者たちの弔《とむら》いは終わった。あとは中国を脱出するのみだ。

「今、何時か教えてくれるか」

傍らで跡形もなくなった基地を見ていた蒋は、ぼそりと言った。

浩志は、腰のベルトに付けてある〝トレーサーＰ六六〇〇〟を見た。

「十八時九分だ」

「残念だったな。十八時に私からの連絡がなければ、指揮権は、自動的に私から副司令官に移される。爆撃機は、二十分以内にチャムド・バンダ空港を離陸することになる」

「ミサイルは、破壊した。どうして今さら離陸するんだ。嘘をつくな」

「これまでミサイルを巡って、君たちは何度も我が軍と交戦している。状況証拠というやつだよ。この基地を見ろ、同じように自治区の幹部が米軍の爆撃だったと報告すればいいのだ。証拠のミサイルなんてもうどうでもいいんだ。私の連絡がないということは、ミサイルが破壊されたとすでに軍では認識しているはずだ。自分の首を絞めたな」

蒋は、声を上げて笑い出した。

「くそっ、俺と一緒に来い！」

「これから、空港に行くつもりか。ここから十八キロあるぞ。行くだけで終わりだ！」

「リベンジャー、チャムド・バンダ空港に今頃、大佐が到着するはずです」

瀬川が話に割り込んで来た。彼は大佐からチベットに入る便の連絡を受けていた。

「リベンジャー、これを」

時限爆弾をセットした加藤が衛星携帯を渡して来た。浩志が、ミサイルの噴射口に隠したものを取り出していたようだ。

浩志は、急いで携帯で大佐を呼び出した。

「どうした、浩志。作戦は終了したか」

さほどコールすることもなく大佐は携帯に出た。

「今、どこにいる？」

「あと十分ほどでチャムド・バンダ空港に着くところだ」

大佐は、携帯をトイレの中で取っていた。

「方法は、任せる。大佐、十分でいいから空港が使えないようにしてくれ」

「無茶なことを言うな。武器もないのだぞ。素手でハイジャックしろとでも言うのか」

「なんでもいい。何万人もの命がかかっているんだ」

爆撃を止めなければ、海北チベット族自治州に住む四万人の市民の命が危険に晒される。

「分かった」

大佐は携帯を切ると席に戻り、隣の席の宮坂に耳打ちした。

「浩志から空港を封鎖するように命令された。どこかでドライバーを調達してくれ」

大佐と宮坂はさりげなく席を立って機内を見て回り、乗務員がたむろする機内サービス用のカートの近くにある棚に中国語で〝工具〟と書かれた引出しを見つけた。

大佐は宮坂を席に戻して乗務員を呼び出させ、引出しに入っていたミニドライバーセットをすばやくポケットに仕舞い込んだ。

「トイレにまた行くから、外で見張っていてくれ」

大佐は通りすがりに宮坂に耳打ちをした。

「分かりました」

宮坂は、真剣な表情で答えた。

大佐は再びトイレに入り、洗面台の下のパネルを外し、中を覗き込んだ。

「どう出るかだな」

ひとり言を言いながら大佐は配線の束を引き出し、二本の線の皮膜に傷をつけ、むき出しになった銅線部分を接触させた。

バチッと火花を散らして銅線は小さな炎を一瞬上げた。途端に洗面所の明かりは消えた。

大佐は、配線を元に戻すとトイレを出た。

機内の半分の照明が切れて乗客が騒ぎ出している。

中国人のフライトアテンダントの一人が通路を走って操縦室に駆け込んで行った。

「大佐、やりましたね」

宮坂がにやりと笑った。

「これで緊急着陸だ。ついてないな」

大佐は、肩を竦めてみせた。

六

十八キロ北西にあるチャムド・バンダ空港に向かってグレーの指揮官用の車は、砂煙を上げて疾走していた。

田中が運転し、助手席には浩志、後部座席には加藤と馬嵩忠、それに人質の蔣鉄栄が乗っている。ワットや瀬川、それに黒川の三人は、補給基地で手に入れた軍用トラックに乗って後を追いかけている。基地の近くで解放された兵士らは、ミサイルの爆発で基地ごとトラックやヘリも跡形もなく消えたので追って来ることはできない。

「無駄だと言っているだろう。そろそろ爆撃機は離陸する時刻だ」

蔣は大きな溜息をわざとらしく吐いてみせた。

浩志は、大佐に電話をかけた。五分前にかけた時は、応答がなかった。

「浩志か、空港がパニック状態で携帯に出られなかった。滑走路のど真ん中に着陸した飛行機から脱出シュートで乗客は降ろされて大混乱だったんだ。ところでH六爆撃機が待機している。こいつを止めたかったんだな」

大佐には詳しく説明しなかったが、おおよその察しはついたようだ。

H六爆撃機は、旧ソ連のツポレフＴｕ—一六爆撃機のライセンス生産機であり、中国では核および長距離攻撃を担う重要な航空機とされている。

「どれくらい時間が稼げそうだ」

「空港に軍人が沢山いる。滑走路に出て、飛行機をどかすように空港職員を怒鳴り散らしている。十分ほどで飛行機は、空港ビルのエプロンに移されるだろう」

「兵士の数はどれくらいだ」

「空港ビルに十五名、滑走路に十名、爆撃機の周りに七名というところか。パニック状態の乗客の整理で彼らも混乱しているようだ」

「大佐、悪いがもう一働きしてくれ。空港にワットたちがバックパッカーに扮して向かっている。彼らが紛れ込めるように空港ビルでもパニック状態になるようにしてくれ」

「分かった。それじゃ、ビルに火でも点けるか」

大佐は、笑いながら引き受けてくれた。彼にサポートを頼んで本当によかった。

「空港は今閉鎖されている」

浩志は携帯を切ると振り向かずに言った。

「何！　何があったのだ」

　蔣は途端に落ち着きをなくしはじめた。

「民間機にトラブルがあったのだ。おまえは司令官として予定通り爆撃機に乗るのだ」

「くそっ、なんてことだ。まさかおまえの仲間がやったんじゃないだろうな」

「そこまで、タイミングよく妨害工作はできないだろう」

　浩志はうそぶいた。

「馬、俺が蔣と爆撃機に乗るまでサポートしてくれ」

「……いいだろう。だが、私は車からは降りない。これ以上関わりたくない」

　馬は不満げな表情をした。海北チベット族自治州の市民の命などどうでもいいようだ。

　標高四千三百三十四メートルという世界一高い場所にあるチャムド・バンダ空港は南北に五千五百メートルという世界一の長さの滑走路を持つ空港でもある。あまりにも標高が高く大気が薄いため、離陸時エンジンに充分な出力を得ることができないためである。

　空港は広大な谷間に沿って建設されている。そのため滑走路の端についても敷地の中央にある空港ビルまでは三キロほどの距離がある。

「空港ビルから煙が出ていますよ」

　運転をしている田中が驚きの声を上げた。すでに日は暮れているが、空港ビルに近づくにつれ、白い煙が上がっているのが見えて来た。大佐は、冗談のように言っていたが本当に放火したようだ。

「蒋、これを見ろ」

浩志は振り返ってM六七〝アップル〟を蒋の目の前に出し、安全ピンを抜いた。

「何をする！」

蒋と馬は同時に悲鳴を上げた。

「大丈夫だ、起爆クリップを離さない限り爆発はしない。だが、おまえが妙な真似をしたら、こいつをおまえのポケットにねじ込んでやる。こいつの殺傷力は半径二十メートルある。走って逃げようと思うなよ」

蒋は青ざめた表情でただ頷いた。銃を突きつけるより効果はあった。それに銃を隠し持つ必要もない。

「ヘリボーイ、空港に入ったら、そのまま爆撃機の前まで走ってくれ、俺と蒋が降りたら、空港ビルに向かえ、パニックに乗じて私服に着替えて乗客に紛れ込むんだ。大佐が待っている。トレーサーマンもいいな」

「どうされるのですか？」

田中が心配げに尋ねて来た。

「俺は、爆撃機を破壊したら後から合流する。ただし、待つ必要はない」

「しかし」

「これは命令だ！」

浩志はいつにもなく厳しい口調で言った。

「私は、どうしたらいいのだ」

馬がたまりかねたように尋ねて来た。

「好きにしろ。自分の身は自分で守れ」

浩志は助かりたい一心で非協力的な馬にうんざりしていた。冷淡に答えると馬は口を閉ざした。浩志が蔣を殺すかどうかが気になるのだろう。

空港のゲートに入った。要所に兵士が銃を構えて立っているが、指揮官用の車のために誰も停めようとはしない。

大佐が乗っていた旅客機は、すでに空港ビルのエプロンに移動させてあった。

H六爆撃機は、全長三十四・八メートルと旅客機に比べれば小振りだが、滑走路脇の待機エリアに銀色の機体を不気味にさらけ出していた。

搭乗口にタラップが寄せられ、数名の乗員が乗り込もうとしている。

「急げ、ヘリボーイ！」

田中は、猛スピードで滑走路を走り、爆撃機に近づいた。

「近づき過ぎるな。車内が見られるぞ」

タラップから三十メートルほど離れたところで車は停められた。

「加藤、手錠を外してやれ。蔣、この〝アップル〟を操縦席で爆破させたら解放してやる。それまで付き合え」

浩志と蔣が車から降りると、爆撃機のタラップの下にいる二人の兵士が、蔣に敬礼した。

蔣を先に歩かせ、浩志は背中にぴたりとついて歩き出した。

不意に背後で叫び声が聞こえた。振り返ると馬が車から身を乗り出して激しい口調で何かを言っている。

「我々を撃ち殺せと私の部下に命令している。私に殺されると思ってパニックになっているのだろう。情けないやつだ」

苦々しい表情で蔣は言った。

浩志がハンドシグナルで合図をすると田中は急発進をして馬を車から振り落とした。

蔣が突然動いた。

「うっ！」

手首に蔣の強烈な肘撃ちを当てられた。浩志が持っていた〝アップル〟は立ち上がろうとしている馬の足下まで転がって行った。

浩志と蔣が咄嗟に伏せると〝アップル〟は爆発して、馬の体を四散させた。

蔣は飛び起きて爆撃機に駆け込んだ。

「くそっ！」

足の怪我のため浩志はワンテンポ遅れた。

タラップの下にいる二人の兵士が銃撃して来た。

浩志は走りながら、兵士らをガバメントで撃った。

「いかん！」

飛行機のジェットエンジンが始動し、飛行機が動きはじめた。

浩志はタラップを駆け上り、ジャンプした。空中でハッチを閉めようとしていた兵士を撃ち抜き搭乗口に転がり込んだ。

「そこまでだ！」

先に爆撃機に乗り込んでいた蔣が浩志の頭に銃を突きつけた。

七

H六爆撃機は、五千メートル滑走してようやくチャムド・バンダ空港を離陸した。そして日が暮れて発生した霧を突き抜け、チベット高原の山々を眼下に見下ろす一万メートル上空まで高度を上げた。

目的地である青海省海北チベット族自治州にある〝第九研究所〟は北北東に五百キロの

位置にあり、巡航速度時速七百八十キロでもわずか四十分の距離だ。

人質にしていた蔣鉄栄を追って機内に飛び込んだ浩志は、三人の兵士と蔣に銃を突きつけられて身動きが取れなくなった。

「英雄気取りか、貴様は。立て！」

浩志は、ガバメントとナイフに、残りの〝アップル〟も取り上げられた。

機内は旅客機と違い、小さなライトが要所に点けられているだけで薄暗い。操縦室のすぐ後ろにある搭乗口から数メートル後ろには壁があり、その先は空爆システムになっているようだ。ただ爆撃機の割には機内にゆとりがあり、左右の壁際に長いベンチシートが設置されているところをみると兵員輸送にも使われるようだ。

浩志は手錠をかけられて、ベンチシートに座らされた。

「まさか、おまえまで乗せるとは思わなかったが、作戦は滞りなく進みそうだ。帰還後に尋問する。それまでは生かしておいてやろう。それともすぐ死にたいか」

「おまえは、本当に何万という住民を犠牲にするつもりなのか」

「私は軍人だ。命令に従うまでだ。この国では命令違反は死刑だ。それに何万人死のうが他人より自分の命が大切に決まっているだろう」

蔣はベンチシートの真ん中に座り、ポケットから煙草を出して火を点けた。作戦中の爆撃機の中で煙草を吸うようなやつに、まともな質問をしたのが間違いだった。

「我が国では、新疆ウイグル自治区は核実験場、チベット自治区を含むチベット領域は核廃棄物の処理場という位置づけがある。チベットであれば爆撃による放射能汚染は想定内のできごととして処理されるはずだ。貴様が命をかけるほどのことではないのだ」

あまりにも空虚な蔣の言葉に浩志は口を閉ざした。沸点を越えた怒りを鎮めるべく浩志は機内を観察した。

機内の右手後方の爆弾が積み込まれている空爆システムは隔壁で仕切られ、その左端に小さなハッチがある。おそらくメンテナンス用の通路か、あるいは最後尾にある銃座に通じる通路なのだろう。左手前方には操縦席に通じるドアがあり、銃を構えた兵士が一人その前に立っている。

視線を目の前の蔣に戻し、その足下に目をやるとカーキ色の荷物がいくつもベンチシートの下に整然と並べてある。ハーネスが付いているのでパラシュートのようだ。

三人の兵士らはいずれも中国が一九九五年に制式採用した九五式自動小銃を構えていた。五・八ミリという口径を持ち、発射速度は毎分六百発で、初速はNATO弾の五・五六ミリ弾を上回る。セレクターレバーは、銃床の左側面の後方にあり、輸出を意識したせいか漢字ではなく、0、2、1、3と刻まれている。0は安全装置、2はフルオートマチック、1は単射（セミオートマチック）、3は三連射（三点バースト）である。

操縦室のドアの前に立っている兵士のセレクターは見えないが、左に立っている兵士のセレクターは0になっており、右の兵士は1にセットしてある。おそらく機内で暴発することを警戒しているのだろう。

「兵士たちは、英語は分かるのか」

浩志は口調をやわらげて尋ねた。

「英語がちゃんと話せるような教育を、こいつらが受けていると思うか」

蔣は、煙草の煙を鼻から吐き出しながら笑った。

「それなら、北京語で脱出しろと注意しろ」

浩志は、話しながら大きく右に飛んで兵士が構えている九五式自動小銃の銃身を握って引き寄せ、上体を崩した兵士に頭突きを喰らわせて銃を奪った。

操縦席側にいた兵士が慌てて銃撃をしてきた。浩志は身を屈めながら反撃し、兵士に銃弾を浴びせた。

一瞬の出来事だった。操縦席側の兵士は、慌てて銃のセレクターを解除したのかフルオートで狙いもつけずに連射し、仲間の兵士ばかりか蔣をも撃ち抜いていた。

「なんて馬鹿なやつだ」

蔣は、腹を押さえてベンチシートから崩れ落ちた。その指の間から血が流れている。

「おまえも死に方と時間が変わったようだな」

浩志は、蔣に近づき顔面にパンチを喰らわせて失神させた。だが、左脇腹に激痛が走り思わず跪いた。肋骨にヒビが入ったところだ。手を当ててみると血が流れていた。

「くそっ！」

撃たれていたのだ。

浩志は蔣のポケットを探って手錠の鍵を見つけて解除した。そして、痛みを堪えて立ち上がり、足下に転がる兵士の死体を跨《また》いで操縦室に近づいた。ドアを開けようとしたが内側からロックされており、開けることはできなかった。もっとも銃撃音は聞かれている。中で銃を構えていることだろう。

浩志は取り上げられた武器を探した。兵士らの装備を入れたバッグはまとめて搭乗口近くに置かれている。調べると二つ目のバッグに入っていた。ガバメントとシースナイフを腰のホルダーに戻し、〝アップル〟をベンチシートの上に置いた。

シートの下から、パラシュートを出して背中に担いだ。中国語で表記してあるが、リップコードもメインと補助があり、問題なさそうだ。

「ふう」

浩志は大きく息を吐いて額の脂汗を拭いた。体が異常に重くなって来た。

搭乗口のハッチを開こうとハンドルに手をかけた途端、左の脇腹を蹴られ、激痛で膝から崩れた。

「逃がすと思うか」

いつの間にか蔣が背後に立っていた。

浩志は、ベンチシートに置いたアップルに手を伸ばそうと体を回転させた。

「そうはさせるか」

蔣に右手を踏みつけられた。

「うぐっ！」

蔣の右足に力が入り、浩志の指から血が滲んで来た。

左の手刀で蔣の右足の膝裏を打ち、体勢を崩した蔣の腹にパンチを入れた。蔣はカエルが潰れたような悲鳴を上げて尻餅を突いた。だが、立ち上がろうとする浩志の顔面に蔣はすかさずキックを入れて来た。

浩志はよろめいてベンチシートに叩き付けられた。口の中に血の味が広がった。

蔣に胸ぐらを摑まれて立たされ、今度は腹を殴られた。口の中に溢れた血を吐き出した。

浩志は苦しまぎれに左拳で蔣の腹の銃創を叩いた。

「ぎゃ！」

蔣の悲鳴を無視して、二発、三発と膝蹴りを入れ、蔣の両腕が外れたところでその顔面に頭突きをいれて撃沈させた。

浩志はシートに置いてあるアップルを拾って這うように搭乗口まで歩いて行き、ハッチを開いた。機外へ凄まじい気流が起きた。押し出されそうになるのを必死に踏ん張り、アップルの安全リングを引き抜き、起爆クリップを親指で弾いて機内の奥に投げ入れた。

掴まっていた左手を離すと、吸い出されるように機外へ飛び出すことができた。

数秒後にすべては終わる。浩志は、四肢を拡げて降下体勢に入った。

背中に激しい衝撃を感じた。

「何！」

蔣がパラシュートも着けずに、浩志に覆いかぶさって来たのだ。

「逃がすか！」

蔣は両腕を浩志の首に巻き付けて来た。

これではパラシュートも開かない。二人は凄まじいスピードで落下して行った。しかも蔣が抱きついて来たためにバランスを崩して上下が逆になり、蔣が浩志にぶら下がる形になった。

「死ね！」

蔣の全体重が首にかかり意識が遠のく。

はるか彼方で爆撃機が爆発した。

閃光で我に返った。

「死ぬのは、おまえだ」

浩志はシースナイフを逆手に抜き、背後の蔣の腹に深々と突き刺した。

蔣は、短い悲鳴をあげて離れて行った。

夢中でメインリップコードを引いた。パラシュートが開き、制動が激しい衝撃となって全身を揺さぶった。

火の玉となって爆撃機が落ちて行く。

浩志の薄れ行く意識の中で、遠くに流れる光の軌跡が闇に混濁して行った。

その後

爆撃機が墜落したほぼ同時刻に、メソートにある病院に収容されていた京介は奇跡的に意識を回復した。柊真はその後三日間付き添っていたが、経過が順調なことを確かめると、祖父の妙仁あてにフランスに行くという置き手紙を残して姿を消した。

ワットをはじめとした傭兵仲間は一旦全員帰国し、改めて準備を整えた後、中国のチベット自治区にバックパッカーとして再入国した。行方不明となった浩志の捜索活動をはじめて一週間になるが、今のところ何の成果も上げられないでいる。

仲間がチベットで捜索活動をはじめた頃、中国のチベット自治区政府の幹部数名が突然更迭され、軍部でも多数の将校が逮捕されるという事件が起きた。いずれも裁判も受けずに処刑されたという情報がその後錯綜した。

近年ではめずらしい粛清の嵐に、中国のインターネットでは、軍部で反乱が起きたのではないかと噂が流れるのみで、詳細はいっさい公表されていない。

ゴロク・チベット族自治州にあるアムネマチン山脈の山間盆地にチベット人が穏やかに

暮らす〝瑪沁《まちえん》〟と呼ばれる街がある。武装警官が要所に立って警戒する姿を除いては、かつて武力弾圧の嵐が吹き荒れたことなど微塵も感じさせないのどかな街だ。

美香は成田から飛行機とバスを乗り継ぎ、三日もかけてこの街に辿り着いた。街の中心部にある小さなゲストルームに高山植物の研究家として滞在している。大自然以外に見る物もない奥地だけにただの観光客として長期滞在することはできないからだ。また公安警察の目を欺き植物研究家として爆撃機の墜落現場と思われる山に入るにも都合がいい。

聖山とされるアムネマチン山は高山植物の宝庫だが、それも夏の間だけで、捜査が長期化することを想定して街で働く決心をしている。内調の上司には辞表を提出してある。彼女を拘束するものは何もない。美香の心の中には浩志が生きているという、願望というより信念にも似た強い気持ちがあった。

潜入して八日、まだ有力な情報は得られていない。

この作品はフィクションであり、登場する人物および
団体はすべて実在するものといっさい関係ありません。

一〇〇字書評

切・り・取・り・線

購買動機（新聞、雑誌名を記入するか、あるいは○をつけてください）

- □（　　　　　　　　　　）の広告を見て
- □（　　　　　　　　　　）の書評を見て
- □ 知人のすすめで
- □ タイトルに惹かれて
- □ カバーが良かったから
- □ 内容が面白そうだから
- □ 好きな作家だから
- □ 好きな分野の本だから

・最近、最も感銘を受けた作品名をお書き下さい

・あなたのお好きな作家名をお書き下さい

・その他、ご要望がありましたらお書き下さい

住所	〒				
氏名		職業		年齢	
Eメール	※携帯には配信できません	新刊情報等のメール配信を 希望する・しない			

この本の感想を、編集部までお寄せいただけたらありがたく存じます。今後の企画の参考にさせていただきます。Eメールでも結構です。

いただいた「一〇〇字書評」は、新聞・雑誌等に紹介させていただくことがあります。その場合はお礼として特製図書カードを差し上げます。

前ページの原稿用紙に書評をお書きの上、切り取り、左記までお送り下さい。宛先の住所は不要です。

なお、ご記入いただいたお名前、ご住所等は、書評紹介の事前了解、謝礼のお届けのためだけに利用し、そのほかの目的のために利用することはありません。

〒一〇一‐八七〇一
祥伝社文庫編集長　加藤　淳
電話　〇三（三二六五）二〇八〇
bunko@shodensha.co.jp

祥伝社ホームページの「ブックレビュー」からも、書き込めます。
http://www.shodensha.co.jp/bookreview/

上質のエンターテインメントを！　珠玉のエスプリを！

祥伝社文庫は創刊十五周年を迎える二〇〇〇年を機に、ここに新たな宣言をいたします。いつの世にも変わらない価値観、つまり「豊かな心」「深い知恵」「大きな楽しみ」に満ちた作品を厳選し、次代を拓く書下ろし作品を大胆に起用し、読者の皆様の心に響く文庫を目指します。どうぞご意見、ご希望を編集部までお寄せくださるよう、お願いいたします。

二〇〇〇年一月一日　祥伝社文庫編集部

祥伝社文庫

万死《ばんし》の追跡《ついせき》　傭兵代理店《ようへいだいりてん》

平成二十二年九月五日　初版第一刷発行
平成二十三年二月五日　第三刷発行

著者　渡辺裕之《わたなべひろゆき》
発行者　竹内和芳
発行所　祥伝社
東京都千代田区神田神保町三－六－五
九段尚学ビル　〒一〇一－八七〇一
電話　〇三（三二六五）二〇八一（販売部）
電話　〇三（三二六五）二〇八〇（編集部）
電話　〇三（三二六五）三六二二（業務部）
http://www.shodensha.co.jp/

印刷所　萩原印刷
製本所　積信堂
カバーフォーマットデザイン　芥陽子

Printed in Japan　©2010, Hiroyuki Watanabe　ISBN978-4-396-33609-7 C0193

祥伝社文庫の好評既刊

渡辺裕之 **傭兵代理店**

「映像化されたら、必ず出演したい。比類なきアクション大作である」同姓同名の俳優・渡辺裕之氏も激賞！

渡辺裕之 **悪魔の旅団《デビルズブリゲード》** 傭兵代理店

大戦下、ドイツ軍を恐怖に陥れたという伝説の軍団再来か？ 孤高の傭兵・藤堂浩志が立ち向かう！

渡辺裕之 **復讐者たち** 傭兵代理店

イラク戦争で生まれた狂気が日本を襲う！ 藤堂浩志率いる傭兵部隊が米陸軍最強部隊を迎え撃つ。

渡辺裕之 **継承者の印** 傭兵代理店

ミャンマー軍、国際犯罪組織が関わるかつてない規模の戦いに、藤堂浩志率いる傭兵部隊が挑む！

渡辺裕之 **謀略の海域** 傭兵代理店

海賊対策としてソマリアに派遣された藤堂浩志。渦中のソマリアを舞台に、大国の謀略が錯綜する！

渡辺裕之 **死線の魔物** 傭兵代理店

「死線の魔物を止めてくれ」。悉く殺される関係者。近づく韓国大統領の訪日。死線の魔物の狙いとは!?

祥伝社文庫の好評既刊

阿木慎太郎　闇の警視

広域暴力団・日本和平会潰滅を企図する警視庁は、ヤクザ以上に獰猛《どうもう》な男・元警視の岡崎に目をつけた。

阿木慎太郎　闇の警視　縄張《シマ》戦争編

「殲滅目標は西日本有数の歓楽街の暴力組織。手段は選ばない」闇の警視・岡崎に再び特命が下った。

阿木慎太郎　闇の警視　麻薬壊滅編

「日本列島の汚染を防げ」日本有数の覚醒剤密輸港に、麻薬組織の一員を装って岡崎が潜入した。

阿木慎太郎　闇の警視　報復編

拉致《らち》された美人検事補を救い出せ！非合法に暴力組織の壊滅を謀《はか》る闇の警視・岡崎の怒りが爆発した。

阿木慎太郎　闇の警視　最後の抗争

警視庁非合法捜査チームに解散命令が出された。だが、闇の警視・岡崎は命令を無視、活動を続けるが…。

阿木慎太郎　闇の警視　被弾

伝説の元公安捜査官が、全国制覇を企む暴力組織に、いかに戦いを挑むのか!?　闇の警視、待望の復活!!

祥伝社文庫の好評既刊

阿木慎太郎
赤い死神《マフィア》を撃て
「もし俺が死んだらこれを読んでくれ」と旧友イーゴリーから手紙を託された直後、木村の人生は一変した。

阿木慎太郎
夢の城
米映画会社へ出向命令が下った政木を待っていたのは、驚愕の現実だった。ハリウッドの内幕を描いた傑作！

佐伯泰英
テロリストの夏
七千万人を殺戮可能な毒ガスを搭載したステルス機。果たして、恐るべき国際的謀略を阻止できるか。

佐伯泰英
暗殺者の冬
カリブに消えた日本船がなぜ奥アマゾンに？　行方を追う船員の妻は、背後に蠢《うごめ》く国家的謀略に立ち向かう！

佐伯泰英
復讐の河
アルゼンチンでの〈第四帝国〉建設をもくろむクーデター計画を阻止するため、日本人カメラマンが大活躍！

佐伯泰英
眠る絵
第二次世界大戦中スペイン大使だった祖父が蒐集した絵画。そこには大いなる遺志と歴史の真実が隠されていた！

祥伝社文庫の好評既刊

岡崎大五　アジアン・ルーレット

混沌のアジアで欲望のルーレットが回り出す！　交錯する野心家たちの陰謀と裏切り…果たして最後に笑うのは？

岡崎大五　アフリカ・アンダーグラウンド

ニッポンの常識は通用しない!!　自由と100万ユーロのダイヤを賭けて、国境なきサバイバル・レースが始まる！

五條瑛《あきら》　冬に来た依頼人

依頼人は昔の恋人。キャバクラの女と会社の金を持ち逃げした夫を捜せという。なんという役回りだろう…。

五條瑛　3way Waltz《スリーウェイ・ワルツ》

旅客機墜落事故から16年…日本で繰り広げられる日・米・朝、三つ巴の諜報戦を最後まで踊り続けるのは誰だ？

柴田哲孝　TENGU

凄絶なミステリー。類い希な恋愛小説。群馬県の寒村を襲った連続殺人事件は、いったい何者の仕業だったのか？

柴田哲孝　渇いた夏

伯父の死の真相を追う私立探偵・神山健介が辿り着く、「暴いてはならない」過去の亡霊とは!?　極上ハード・ボイルド長編。